KB274267

무조 新무협 판타지 소설

북해빙궁 5

무조 新무협 판타지 소설

초판 1쇄 찍은 날 § 2007년 3월 3일
초판 1쇄 펴낸 날 § 2007년 3월 13일

지은이 § 무조
펴낸이 § 서경석

편집장 § 문혜영
편집책임 § 최하나
편집 § 문정흠

펴낸곳 § 도서출판 청어람
등록번호 § 제1081-1-89호
등록일자 § 1999. 5. 31
어람번호 § 제2-1144호

주소 § 경기도 부천시 원미구 심곡1동 350-1 남성B/D 3F (우) 420-011
전화 § 032-656-4452 팩스 § 032-656-4453
http://www.chungeoram.com
E-mail § eoram99@chollian.net

ⓒ 무조, 2006

ISBN 978-89-251-0584-0 04810
ISBN 89-251-0369-9 (세트)

무조 新무협 판타지 소설

Fantastic Oriental Heroes

북해빙궁

5

빙멸혼!

목차

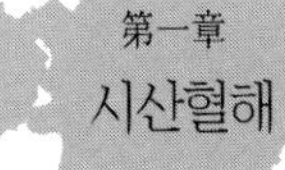

第一章
시산혈해

1

중원엔 도를 쓰는 낭인 아홉 명이 있었다.

낭인들은 보통 따로 행동하지만 그 아홉 명은 항상 붙어 있었다.

그러나 말이 좋아 낭인이었지 실상은 산적 나부랭이에 불과했다. 산을 지나가는 사람들에게서 통행료를 받기도 하고, 때론 무력을 사용해 재물을 빼앗으며 삶을 연명해 나갔다.

그들에 대한 소문은 삽시간에 퍼져 나갔다. 우락부락한 인상에 아홉 명이 쓰는 도법은 묵직하면서도 현란했다. 일개 낭인의 실력으로 볼 수 없다는 것이 생존자들의 증언이었다.

어느 날, 그들이 머물고 있는 산에 한 사내가 나타났다. 거대한 덩치의 사내는 가슴에 도 한 자루를 비스듬히 품은 채 아홉 명의 낭인에게 도전을 해왔다.

그런데 아무도 예측하지 못한 결과가 빚어졌다.

혈혈단신으로 나타난 사내는 도 한 자루로 아홉 명의 낭인을 바닥에 눕혔다. 죽은 자는 없었다. 하지만 아홉 명은 죽은 목숨이나 마찬가지였다.

그들이 본 사내의 도법은 생전 처음 보는 무공임이 틀림없었다. 경악할 수밖에 없던 무공.

"내 무공이 탐이 나는가?"

사내는 도를 꼿꼿이 세워 그들에게 겨누며 말했다.

확실히 탐나는 무공이었다. 거대한 도를 수수깡 다루듯 휘둘러대는 솜씨하며, 도에서 터져 나오던 한기와 얼음은 신기하기까지 했다.

낭인들은 사내의 무공을, 사내는 아홉 명의 낭인을 탐냈다.

무공을 가르쳐 주는 대신 북해빙궁으로 가자.

해도구귀와 류선은 그렇게 맺어진 인연이었다.

"해도주께 받은 것은 무공뿐이 아니었지."

눈이 쭉 찢어진 해도귀가 옆에 있는 동료를 향해 입을 열었다. 그는 불타오르는 눈으로 정면에 서 있는 혈단 무인을 노려보았다.

"진정한 사내."

옆에 있는 사내가 동료의 말을 받았다.

해도구귀가 류선에게 목숨을 바치겠다고 결심한 것은 류선이 그들의 원한을 갚아준 후부터였다.

아홉 명은 같은 도문(刀門) 출신. 스승은 고아였던 그들을 거둬 자식처럼 키웠다. 무공과 글을 가르쳐 주고, 사랑을 주며……. 작은 도문이었지만 행복했다. 신흥 무관인 천수관(天修館)이 등장하기 전까지만 해도.

스승은 힘자랑을 하던 천수관주와의 비무에서 죽었다. 비무라는 말로 떠돌아다니지만 사실은 일방적인 공격이었다.

복수는 불가피한 상황. 천수관은 지역의 패주인 영절문(營浙門)을 등에 업고 있었기에 해도구귀가 아무리 뛰어난 실력을 지녔다 하더라도 삼백 명이나 되는 영절문을 당해낼 수는 없었다. 개죽음이나 당하지 않으면 다행이지.

아홉 명은 산으로 들어가 무공을 수련했다. 산적질을 하여 스승의 남겨진 가족들을 먹여 살리며 복수를 꿈꿔왔다.

오랜 세월이 지났지만 복수는 점점 요원해졌다. 류선이 그들 앞에 나타난 것이 산에 틀어박힌 지 딱 삼 년째 되는 날이었다.

사단은 그 다음날 일어났다. 천수관주가 죽고, 육십 명의 관도들이 크고 작은 부상을 입은 것이다.

흉수가 누구인지는 아무도 몰랐지만 그들, 아홉 명의 낭인들은 알 수 있었다. 그들의 복수를 해준 자가 누구인지.

"우리의 복수를 해준 분. 그를 위해서라면 목숨은 아깝지 않다."

아홉 명은 모두 같은 마음이었다.

타닷!

사방으로 흩어진 해도구귀가 동시에 신형을 쏘아 올렸다.

혈단원들은 잘 다듬어진 무인들답게 그들의 등장에도 침착했다. 귀기가 풍겨지는 붉은 검을 사선으로 들어 해도구귀를 맞이했다.

칠십 명에 웃도는 혈단 무인들과 아홉 명밖에 되지 않는 해도구귀들. 싸움이란 처음부터 불리했다.

쉬싱!

혈단의 붉은 검은 너무 빠르게 움직여 허공에 잔재를 남겼다. 투명한 잔재가 아닌 핏물이 뿌려지는 듯한 착각을 불렀다.

"하압!"

해도구귀 중 다섯 번째로 나이가 많은 석수(碩秀)가 우레와 같은 기합성을 내질렀다.

중원과 북해에서 숱한 싸움을 겪은 그였지만 지금처럼 많은 상대와 싸워보기는 처음이었다. 여기저기서 검이 번쩍거리는 통에 정신이 사나웠다.

기합으로 정신을 가다듬은 석수는 도를 높게 들고 곧장 앞으로 달려나갔다.

스슷-!

하늘로 들어올린 도에서는 스산한 기운이 뿜어져 나왔다. 이것이 류선이 설빙수류검을 도에 응용하여 만든 도법이다.

해도구귀가 기존에 익혔던 환도와 묵직한 설빙수류도가 합쳐지니 위력 면에서는 유리빙천검을 능가했다.

도 주위에 생성된 얼음 조각들. 작고 희뿌연 얼음들은 마치 눈송이처럼 허공에 흩날렸다.

혈단 무인 다섯이 앞으로 나섰다. 그들은 석수의 도에서 눈길을 거두지도, 침착한 표정을 잃지도 않았다.

독기를 머금은 혈검은 스치기만 해도 즉사. 인원으로 따져 보아도 유리한 상황. 그들은 여유로울 수밖에 없었다.

'갈무리된 기운을 한번에 터뜨린다. 그것이 바로 설빙수류도!'

석수는 입꼬리를 슬쩍 말아 올렸다.

슈아악!

그는 망설임없이 도를 아래로 힘껏 내려쳤다. 도 주위에 머물렀던 눈송이들이 한데 뒤엉켜 도신을 타고 스르르 내려왔다.

"타앗!"

혈단 무인들 다섯 명이 몸을 날린 것도 동시였다.

다섯 자루의 검과 한 자루의 도. 그러나 승부는 단 일 합에 끝이 났다.

퍼엉!

"커헉!"

"크아악!"

비명은 방금 몸을 날린 혈단 무인들 중 두 명에게서 터져 나왔다.

석수의 도신을 타고 내려온 눈송이는 한데 뭉쳐 얼음 덩어리가 되었다. 묵직한 기운을 담은 설빙수류도에 현란함을 가미시킨 환도.

앞으로 터져 나가던 빙탄이 도극에서 떨어져 나가기 전, 석수는 살짝 손목을 비틀었다.

설빙수류도는 도 자체 내에서 생성된 빙탄을 이용한 무공이다. 환도는 빙탄의 방향을 바꿔주는 역할을 했다.

혈단 무인들은 터져 나오는 빙탄을 보았고 피할 수 있었지만 연이은 환도는 보지 못했다.

빙탄은 가장 우측에서 달려오던 무인의 안면을 가격하고 튀어 올라 옆에 있던 무인의 어깨를 부수며 터졌다.

예상치 못한 공격에 혈단 무인들이 주춤하는 기색을 보였다. 얼굴과 어깨를 부여잡으며 미친 사람처럼 발광하던 두 무인의 신형이 스르르 무너져 내렸다.

정적의 순간은 짧았다.

사방에서 해도구귀가 날뛰는 소리는 혈단 무인들의 굳어

진 정신을 깨우기에 충분했다.

"주, 죽여!"

누군가가 석수를 보며 소리쳤다.

석수는 독아를 드러내며 자신을 향해 달려오는 수많은 혈단 무인들을 바라보며 웃었다. 중원에서 처음으로 사용한 설빙수류도의 결과는 매우 만족스러웠다.

석수는 도를 사방으로 떨쳐 내며 혈단 무인들에 맞서 싸웠다.

왜 싸워야 하는지는 알고 있다.

자신들의 복수를 해주었으며 친동생처럼 대해주었던 류선을 위한 싸움. 그 류선이 모시는 주군, 북해빙궁의 소궁주를 위한 싸움.

이곳에서 살아남을 수 있는 해도구귀는 과연 몇이나 될까. 목숨은 아깝지 않다. 다만, 죽을 때 죽더라도 한 명이라도 더 저승길 동무로 삼아야 한다는 생각은 머릿속에서 지워지지 않았다.

일 대 다수의 싸움은 극에 달했다.

"크흑!"

등이 불에 덴 듯 화끈했다. 허벅지도, 가슴도, 허리와 복부도…….

눈앞에 불이 번쩍인다 싶었다. 자신을 덮치는 혈단 무인들의 움직임이 느릿한 영상으로 보였다.

오늘따라 도가 무겁게만 느껴졌다. 왜 이리 마음대로 휘둘러지지 않는지.

'한 놈이라도 더 죽이고 가야 하는데……'

파악!

석수는 거대한 도를 바닥에 꽂았다. 그는 억지로 도에 몸을 의지한 채 꼿꼿하게 섰다. 머리가 너무 무거웠다.

'이제 스승님의 곁으로……'

석수의 고개는 힘없이 아래로 떨어졌다.

붕! 부웅!

양표(梁豹)의 도 휘두르는 소리는 섬뜩했다. 그는 철저히 사방을 경계하며 적들의 접근을 허용하지 않았다.

'네 명!'

간간이 쏘아낸 빙탄에 적중당한 혈단 무인들의 수는 고작 네 명. 적어도 여섯 명은 더 죽여야 한다. 그래야 수적으로나마 비등해질 테니까.

혈단 무인들의 검은 양표의 근처에도 가지 못했다. 접근을 하려 하면 무시무시한 위력의 도가 몸을 베어왔다.

싸움이 시작된 지 얼마 되지도 않았건만 양표의 이마에선 굵은 땀방울이 흘러내리기 시작했다.

방어도 중요하나 체력이 많이 소모된다는 점에선 그리 좋은 방법을 택한 것은 아니었다.

끊임없이 회전하며 도를 휘두르던 양표는 문득 자신의 행동에 의문을 가졌다.

'지금 살자고 이 짓을 하는 건가?'

실없는 웃음이 새어 나왔다.

어차피 죽음을 각오하고 왔으면서…….

양표는 도를 뚝 멈췄다. 그런데,

피유웃!

무언가가 빠르게 날아옴을 느끼곤 재빨리 도를 휘둘러 쳐냈다.

챙!

도에 맞아 바닥에 떨어진 그것이 무엇인지 알았을 때 양표의 얼굴은 다시금 찌푸려졌다. 아무리 접근이 여의치 않다고 해서 무인의 몸이나 다름없는 검을 던지다니.

'제길! 어리석게 이놈들에게 무인의 도를 바라다니!'

양표는 발을 굴러 방금 검을 던진 무인에게로 득달같이 달려들었다. 무인의 동공이 커지며 뒤로 물러서려는 순간, 양표는 그의 목덜미를 거칠게 움켜쥐었다.

까가가각!

차마 눈뜨고는 볼 수 없는 상황이 연출되었다. 양표의 도는 무인의 왼 팔뚝부터 심장까지 베어냈다. 깨끗하게 처리할 수 있음에도 불구하고 일부러 잔혹하게 손을 놀렸다.

양표는 축 늘어진 무인을 던져 버리곤 곧장 도를 휘둘렀다.

흰자위가 붉게 충혈된 그는 눈에 뵈는 거라곤 하나도 없었다. 방어를 하겠다는 생각은 멀리 떠나간 후였다.

베어도, 베어도 계속 달려드는 혈단 무인들…….

양표의 처지도 석수와 별반 다르지 않았다. 다만 석수와 다른 점이 있다면, 독에 중독돼 얼굴이 터지는 순간까지 내공을 끌어올려 도법을 전개했다는 것.

양표가 죽인 혈단 무인의 수는 열한 명에 달했다.

사공필은 흐트러진 정신을 다잡았다.

요수와 함께 있을 때는 본 실력을 발휘하지 못했다. 혈단 무인들의 붉은 검날에 대한 두려움 때문이었다.

지금 그는 요수의 몫까지 싸워야 했다. 자신이 피하지만 않았어도 요수가 팔 한쪽을 잃는 상황까지는 가지 않았을 게다. 미안함과 죄책감이 무겁게 마음을 짓눌렀다.

칠십 명이라는 숫자는 생각보다 적었다. 자신들이 열둘이라는 점을 감안하면 많은 숫자지만, 막상 적진에 뛰어드니 그리 많아 보이지 않았다.

후방을 맡은 사공필이기에 마땅히 할 일은 없었다. 그는 혈단의 검에 닿지 않기 위해 장거리에서 간간이 빙장을 날리기만 했다.

류선을 비롯한 해도구귀는 자신들의 몫을 충분히 해내고 있었다.

그들은 목숨을 걸고 싸우고 있다. 쉽게 느낄 수 있었다. 위축은커녕 독을 머금은 혈검에도 아랑곳하지 않고 하나라도 더 죽이겠다는 의지를 내비치며 몸을 던졌다.

그들이 휘두르는 도에서는 섬뜩함마저 일었다.

'천하의 사공필이 뒤에 버려진 놈들만 처리할 순 없지!'

사공필은 즉시 몸을 날렸다.

해도구귀 중 하나가 도를 땅에 박은 채 고개를 떨구었다. 혈단 무인들은 이미 죽어 있는 해도구귀의 몸에 계속해서 검을 쑤셔대고 있었다.

"바보 같은 새끼, 이왕 죽을 거면 한 놈이라도 더 데려가던가!"

파앙―!

힘차게 떨쳐 낸 오른손에서 무시 못할 위력이 담긴 빙장이 터져 나갔다.

"커어……!"

적중당한 무인은 비명마저 다 내뱉지 못한 채 우뚝 동작을 멈춰야 했다. 땅바닥에 꼿꼿이 선 무인의 몸이 빠른 속도로 굳어져 갔다.

그 순간, 곁에 있던 무인들의 눈가에 놀람이 어렸다. 지금까지 해도구귀를 상대하기 위해 빙탄을 간간이 피하는 정도에 그쳤지만, 사공필의 빙장은 그런 빙탄들과는 위력 자체가 달랐다.

사공필은 잠시 주어진 혼란의 틈을 놓치지 않았다.

퍼엉! 퍼어엉!

"다 죽어, 이 새끼들!"

그의 손이 뻗어지는 곳엔 여지없이 빙장이 터져 나갔고, 미처 다 토해내지 못한 비명이 작게 울렸다.

예상치 못한 공격에 잠시 주춤하던 혈단 무인들은 곧 정신을 수습하고는 검을 들어 사공필에 맞서기 시작했다.

시간이 지나감에 따라 빙장의 위력은 감소되었다. 하지만 혈단 무인들에게 둘러싸일 만큼 사공필의 발놀림은 둔하지 않았다.

"이 새끼들이 치사하게 떼로 덤벼? 좋다! 어디 한번 잡아 봐!"

경쾌한 몸놀림을 구사하던 사공필은 혈단 무인들을 조롱하며 안전한 곳으로 몸을 날렸다.

보기만 해도 마음이 안정되는 사람, 가장 큰 덩치를 지녀 두드러지게 눈에 잘 들어오는 사람에게로.

숨 막힐 듯한 긴장감이 주위에 맴돌았다.

열 명이나 되는 혈단 무인들은 모두 검을 수직으로 세운 채 긴장의 순간을 느껴야만 했다. 그들의 눈동자는 한 점의 흐트러짐도 없이 어느 한곳만을 향했다.

족히 어린아이 키는 될 법한 거대한 도를 비스듬히 세워 가슴에 품고 있는 자. 우선은 그의 어마어마한 덩치에 기가 질렸다. 험악한 인상, 풍기는 분위기가 접근을 불가케 했다. 주위의 모래알 한 톨이라도 얼려 버릴 것만 같은 강렬한 그의 분위기에 그 누구도 섣불리 덤비지 못했다.

"이봐, 덩치. 당신 동료들은 죽어가고 있는데 언제까지 가만히 서 있기만 할 거야?"

사공필의 말에 류선의 굵은 눈썹이 꿈틀거렸다.

순간, 그의 가슴이 활짝 열어지는가 싶더니 어느새 대도는 하늘을 가르고 있었다.

슈아악!

"......!"

말을 하던 사공필이 깜짝 놀랄 정도로 엄청난 파공성이었다.

눈 깜짝할 새 도극에 얼음이 맺혀졌다. 납작한 원반 모양을 띤 얼음은 다섯 개로 나뉘며 사방으로 쏘아져 갔다.

투두둑! 투둑!

둔탁하고 단단한 무언가가 부러지는 소리. 비명조차 들리지 않았지만 사공필은 눈앞에서 벌어진 사실을 믿을 수가 없었다.

류선이 날린 얼음 원반 다섯 개는 정확히 혈단 무인 다섯 명을 가격, 한 치의 오차도 없이 다섯 무인의 목 언저리를 깨끗하게 베어냈다.

‘일개 도주라는 자의 실력이 이 정도인가?’

사공필은 호흡을 가다듬는 류선을 곁눈질했다.

비록 내공의 소모가 심하다고는 하나, 단 한 번의 손속으로 다섯 명의 유명을 달리하게 할 정도의 실력을 가진 자라는 사실이 호기심을 부추겼다.

‘제법인데?’

사공필의 입꼬리가 살짝 말려 올라갔다. 한 번쯤 손을 섞어 보고 싶은 자를 발견했을 때 나타나는 습관이었다.

류선은 다시 도를 품고 있었지만 덤비는 이가 아무도 없었다. 혈단 무인들도 방금 자신들의 동료 다섯이 순식간에 목숨을 잃는 광경을 똑똑히 지켜보았다.

“이봐, 나랑 교대하는 게 어때? 응? 이 사공필님께서 도와주겠다는 소리야.”

사공필은 무서운 눈으로 혈단 무인들을 노려보고 있는 류선의 어깨를 툭툭 치며 앞으로 나섰다.

후각을 자극하는 역한 혈향. 적의 것인지 아군의 것인지 좀처럼 짐작할 수 없는 비명.

해도구귀는 최선을 다하고 있지만 류선과 사공필은 알 수 있었다. 혈단 무인들의 수가 줄어드는 만큼 해도구귀의 수도 줄어들고 있음을. 그리고 아직도 절반에 가까운 혈단 무인들과 싸워야 한다는 것을.

“간다, 이 새끼들아!”

해가 뉘엿뉘엿 저물어가는 오후, 야산은 한 폭의 지옥도를
연출해 내고 있었다.

"지독한 놈들……!"
주을파는 멀리서 벌어지는 싸움을 보며 치를 떨었다. 앉아
서 조용히 관전을 하려 했건만 엉덩이는 이미 의자를 벗어났
다.
죽는 순간까지도 악착같이 달려드는 북해빙궁의 무인들.
십일 대 칠십의 싸움이다. 나타난 북해빙궁의 무인들이 아무
리 강하다고 하나 칠십 명이 당해내지 못할쏘냐.
북해빙궁의 삼전 무인들과 비슷한 수준의 혈단?
그 생각부터 급히 수정해야 했다.
놈들은 악귀였다. 죽음을 전혀 두려워하지 않았다. 도를
휘두를 때마다 피가 튀고 떨어져 나간 살점이 허공에 비산했
다.
혈단 무인들이 속수무책으로 당하고 있었다.
"히히! 일당백이 아니라 일당십입니다요. 히히!"
불안정한 우괘의 두 눈동자가 어지럽게 움직였다.
혈단 무인들이 고작 십여 명밖에 되지 않는 북해 무인들을
상대로 고전을 면치 못한다는 점에서 우괘 역시 적잖이 당황
하고 있었다.
'그러기에 빨리 단태붕부터 죽이자니까!'

우쾌의 생각과 말은 따로 놀았다.

"이대로 가다가는 양패구상입니다요, 히히! 어찌하시렵니까요?"

"여기서 물러날 수는 없잖아!"

"그렇긴 합죠. 우리가 물러난다 하더라도 저들이 우리를 곱게 보내줄 리 만무합니다요, 히히!"

우쾌는 사납게 쏘아보는 주을파의 눈짓에 황급히 입을 다물었다.

튀기는 핏방울 아래, 바닥에 드러눕는 혈단 무인들의 수는 점점 늘고 있었다.

"누가 혈단 무인들을 나한테 붙였어?"

말하기 싫은 것을 억지로 내뱉듯 깊게 잠긴 목소리가 주을파의 입술을 비집고 흘러나왔다.

"히히! 그거야 궁주께서 명령하셨고, 혈단주가 뽑은 최정예 백 명이……."

"최정예? 이따위 실력밖에 가지지 못한 것들이 최정예라고!"

버럭 성질을 내는 주을파 앞에서 우쾌는 아무런 말도 하지 못했다.

'잘되면 제 탓, 안 되면 남 탓한다더니……. 혈단 무인들이 죽든 말든 나와는 상관없지만 내 목숨은 건져야 하지 않겠나? 만약 내가 여기서 죽는다면 네놈의 목숨도 보존하긴 힘

들 거야.'

우괘의 눈에 섬전과 같은 빠르기로 기광이 떠올랐다가 사라졌다.

혈단의 실력을 탓하며 이글거리는 눈으로 싸움을 지켜보는 주을파는 우괘의 눈빛을 보지 못했다.

'우선 자리를 피할 준비부터 하고.'

우괘는 싸움의 끝을 예상했다.

설사 혈단이 해도구귀를 이긴다고 해도 타격이 큰 상태로는 서가장에 있을 단태붕조차도 버거울 게다. 잠시 피해 있다가 혈궁에서 보내올 지원자들을 기다리는 수밖에.

우괘는 주을파가 눈치 채지 않게 살짝 자리를 벗어났다.

"내공을 잃었다던 놈이 어떻게……."

주을파의 말아 쥔 두 주먹이 부르르 떨렸다.

그의 눈은 푸른 검으로 잔가지 치듯 혈단 무인들을 쳐내며 자신을 향해 달려오고 있는 한 사람에게 고정되었다.

2

무차별적인 살인은 성격상 맞지 않는다. 실력을 드러내고픈 명목 아래 무공을 펼치는 것이라면 더더욱 사양하고 싶다.

하지만 하기 싫은 것도 억지로 해야 할 때가 있듯, 지금이 바로 그러했다.

챠앗!

빙옥검을 잡은 손이 자르르 울렸다. 얼굴이 흉측하게 갈라진 무인은 겁에 질린 표정으로 안면을 감쌌다. 하지만 그뿐이었다.

쿵!

무인의 신형이 땅으로 곤두박질치자 단여랑은 그를 발판 삼아 허공으로 몸을 띄웠다.

'가볍다!'

몸이 마치 깃털처럼 가볍다는 느낌이 들었다.

방금 전, 복용한 해독약이 효능을 얼마나 발휘할지는 미지수였으나 전과 다른 것은 분명했다. 몸의 변화는 자기 자신이 가장 잘 알고 있으니까.

한풍신비는 단여랑을 하늘 높이 올려주었다.

쉬이익! 슝!

간발의 차이로 발밑을 스쳐 지나가는 네 자루의 붉은 검이 모골을 송연케 했다.

단여랑은 허공에서 단숨에 십여 장을 이동했다. 너무도 빠른 속도에 방금 전까지 발아래서 검을 휘두르던 혈단 무인들은 죄 없는 허공에 칼질만 했다.

"크아악!"

"커헉!"

여기저기서 들려오는 비명 소리에 단여랑은 인상을 찌푸

렸다.

아주 적은 인원으로 다수를 상대하기에는 역부족이지만 해도구귀는 기대 이상으로 열심히 싸웠다.

단여랑의 두 눈은 오직 정면만을 향했다.

가장 높은 곳에 서서 싸움을 관전하고만 있는 사내, 혈궁의 차기 궁주로 지목받은 주을파. 점처럼 조그맣게 보이던 그의 모습이 시야에 정확히 들어오기 시작했다.

"앞길을 막아!"

"소궁주를 보호해라!"

단여랑이 주을파에게로 달려가는 기미를 눈치 챈 혈단 무인들이 크게 소리쳤다.

주을파는 혈단을 못마땅하게 보지만 혈단원들은 잘 훈련된 무인들답게 지켜야 하는 사람이 누구인지 잘 알고 있었다.

그러나 혈단원들은 혈궁에서 선출된 정예답지 않게 어수선한 움직임을 보였다.

만약 혈단을 지휘하는 자가 주을파가 아니라 혈단주였다면, 오늘 바닥에 누워야 할 사람들은 단여랑 일행이 되었을지도 모른다.

단여랑에겐 다행이지만 혈단원들에겐 불행이었다.

단여랑이 부서지는 얼음을 밟으며 재차 허공으로 몸을 솟구치려던 순간이었다.

슈악!

날이 잘 선 검 두 자루가 얇은 얼음을 뚫고 불쑥 튀어나왔다.

"어딜!"

단여랑은 그대로 몸을 띄워 공중에서 한 바퀴를 돌았다. 발을 디뎌야 할 곳은 어디에도 없었다.

검을 날렸던 두 무인의 만면에 미소가 번져 가는 순간,

획! 휘리릭!

단여랑의 몸이 허공에 뜬 상태로 팽이처럼 돌기 시작했다. 그 움직임은 육안으로 구별할 수 없을 정도로 빨랐고, 눈에 보이지 않는 실을 밟고 올라서 있는 듯했다. 당연히 바닥으로 떨어져야 할 신형도 허공에 붕 떠 있는 상태였다.

빙옥검 또한 여전히 단여랑의 손에 들려 있었다.

혈단 무인들의 얼굴에 경악이 스칠 무렵,

"피, 피해!"

위험을 감지한 찰나에 몸을 날렸어야 했다.

파아아앙!

하지만 이미 빙옥검의 끝에서 생성된 가공할 만한 위력의 얼음 줄기는 성난 파도처럼 혈단 무인들을 덮쳐 갔다. 회전의 반동으로 인해 얼음 줄기는 먹이를 노리는 독수리처럼 날카롭게 휘날렸다.

혈단 무인들이 미처 깨닫지 못한 것, 빙공은 내력을 이용하

여 자유자재로 펼칠 수 있는 무공이며 검에는 사람을 구별하
는 눈이 달려 있지 않다는 것.

"아아악!"

두 팔이 어깨에서부터 떨어져 나간 무인은 혼이 반쯤 빠져
나간 사람처럼 미친 듯이 날뛰었다.

단여랑의 공격은 그것으로 끝난 것이 아니었다.

물결처럼 휘날리는 얼음 줄기는 반경 오 장의 접근을 허락
하지 않았다. 제대로 준비를 하지 않았으며, 단여랑에게 내공
이 없을 것이라 생각하던 혈단 무인들은 속수무책으로 당하
기만 했다. 운이 좋은 무인들은 황급히 자리에서 몸을 날려
목숨만은 건졌다.

단여랑이 바닥으로 착지했을 땐, 그의 근처에 제대로 서 있
는 사람이 없었다.

뿌연 먼지가 피어올랐다.

가만히 있어도 땀이 줄줄 흐르는 한여름의 날씨인 데도 야
산은 한겨울을 맞은 듯 으스스한 기운만 맴돌았다.

뿌연 먼지가 가라앉고 단여랑의 모습이 보이자 모두들 숨
이 멎는 듯했다. 아직까지 살아 있는 해도구귀는 물론, 멀리
서 가느다란 눈으로 지켜보던 주을파까지 놀란 눈으로 단여
랑을 바라봤다.

서리를 맞은 듯 새하얀 머리카락. 거뭇거뭇 보이는 몇 가닥
의 검은 머리카락이 오히려 이상하게 보일 정도였다.

'저런 말도 안 되는 무공이 어디 있어!'

주을파는 이미 단여랑을 무시했던 생각은 까맣게 잊었다. 내공이 없이는 전혀 불가능한 실력을 선보인 단여랑으로 하여금 머릿속에 위험을 알리는 경종이 울렸다.

스릉!

보통 혈검보다 조금 더 붉은, 붉은빛이 너무 진해 언뜻 보면 묵빛으로 보이는 검날이 주을파의 옆구리에서 빠져나왔다.

물러설 곳은 없다. 아니, 물러선다는 것은 씻을 수 없는 모욕과 수치를 남길 것이 자명한 일.

이십 년이 넘게 수련한 혈랑진혼검이 빛을 발휘할 순간이 도래한 것이다.

주을파는 자신을 향해 흰머리를 휘날리며 뚜벅뚜벅 걸어오고 있는 단여랑을 보며 서서히 검을 들어올렸다.

목숨을 걸고 지키겠다는 혈단 무인들 중 그 누구도 단여랑의 앞길을 막지 못했다.

어느덧 단여랑과 주을파의 거리는 사 장여 간격으로 좁혀졌다.

"네가 주을파냐?"

단여랑은 빙우처럼 얼굴에 전혀 감정이라는 것을 드러내지 않았다. 그 점이 오히려 그의 인상을 더욱 차갑게 만들었다.

“재미있는 녀석이군.”

주을파의 음성은 평소보다 조금 떨렸고, 전신을 감싸는 긴장과 흥분을 주체하지 못하는 표정이 역력했다.

“감히 혈궁 따위가 북해빙궁에게 도전장을 내밀었다? 그러고도 무사하길 바란다면 네놈이야말로 재미있는 녀석이겠지.”

“혈궁 따위라? 놈! 혈궁의 전력이 얼마나 되는지 알고 지껄이는 소리냐?”

“북해빙궁이 여태까지 혈궁이 무서워 가만히 내버려 둔 줄 아나? 착각하지 마라. 혈궁은 건드릴 가치조차 없기 때문에 내버려 둔 것뿐이다.”

“뭐, 뭣이?!”

“결론만 말하겠다. 범을 몰라보고 덤빈 하룻강아지는 정신을 차릴 때까지 패주어야지. 패고 또 패도 정신을 못 차리면 죽이는 수밖에 없어.”

“이노옴!”

주을파의 얼굴이 급격하게 붉어졌다. 태어나서 이렇게 심한 모욕을 당하기는 처음이었다.

무인과 무인의 싸움에선 먼저 흥분하는 쪽이 불리하다. 마음을 교란시키는 상대의 그 어떠한 언행에도 부동심을 지켜야 하건만, 주을파에게 그런 점을 기대하기는 처음부터 힘들었다.

"네놈은 내가 죽여주겠다!"

주을파는 디디고 있던 땅을 박차며 앞으로 뛰쳐나갔다. 단여랑은 미리 예상이라도 한 것처럼 작게 웃었다.

"생각했던 것보다 더 무모하군. 태붕이만도 못한 녀석."

부웅!

주을파의 묵빛 검은 공기를 찢어발기며 날아들었다.

'혈랑진혼검!'

단여랑은 눈에 이채를 발하며 뒤로 껑충 물러섰다.

혈랑진혼검은 붉은 이리 떼가 송곳니를 드러내고 달려든다는 착각을 일으킨다고 해서 지어진 이름이다. 여타 검법과 다른 점이 있다면 검을 뻗어내고 가르는 것, 그리고 회수와 돌리고 꺾는 모든 움직임이 공격성을 띤다는 점이다.

방심할 틈이 없다. 한 번 펼쳐진 혈랑진혼검은 상대가 죽을 때까지 멈추지 않는다.

현 혈궁주가 십이성, 눈앞에 있는 주을파가 십성을 연마했다.

주을파는 노련한 고수답게 검을 놀리는 솜씨가 예사롭지 않았다. 하지만 혈랑진혼검의 더욱 무서운 점은……

철컹!

쇠가 맞물리는 소리가 들렸다. 동시에,

철컹! 철컹!

묵빛 검이 보통 검보다 몇 배나 두꺼운 이유는 따로 있었

다. 양쪽의 긴 검날에서 송곳처럼 뾰족한 쇠침들이 튀어나왔
다. 쇠침의 수는 양쪽 합해 스무 개. 역시 검붉은 빛을 띠었
다.

'치명적인 독이다!'

단여랑은 위험하다는 것을 한눈에 알아봤다.

주을파가 휘두르기만 하는 데도 인상이 절로 찌푸려질 정
도의 악취가 후각을 자극했다.

주을파는 공격 범위를 예상할 수 없을 정도로 막무가내로
몸을 움직였다. 아니다. 막무가내인 듯하나 동작마다 절도가
배어 있었다.

'인격이랑 무공 실력과는 별개군.'

단여랑은 검에 닿지 않기 위해 연신 뒤로 물러서며 주을파
의 물샐틈없는 공격을 피하기에 바빴다.

'혈랑진혼검의 변형인가?'

혈랑진혼검을 견식하는 것은 이번이 처음이었다. 북해에
서 어릴 적 주입식 교육을 받을 때 혈랑진혼검에 대한 이야기
를 들은 적이 있다.

공격과 회수가 적절히 어우러진 혈랑진혼검은 웬만한 고
수들을 오 초 안에 굴복시키기로 유명하다. 그러하기에 혈궁
의 주무공이 된 이유겠지만.

주을파의 공격은 벌써 이십여 초를 넘어서고 있다. 반복된
공격이 아닌 걸로 보아선 혈랑진혼검의 변형이 틀림없었다.

'시간을 끌어선 안 돼. 해도구귀가 힘들어져.'

단여랑은 더는 방어만 하고 있을 수 없었다.

투웅!

시위에 장착된 화살이 팅겨져 나가듯 단여랑의 신형이 위로 높이 솟아올랐다. 주을파의 검은 영사의 혓바닥처럼 단여랑을 쫓아왔다.

'혈랑진혼검에 어울리는 검법이 북해에도 하나 있지.'

단여랑은 유리빙천검을 떠올렸다.

혈랑진혼검이 붉은 이리 떼라면 유리빙천검은 우박 세례와 다름없었다.

하지만 중요한 것은 단여랑이 유리빙천검을 익히지 않았다는 사실.

'빙공은 일맥상통이야. 단지 어떻게 활용하느냐에 따라 조잡하게 나뉘어져 있을 뿐.'

유리빙천검에 제격인 심법은 태음양화다. 전신에서 폭사되는 얼음 조각들이 당문 비전의 만천화우와도 같다는 무공. 몸에서 생성될 기운을 빙옥검에 실어 넣는다면 기존의 유리빙천검보다 몇 배는 강한 단여랑만의 유리빙천검이 만들어질 게다. 북해의 그 누구도 따라 할 수 없는, 그만이 유일하게 펼칠 수 있는 무공!

생각은 의념을 낳고, 의념은 행동을 낳았다.

쉬식!

주을파의 검이 풀어헤쳐진 앞섶을 훑고 지나갔다.

치이이익!

무복은 눈 깜짝할 새에 본래의 색을 잃고 검게 타 들어갔다.

'어지간히 독한 놈이 아니면 저런 검은 들고 다니지도 못하겠군.'

단여랑은 머릿속으로 끊임없이 생각하며 눈을 반개하고 단전으로 의념을 돌렸다. 주을파의 검날이야 그가 가진 감각만으로 피하면 그만.

단전에 묵직한 무언가가 뭉쳐지자마자 기운들이 전신 혈맥을 정신없이 질주하려 했다. 단여랑은 그 틈을 놓치지 않고 오로지 두 손으로만 진기를 모았다.

빙옥검이 부르르 떨렸다.

'지금이다!'

단여랑의 두 눈이 번쩍였다.

슈아앙!

빙옥검이 쾌속하게 허공을 갈랐다.

예상치 못한 반격에 주을파의 혈랑진혼검이 흐름을 놓치고 말았다.

"……!"

짧은 시간 정적이 맴돌았지만 달라진 것은 없었다.

단여랑이 검을 휘두른 상태로 미동도 않자 주을파의 얼굴에 가느다란 비소가 그려졌다.

"하하! 말만 북해빙궁이지, 북해빙궁 따위가 감히! 이야 압!"

주을파는 검을 높이 치켜들고 단여랑을 향해 득달같이 달 려들었다.

"응?"

순간 주을파는 달려나가지 못하고 멈칫했다. 단여랑과 자 신 사이에 보이지 않는 벽이 존재하는 것 같았다. 앞으로 한 발자국도 더 다가갈 수 없는 불길함이 가득한 보이지 않는 벽.

놀라운 일은 잠시 후 벌어졌다.

쩌적! 쩌저적!

그는 자신의 눈과 귀를 의심했다. 초점 잃은 눈동자는 아무 것도 없는 허공으로 향했다. 빈 공간에… 금이 생기고 있었 다.

'뭐, 뭐야?'

불길한 기분에 주을파는 뒤로 발을 빼냈다. 동시에,

파아악!

"헉!"

공간이 깨어지며 뾰족하고 투명한 유리 조각들이 주을파 를 덮쳤다. 순간 그는 당황하여 검을 아무렇게나 휘둘렀다.

따당! 땅! 땅! 푸욱!

"컥!"

명치끝이 자르르 울렸다. 주을파는 간신히 고개를 내려 욱신욱신 쑤셔오는 배를 쳐다봤다. 그러나 배에 무엇이 꽂혔는지는 보이지도 않았다. 단지 붉고 가느다란 선혈이 그어진다 싶었는데 그 선혈의 굵기가 점점 굵어져 간다는 것밖에 볼 수 없었다.

단여랑이 날린 유리빙천검의 파편이 주을파의 복부를 깊숙이 파고들었던 탓이다.

"이, 이게 도대체 뭐야?"

"북해빙궁의 유리빙천검도 알아보지 못하다니. 주입식 교육을 제대로 받지 않았나 보군. 안목없는 눈알은 갖다 버려."

"네놈이 감히……!"

주을파는 묵빛 검을 세게 움켜쥐었다. 그리곤 검병에 달린 동그란 단추를 꾹 눌렀다.

피웅!

"……!"

아무도 예상치 못한 반전이 일어났다.

같은 혈궁의 무인들조차도 몰랐던 주을파의 검. 그의 검은 도대체 어느 장인의 손을 거쳐 만들어진 것인가.

그 누구의 눈도 그 빠르기를 잡아내지 못했다. 다시금 주을파를 바라봤을 때, 그의 검신에 오돌도돌 자리하던 쇠침들이 몽땅 사라진 것을 보았다.

"*끄르르!*"

암기처럼 쏟아져 나간 쇠침에 목을 내주어야 했던 혈단 무인 하나가 게거품을 물고 쓰러졌다. 쇠침이 터져 나가고 혈단 무인이 죽기까지란 촌각의 시간도 걸리지 않았다.

"흐흐흐흐!"

주을파의 음흉한 웃음소리에 단여랑은 자신의 왼 팔뚝을 바라봤다.

시커먼 쇠침 하나가 원래 몸과 하나인 듯 자연스러운 모습으로 박혀 있었다. 악취를 풍기던 치명적인 독을 머금은 쇠갈고리.

"……."

"잘가라, 애송이. 혈궁을 무시한 대가다. 하하하!"

허리까지 뒤로 젖혀가며 크게 웃는 주을파의 웃음은 오랫동안 계속되었다.

"하하하! 하하하하! 하하… 하하……?"

주을파의 웃음이 뚝 멎었다. 대신 그는 못 볼 것이라도 본 듯한 얼굴로 눈앞에 꼿꼿하게 서 있는 단여랑을 쳐다봤다.

진즉에 죽어 바닥에서 타 들어가는 시신이 되어 있어야 할 단여랑은… 멀쩡했다.

"뭐, 뭐냐!"

"오히려 내가 묻고 싶은 말이군. 이건 뭐야?"

단여랑은 빙옥검으로 팔뚝에 박힌 쇠침을 가볍게 쳐냈다.

"독인 줄 알았는데, 아닌가?"

주을파는 바닥에 떨어진 쇠침과 단여랑을 번갈아 보며 기
겁했다.

"네, 네놈의 정체는 뭐, 뭐냐!"

"북해빙궁의 소궁주다."

주을파는 눈앞의 현실이 믿겨지지 않았다.

"어떻게… 어떻게 그걸 맞고도……!"

"무사하냐고? 그건 나도 궁금한데, 이젠 끝을 봐야 할 때가
온 것 같군. 말 안 듣는 하룻강아지 흠씬 패주기."

단여랑은 빙옥검을 바닥에 통통 팅기며 겁에 질려 있는 주
을파를 향해 뚜벅뚜벅 걸어갔다.

"우괘!"

소리가 난 곳에는 혈단 무인 중 제법 나이가 많은 한 사내
가 주을파의 뒤를 보며 다급하게 외치고 있었다.

타닥!

동시에 숲 한쪽에서 뛰쳐나온 작은 체구의 인영이 번개처
럼 주을파의 허리를 낚아챘다. 우괘는 주을파를 어깨에 둘러
매고 뒤도 돌아보지 않고 도주했다.

그들의 도주를 멀거니 지켜본 단여랑은 방금 고함을 지른
혈단의 사내를 바라봤다.

"괜찮겠나? 날 상대해야 하려면 목숨을 잃을지도 모를 텐
데?"

사내의 검미가 부르르 떨렸다.

"차라리 혼자 도주하는 편이 좋았을 걸… 괜한 짓을 했어. 어차피 주을파도 오래 못 가."

"내가 모시는 소궁주이시다!"

사내는 굵은 땀을 흘리면서도 기개있는 어투로 말했다.

"의리는 인정해 주고 싶지만 공과 사는 확실히 해둬야지. 당신도 결국엔 혈궁 무인. 오늘부터는 혈궁을 용서할 마음이 없어."

단여랑은 빙옥검을 사내에게 겨눴다.

시산혈해(屍山血海)라는 말이 따로 없었다.

드넓은 야산의 공터에 널린 건 그 수를 짐작할 수도 없는 시신들이었다. 시신에서 뿜어져 나온 피가 바닥을 적시고, 편히 숨을 쉴 수도 없을 정도로 지독한 혈향이었다.

단여랑은 적막한 공터를 한 번 둘러보곤 자신의 왼팔에 시선을 가져갔다.

쇠침이 박혔던 자리가 길게 찢어졌다. 검게 타 들어가다 만 피부가 너덜거렸다. 하지만 피는 단 한 방울도 나오지 않았다.

옆에 서 있다가 횡액을 면치 못한 혈단 무인은 쇠침을 맞자마자 숨을 거뒀다. 그러나 단여랑은 멀쩡했다.

그새 만독불침지체라도 되어버린 것인가. 하지만 그것이 아니라는 건 단여랑 자신이 더 잘 알고 있었다.

깊게 침잠한 눈으로 상처를 한동안 바라보던 단여랑은 홍자경이 예전에 주었던 단도를 품에서 꺼내 너덜거리는 피부를 잘라냈다.

스걱!

역시 예상했던 대로 아픔은 전혀 느껴지지 않았다.

"야, 다친 데는 없냐?"

옆으로 다가온 사공필의 얼굴은 몹시 피곤해 보였다.

"해도주는?"

사공필은 대답 대신 턱짓으로 한쪽을 가리켰다.

단여랑은 멀리에 서 있는 세 명의 사람을 볼 수 있었다. 해도주와 해도구귀 중 두 사람이었다. 나머지 일곱 명의 모습은 보이지 않았다.

류선은 단여랑과 시선을 마주치자 두 사람을 남겨두고 성큼성큼 걸어왔다. 한 걸음씩 내딛는 그는 이를 악물고 터져 나오려는 눈물을 참고 있는 듯했다.

단여랑은 그가 가까이 다가올 때까지 말없이 기다렸다.

"여섯 명을 놓쳤습니다. 그 외엔 모두 죽었습니다."

혈단은 전멸했다. 백 명이나 되는 사람들이 거의 죽음을 면치 못했으니 혈궁은 큰 타격을 입은 셈이다.

"수적으로 불리한 상황이었지만 소궁주 덕분에 이 같은 결과가 나왔습니다. 어디 다치신 데는 없으십니까?"

"해도주."

“말씀하십시오.”

“해도구귀 중 살아남은 사람은 두 명뿐입니까?”

“그렇… 습니다. 실력이 모자란 탓에…….”

“……”

“어차피 목숨을 버릴 각오를 하고 여기까지 온 자들입니다. 그러니 괘념치…….”

“해도주.”

“……”

“비가 올 것 같군요. 서둘러 마른 곳에 그들의 자리를 마련하도록 하지요.”

류선은 고개를 들지 못했다. 언제나 굳건하기만 할 것 같던 그의 두 어깨가 마구 떨렸다.

단여랑이 등을 돌리자 류선은 깊게 읍을 취한 후 해도구귀의 시신이 놓여 있는 곳으로 발걸음을 옮겼다.

“너도 그렇고 저 덩치도 그렇고, 지독하군. 수하의 죽음 앞에서 아무렇지도 않게 말을 할 수 있다니.”

사공필의 투덜거림은 단여랑의 마음을 쿡 찔렀다.

해도구귀는 류선에게 제자이자 동생과 같은 존재다. 동거동락한 날이 한두 해가 아닌 피붙이와 마찬가지다. 단여랑과 막부동의 사이처럼 해도구귀와 류선도 막역한 사이이다. 그런 사람들을 하루 만에 일곱이나 잃었다.

류선에 비할 바는 되지 않겠지만 단여랑도 마음이 편치 못했다. 해도구귀 역시 북해빙궁의 무인들. 단여랑이 지켜야 할 존재들은 단여랑을 위해 목숨을 버렸다.

'나약해질 수는 없어. 앞으로도 몇 명의 희생자가 생기게 될지는 아무도 모르지. 이미 죽은 자들을 되살릴 수는 없으니 가는 길이라도 편히 가게 명복을 빌어주는 수밖에.'

단여랑은 나직한 한숨을 토해냈다.

"근데 너, 팔이 왜 그래? 설마 검에 맞은 건 아니겠지? 멀쩡히 살아 있는 걸 보니 놈들의 검은 아닌 것 같고… 그럼 누가 그랬다는 거야?"

사공필은 단여랑의 팔을 보며 의아함을 드러냈다.

'빙백신공……'

단여랑은 알 수 없는 눈빛으로 흐려져 가는 하늘을 응시했다.

第二章

죽음을 맞이할 운명

1

"네놈이 감히!"

주을파는 단여랑 앞에서 우스꽝스럽게 도주하고 있었을 자신의 모습을 떠올리며 주먹을 부르르 떨었다. 자연 분노의 화살은 우괴에게 향했다.

"히히! 너무 노여워하지 마십시오. 소궁주를 미치광이와 싸우게 내버려 둘 수는 없는 노릇 아닙니까요? 히히!"

"네놈 눈깔에는 그 녀석이 미치광이로 보였다는 게냐!"

"그렇지 않고서야 소궁주님의 검을 맞았는 데도 살아 있을 리가 없지 않겠습니까요? 히히!"

우괴의 말에 주을파는 금세 화를 식히곤 단여랑의 어깨에

박혔던 쇠침을 생각해 내며 고개를 갸웃거렸다.

"그래, 이상한 일이야. 어떻게 쇠침을 맞고도 멀쩡할 수가 있는 거지? 분명 흑사의 독으로 제련된 쇠침인데……."

"그러니까 정상이 아니라는 말입죠. 히히! 정상인이라면 그 자리에서 죽었을 것 아닙니까요?"

"그건 미치광이가 아니라 괴물이야. 너도 분명 보았지? 놈은 내공을 잃지 않았어!"

"확실히 이상한 놈입니다요. 밀당의 정보도, 마라궁의 정보도 모두 틀렸다는 말입죠. 놈에 대해 정확히 아는 사람은 없는 것 같습니다요, 히히!"

주을파는 두 눈을 빛냈다.

단여랑은 투지를 일으키는 자였다. 혈궁에 있었을 때는 주을파를 상대하던 무인들이 아무리 강하다고 해도 진정 마음으로부터 싸우고 싶은 상대는 없었다. 싸워봤자 자신이 이길 것은 뻔한 일. 지루하기만 했다.

하지만 단여랑은 달랐다. 본 실력을 다해 겨뤄보고 싶었던 자였다.

단여랑은 투지를 일으킴과 동시에 쉽게 죽일 수 있을 것 같은 예감도 안겨줬다.

그래서 단여랑과 싸웠다. 그의 조롱 섞인 말에 주을파 자신의 감정을 제어하지 못한 채 무작정 달려나가 검을 휘둘렀다.

그러나 결과는 어떻게 되었는가.

주을파의 쇠침을 맞고도 멀쩡한 자라면… 이미 상대할 수 있는 대상이 아니다.

복부에서 흘러나오던 피는 이미 멈췄다. 하지만 아직도 통증이 가시지 않아 움직이는 데 무리가 따랐다. 주을파는 고통에 겨운 듯 인상을 쓰며 우쾌를 바라봤다.

"혈단은 모두 죽었겠지?"

"아마도…… 히히! 해도구귀라는 자들, 하나같이 만만한 자들이 아니라고 귀에 먼지가 앉도록 들긴 했지만 그 정도일 줄은 전혀 몰랐습니다요. 히히!"

"흥! 나약한 혈단 놈들이라 그래. 애초부터 수라마(修羅魔) 정도는 붙여줬어야 할 것 아냐!"

주을파는 고작 혈단을 붙여준 자신의 부친을 원망했다. 부친의 근위부대인 수라마였더라면 상황은 역전되어 있을지도 몰랐다.

"본궁에 전서를 이미 보냈습니다요. 곧 지원자들이 올 겁니다요. 그때 단태붕을 먼저 치러 가시지요, 히히!"

"아니야. 단여랑, 그놈부터 없애야겠어. 다시 전서를 날려. 수라마 세 명이라면 놈을 처리할 수 있을 거야."

'쯧쯧쯧!'

우쾌는 아직도 자신의 실력을 인정하지 못하는 주을파를 보며 속으로 혀를 찼다.

‘그렇게도 정신을 못 차렸냐? 놈은 이미 만독불침지체야. 수라마 열 명이 덤벼도 상대가 안 된다고. 놈을 죽이려면 다른 방법이 필요해.’

고개를 돌리던 우쾌는 바위 위에 아무렇게나 놓여 있는 여인을 바라보며 히죽거렸다. 우쾌의 시선을 따라간 주을파가 여인을 발견하곤 물었다.

“저건 아직도 안 버렸나?”

“일이 이렇게까지 될 거라곤 생각지 못했지만, 버리지 않길 잘한 것 같습니다요. 히히!”

“그게 무슨 소리야?”

“아까 말씀드리지 않았습니까요, 이 계집이 북해빙궁의 여식이라고. 히히!”

주을파가 놀란 눈으로 우쾌를 바라봤다.

“그렇단 말이지?”

주을파는 쓰러져 있는 단설리를 다시금 훑어봤다. 그는 젊은 나이였지만, 여자에겐 관심이 없었다. 오로지 야망과 정열에만 청춘을 쏟아 부었다.

여자가 있다면, 그건 필히 자신을 위해 이용당할 도구에 지나지 않았다.

주을파의 얼굴에 미소가 점점 짙어졌다.

“이 계집을 잘만 이용한다면 단여랑, 그놈을 쉽게 죽일 수 있겠어.”

"그리고 넌 지금 내 손에 죽게 되고."

"……!"

난데없이 들려오는 여인의 음성.

주을파와 우쾌는 소리가 난 곳으로 고개를 돌렸다.

단여랑을 피해 한 시진이나 넘게 달려왔으니 벌써 추적당했을 리는 없었다.

주을파와 우쾌의 시선이 닿은 곳에 여섯 명의 사람이 수풀에서 모습을 드러내고 있었다.

하늘에서 강림한 선녀의 모습이 이러할까. 흠잡을 데 없는 미모에 늘씬한 몸매가 잘 드러나 보이는 착 달라붙은 경장. 옷이 붉은색이 아닌 흰색이었더라면 정말 선녀라 해도 믿을 수 있을 것 같았다.

여자에게 별로 관심이 없던 주을파까지 눈이 휘둥그레질 정도로 여인은 너무나 아름다웠다.

"소저는 뉘신지? 혹시 나를 알고 있는 분이오?"

주을파는 어느새 복부의 아픔도 잊고 자리에서 일어나 여인에게 다가갔다.

"잘 알고 있지. 그래서 널 죽이러 이렇게 온 거다."

"어찌 이토록 아름다운 소저께서 죽음이라는 말을 할 수가 있소? 혹시 우리 예전에 만난 적이 있소? 설마 내가 소저를 기억하지 못해 화가 난 것은 아닌지……?"

여인은 가볍게 코웃음을 쳤다. 주을파는 그 모습마저도 아름답다고 생각했다.

"웃기는 소리 그만. 주을파, 넌 네 약혼자의 얼굴도 못 알아보나?"

"그게 무슨……? 내게 약혼자가 어디 있다고 그런 소리를 하시는 것이오?"

"하긴 그렇겠지. 삼 년 전, 내 등에 탄저잠이 꽂히는 순간부터 혼약은 깨졌지."

"……!"

"잘됐어. 어차피 나도 너 같은 쓰레기랑은 혼인할 생각이 눈곱만큼도 없었으니까."

주을파의 두 눈이 급격하게 가늘어졌다.

"설마… 이옥토?"

여인은 입술만 말아 올리며 미소 지었다.

'남해태양궁이다!'

이옥토의 등장. 그녀의 뒤로 다섯 명의 푸른 무복을 입은 무인들을 보는 순간, 우쾌는 살며시 일어나 단설리가 있는 바위로 다가갔다.

"하하하! 이 소저였구려. 내 약혼녀가 이리도 아름다운 분인지 미처 몰랐소. 한데 남해태양궁에서 이 먼 곳까진 어인 일로?"

"곧 죽을 놈이 말이 많군."

“…무슨 오해가 있는 것 같소. 탄저잠이라니… 그런 말도
안 되는 일을 내가 했을 거라 생각했단 말이오?”
“물론 혈궁에서 한 짓이지. 그리고 넌 혈궁의 소궁주이고.”
이옥토는 주을파에게 한 걸음 다가섰다.
“소저, 잠시 오해를 접고 제 이야기를 들어보시오.”
“이야기? 네 손은 이미 검 위에 얹어져 있는데 무슨 이야기
가 더 필요한가?”
주을파의 두 눈이 가늘어졌다. 검 위에 올려져 있는 손을
내려놓고 싶지 않았다. 위기가 닥쳐 온 것을 온몸의 신경이
말해주고 있었다.
“그래서 지금 남해태양궁이 날 위협하겠다는 것이냐!”
주을파의 방금까지 나긋했던 목소리는 사라지고 없었다.
“태도가 돌변했군. 후후! 위협이 아니지. 널 죽이러 왔다.”
“……!”
주을파는 더 이상 이옥토가 아름다워 보이지 않았다. 그
는 황급히 주위를 에워싼 남해태양궁의 다섯 무인을 둘러봤
다.
하나같이 녹록치 않아 보이는 무인들은 아무런 방비도 하
지 않았다. 그들은 단지 주을파가 도망칠 수 없게끔 퇴로만을
막고 있었다.
“그들은 너의 상대가 아니야. 네 상대는 바로 나지.”
이옥토는 하얀 손가락을 들어올려 자기 자신을 가리켰다.

"하하! 감히 계집 따위가 날 이길 수 있을 거라 생각하나?"

"쓰레기만도 못한 놈."

쉬싱!

이옥토의 말이 끝나기 무섭게 허공이 번쩍였다.

선공은 주을파가 먼저 취했다. 혈검 깊숙이 장착되어 있던 쇠침들은 모두 써버리고 없었지만 그는 혈궁의 대를 잇는 혈랑진혼검의 고수다.

다섯 명의 사내가 행동만 취하지 않는다면 이옥토쯤은 오 초 안에 해치울 수 있는 상대였다.

주을파는 전신의 공력을 모두 끌어올렸다. 이옥토를 베어버리고 뚫린 틈을 타서 도주부터 할 생각이다. 남해태양궁의 일은 궁으로 돌아가서 보고를 올리면 그만.

쉬시싱! 쉬싱!

혈검은 위협적으로 움직였다.

이옥토도 극독이 묻혀 있다는 것을 아는지 몸을 옆으로 살짝살짝 틀며 혈검을 피했다.

'감히 계집 따위가 나를 죽인다고?'

주을파는 아무런 반격도 취하지 못하는 이옥토를 바라보며 입을 씰룩였다.

"죽엇!"

주을파는 힘겹게 검을 휘둘렀다. 복부의 상처 때문에 혈랑진혼검의 위력을 다 발휘할 수는 없었지만 그의 혈검은 정확히 이옥토의 가슴을 향해 쏘아져 갔다.

푸욱!

경쾌한 소리가 들렸다.

주을파는 얼굴에 회심의 미소를 그리며 재빨리 뚫린 곳으로 몸을 날리려고 했다. 그런데,

'응?

혈궁 내에서 수련을 할 때 상대 무인들의 팔이나 다리를 베었던 적이 있다. 베지 않을 수 있음에도 불구하고 육신을 베는 그 감촉을 느끼고 싶어서 일부러 베기도 했다.

하지만… 그 감촉이 느껴지지 않았다. 분명히 살갗을 뚫는 경쾌한 소리가 들렸는 데도 불구하고.

치이이이!

무언가 타 들어가는 듯 매캐한 냄새가 후각을 자극했다. 동시에 손이 가벼워지는 느낌이 들었다.

"혈검이라 하기에 기대했더니 너무 시시하잖아?"

비웃는 듯한 이옥토의 목소리에 주을파는 자신의 손을 내려다보았다.

"헉!"

짧은 경악성과 함께 주을파는 손에 쥐었던 검을 떨어뜨렸다. 붉고 길던 검신은 어디로 갔는지 짧은 검병만이 바닥을 나뒹굴었다.

재빨리 고개를 든 주을파는 일평생 보기 힘든 광경을 이옥

토의 손에서 목격할 수 있었다.

사람이 불을 다룬다는 말을 들어보기는 했지만 말도 안 되는 일이라며 흘려듣곤 했다. 남해태양궁의 태양신공에 대한 이야기도 두 눈으로 보기 전까진 믿을 수 없다며 비웃었다.

그런데 주을파 자신의 눈이 잘못되지 않았다면 이옥토의 손에 맺힌 붉은 기운들, 그것은 활활 타오르고 있는 불이었다.

화악!

뜨거운 열기가 얼굴로 확 덮쳐오자 주을파는 그것을 두 손으로 막으며 뒤로 물러섰다.

"어쩌나? 혈랑진혼검도 이젠 펼칠 수가 없겠군."

맑은 이옥토의 음성은 조롱, 그 이상이었다.

'이익!'

주을파는 재빨리 고개를 돌렸다. 이럴 때를 대비하여 평생을 심복처럼 부리던 꼽추가 생각난 것이다.

하지만 고개를 돌린 주을파의 동공은 더 커질 수 없을 정도로 팽창되었다.

우괘는 그 자리에 없었다. 바위에 얹어져 있던 단설리라는 계집의 몸뚱이도 온데간데없이 사라졌다.

"아까 그 꼽추를 찾나? 계집을 데리고 열심히 도주하더군."

주을파의 안색이 급작스럽게 하얘졌다. 이제는 도와줄 사람도, 들고 있는 무기도 없었다.

눈앞에 나타난 선녀는 어느새 죽음의 사신으로 변해 있었다.

타다닥! 타다다닥!

우쾌의 짧은 두 다리가 보이지 않을 정도로 움직였다.

옆구리에 낀 단설리가 거추장스럽긴 했지만 목숨을 잃는 것보다는 나았다. 우쾌가 본 이옥토의 무공은 남해태양궁의 전대 궁주에게서 보던 것과 흡사했다.

우쾌는 빠르게 판단해야 했다. 그 자리에서 주을파를 도울 수도 있었지만 그럴 경우 우쾌 자신의 목숨까지 내놔야 할지도 몰랐다. 또한 이옥토와 함께 나타난 다섯 명의 사내 모두를 상대한다는 것은 버거운 일이었다.

이옥토는 주을파를 보내줄 생각이 없는 듯했다.

우쾌의 판단은 빨랐다. 주을파의 횡액은 피할 수 없는 것. 궁주가 분개할 것이 자명하지만 우쾌 자신부터라도 일단은 살고 봐야 했다.

적절한 이유야 혈궁으로 가는 도중에 궁리하면 그만.

얼마나 달렸는지도 모르겠다.

마른 입에서 단내가 풍기고, 목욕이라도 하듯 땀이 쉴 새 없이 흘렀다.

물이라도 한 모금 들이켰으면 했지만 언제 따라올지 모를 남해태양궁을 염려해야만 했다.

'남해태양궁까지 나섰어. 혈궁주가 어떻게 나올지 모르겠군. 혈궁의 전력… 아니지, 그들을 이용할 때가 온 것인가?'

우괴는 옆구리에 낀 단설리를 흘끔 내려다보았다. 단설리는 북해빙궁을 조종하기에 쓸모있는 인간일지도 모른다.

'주을파는 어떻게 되었을까? 아마도 죽었겠지. 불쌍한 인간, 쯧쯧! 무식한 놈이 제 명을 단축시켰지. 뿌린 대로 거둔다는 말이 틀리지 않아.'

우괴는 어두워져 가는 하늘을 바라보며 작게 한숨을 내쉬었다.

그때였다.

휘리릭!

'……!'

우괴는 신형을 우뚝 멈췄다.

날다람쥐 같은 인영 하나가 어두운 숲에서 뛰어나와 그의 앞에 멈춰 섰다.

"후욱! 후욱!"

우괴는 가쁜 숨을 토해내며 반짝이는 눈동자로 앞에 서 있는 자를 노려봤다.

어두웠지만 낯선 자가 입고 있는 의복을 우괴는 구분할 수 있었다. 아까 전에 보았던 남해태양궁의 무복.

'경신술이 대단하군, 여기까지 따라온 것을 보면.'

무인은 우괘의 뒤를 바싹 추적하면서도 숨 한 올 흐트러지지 않았다.

'한 수 아래…….'

우괘는 시선을 무인에게 고정시킨 채 단설리를 바닥에 내려놓았다.

"원한은 주을파에게 있는 걸로 아는데?"

"원한은 주을파뿐만이 아닌 혈궁에게 있다."

"혈궁을 건드려선 좋을 게 없을 텐데?"

"꼽추, 말은 똑바로 하지. 남해태양궁이 혈궁을 건드린다? 혈궁이 남해태양궁을 건드렸다고는 생각하지 않나?"

무인의 어조는 딱딱했다. 하지만 그가 틀린 말을 한 것은 아니었다. 삼 년 전, 우괘는 혈궁이 남해태양궁을 자극하려 했다는 사실을 알고 있었다.

"이봐, 그쪽도 이옥토를 따라 중원으로 나온 것 같은데 툭 터놓고 이야기해 보지."

우괘의 말에 무인은 양손을 가볍게 아래로 늘어뜨렸다.

"혹시 남해태양궁은 알고나 있나? 북해빙궁은 빙옥조를 시작했어. 북해빙궁이 중원에 가장 먼저 나왔고, 우리 혈궁도 나왔지. 하지만 그게 다가 아니야. 마라궁도 움직이기 시작했고, 이제 보니 남해태양궁까지 모습을 드러냈군."

"다른 삼대궁은 남해태양궁과는 상관없다. 우리는 소공녀의 복수를 하러 나왔을 뿐."

"크크크! 중원은 그렇게 생각하지 않을걸?"

"……?"

"사대궁이 움직였다는 건 중원 무림에 위험 신호야. 우리야 어떻게 되든 상관은 없지만, 곧 중원 무림에서 제지가 들어오겠지."

"우리는 중원에 자극을 줄 생각은 없다. 소공녀의 복수만 끝나면 다시 궁으로 돌아간다."

"쉬운 일이 아닐걸? 설사 남해태양궁이 가만히 있는다 해도 다른 삼대궁은 이미 싸움을 시작했어. 분명히 영향이 미칠 거야."

"꼽추, 중요한 걸 하나 말해줄까?"

"……?"

"지금 상황에선 그딴 이야기는 할 필요가 없는 것 같은데? 넌 여기서 죽을 테니 그 후의 일은 저승에 가서나 걱정해라."

무인은 우괘를 죽이기 위해 작정을 한 듯했다.

우괘 역시 충돌은 피해 갈 수 없을 것이라는 걸 알았다. 그는 품 안으로 손을 집어넣어 날이 잘 선 단검 한 자루를 꺼냈다.

다른 혈궁 무인들이 장검을 사용하는 데 반해 우괘는 단검을 사용한다. 신체의 결함 때문이기도 했지만, 어렸을 때부터 우괘는 장검보다 손에 딱 들어맞는 단검을 좋아했다.

물론 궁주의 총애를 받고 있는 우괘의 단검 또한 혈검에 버금가는 독으로 제련된 것이었다.

'이옥토와 같은 무공을 쓴다면 단검은 단숨에 녹아내릴 것. 한 번은 당해도 두 번은 당할 수 없지.'

우쾌는 팔을 구부려 단검을 안으로 말아 넣었다.

무인도 무기를 꺼냈다. 한 손에 하나씩 양손에 쥔 쌍극. 우쾌는 무인이 이옥토와 같은 무공을 익히지 않음을 짐작하곤 안도의 한숨을 내쉬었다.

쉬익!

숨 돌릴 틈 없는 공격이 벌어졌다.

무인은 건장한 체구와 달리 날쌘 움직임을 지녔다. 이미 우쾌의 눈앞에 있던 무인은 흐릿한 영상과 함께 사라지고 없었다.

'등!'

우쾌는 재빨리 몸을 움직였다.

슈아악!

쌍극이 우쾌의 미간을 노리며 옆에서 날아들었다.

'등이 아니었어!'

조그마한 몸을 바닥에 납작 밀착시킨 우쾌는 아슬아슬하게 무인의 극을 피했지만 그 충격으로 인해 볼썽사납게 바닥을 나뒹굴었다.

스팟!

그 순간 날카로운 극이 우쾌의 등을 찢으며 스쳐 갔다.

‘크윽!’

우쾌는 신음을 속으로 삼켰다.

무인의 극 놀림은 신랄했다. 극을 쓰는 무인들은 흔하지만 이 덩치와 같은 실력을 지닌 자들은 드물었다.

손 안에서 자유자재로 노는 극은 팔 네 개의 역할을 했다.

‘평수……’

우쾌는 과소평가했던 무인의 실력을 한 점 더 높이 사줬다.

‘하지만 봐주는 것은 지금까지다.’

우쾌는 두꺼비처럼 두 팔과 두 다리로 땅을 짚고 납작하게 엎드렸다.

‘평수는 단 한 수에 승부가 나지. 미안하지만 난 지금 이곳을 빠져나가야만 해!’

우쾌는 무인을 보며 씩 웃었다.

무인의 쌍극이 다시금 우쾌의 등을 노리며 날아들었다. 이번에는 정확하게 심장이었다. 순간, 우쾌가 몸을 벌떡 일으켰다.

촤아악!

우쾌의 손에서 터져 나간 누런 가루가 사방에 비산했다. 급작스럽게 뿌려진 모래로 인해 시야가 가려진 무인은 뒤로 껑충 물러섰다. 하지만 발밑을 보지 않은 것이 무인의 가장 큰 실수였다.

‘남들보다 두 배는 짧은 다리를 가졌지만 두 배는 빠른 속

도를 내지. 크크크!'

스걱-!

육신을 저미는 소리가 들렸다.

화끈한 통증을 느낀 무인은 두 눈을 부릅뜨며 아래를 향해 쌍극을 휘둘렀다.

푸욱!

우괘의 발은 빨랐지만 무인의 손놀림도 빨랐다. 극 한 자루가 우괘의 오른 어깨를 비집고 들어갔다.

"크악!"

소스라치게 놀란 우괘는 재빨리 어깨에서 극을 뽑아냈다. 그러자 핏물이 봇물처럼 터져 나왔다.

'살을 주고 뼈를 취한다!'

무인의 신형이 비틀거렸다. 다리를 살짝 베었지만 극독이 묻어 있는 우괘의 단검은 순식간에 그의 생명을 앗아갔다.

쿵!

썩은 고목나무처럼 무너지는 무인을 보며 우괘는 가쁜 숨을 몰아 쉬며 제법 깊은 등 뒤의 상처를 재빨리 지혈시켰다.

그는 고개를 아래로 떨어뜨리며 아무런 말도 하지 않았다. 한동안 그 상태로 가만히 있던 우괘는 서둘러 상처를 동여매고 자리에서 일어나 단설리를 옆구리에 짊어 맸다.

'이로써 남해태양궁까지 개입되는군. 사대궁… 누가 마지막까지 남을 것이냐.'

우패는 혈궁 무인이지만 사대궁의 일만큼은 제삼자의 입장에서 냉철하게 직시하려 애썼다.

남해태양궁을 열외로 둔다면 북해빙궁의 상태는 그리 좋지 못하다. ‘그들’이 움직이는 순간 혈궁이 가만히 있어도 북해빙궁은 자체적으로 몰락할 테니까.

어두워진 밤하늘은 작은 바람조차 불지 않았다.

2

단여랑을 비롯하여 살아남은 일곱 명의 사람들은 타 들어가는 모닥불 가에 앉아 날을 지새우고 있었다.

“주을파 놈을 놓치다니… 이 소저가 잘했을까 모르겠네. 살짝 귀띔을 하기는 했는데…….”

고요한 적막을 깨며 사공필이 입을 열었다.

하지만 맞장구쳐 주는 사람이 아무도 없었다.

요수는 과다한 출혈 후인지라 쓰러지듯 잠들어 있었고, 류선을 비롯한 살아남은 해도구귀 중 두 명은 아무런 말 없이 땅만을 바라보며 한숨을 쉬어댔다.

단여랑과 다비활의, 두 사람은 아까부터 보이지 않았다.

“날이 밝으면 북해로 가겠지? 중원은 돌아다녀 보지 않은 곳이 없지만 북해는 처음인데…….”

사공필은 벌써부터 긴장되는지 메마른 입술에 침을 바르

며 입맛을 다셨다. 애초부터 북해빙궁의 일에 관여하고 싶은 마음이 있었던 것은 아니다.

빙공을 익힌 무인이라는 사실만으로 만족하며 일생을 보낼 뻔했다. 단여랑이라는 인간을 만나지 않았더라면 지금과 같이 흥분되는 일도 없었을 뿐만 아니라 이옥토라는 존재도 모를 뻔했다.

"전생에 놈하고 무슨 인연이었기에 이렇게 일이 꼬여 버렸지?"

입에서 튀어나오는 말과는 다르게 사공필은 한쪽 입술을 말아 올리며 웃고 있었다.

그때, 이야기를 나누러 갔던 단여랑과 다비활의가 모습을 드러냈다. 두 사람은 곧장 모닥불로 다가와 앉았다.

다비활의의 얼굴은 인자한 낯 그대로였지만 단여랑은 무언가 큰 결심을 한 듯 입술을 굳게 다물고 있었다.

"무슨 이야기들을 그렇게 하다 와?"

"요수는 좀 어때?"

"그걸 나한테 물어보면 어떻게 해? 의원이라는 노인네가 옆에 있는데."

사공필이 말하지 않아도 다비활의는 이미 요수의 상처를 살피고 있는 중이었다.

단여랑은 사공필을 바라보며 계속 입을 열었다.

"적당히 자둬. 내일부터 강행군을 해야 하니까."

“벌써 기대되는걸? 북해에도 여름이 있냐? 거긴 여름이라고 해도 엄청 추울 거 아냐? 두꺼운 옷이라도 준비해 가야 하는 건가?”

“우리는 북해로 돌아가지 않아.”

“……?”

사공필의 두 눈이 크게 뜨여졌다. 옆에서 가만히 이야기를 듣던 류선과 해도귀들도 단여랑의 말에 고개를 들었다.

“그게 무슨 소리야? 중원에 나온 혈궁 놈들을 모두 없앴잖아? 그럼 당연히 북해로 돌아가야 하는 거 아냐? 이봐! 넌 빙옥조를 하고 있는 북해빙궁의 차기 궁주라고! 죽이 되든 밥이 되든 네가 북해로 돌아가서 평정시키는 게 우선이잖아!”

“내 말은 그게 다야. 북해로 돌아가지 않아.”

“북해로 가지 않으면? 어디로 가겠다는 거야?”

“혈궁.”

“…….”

사공필은 자신의 두 귀를 의심하며 손가락으로 후볐다.

“지금… 뭐라고 했냐? 내가 아무래도 귀가 어떻게 된 것 같다. 미안하지만 다시 말해줄래?”

단여랑은 사공필의 질문에 침묵으로 일관하며 류선에게로 고개를 돌렸다.

“어떠십니까? 해도주께선 북해로 돌아가셔도 무방합니다.”

"결국 소궁주께선 그런 결정을 하시는군요. 어느 정도 예상은 하고 있었지만…… 형제들을 일곱이나 잃었습니다. 저희는 돌아갈 생각이 없습니다. 끝까지 가도록 하지요."

"유령전과는 이야기를 끝냈습니다."

"밀당부주가 위험해지겠군요."

"그를 위험에 처하도록 내버려 두진 않겠습니다."

류선은 강직한 주먹을 들어 보이며 고개를 끄덕였다.

"단여랑, 나한테는 안 물어보냐? 난 안 가. 아니, 이번만은 절대 같이 갈 수 없어. 못 가!"

사공필은 길길이 날뛰었다.

중원에 나온 혈단 무인들을 공격한 것은 그렇다 치자. 하지만 혈궁을 치러 가자니……. 수적인 것은 둘째 치더라도 구파 일방조차도 함부로 건드리지 않는 사대궁 중의 하나와 정면 승부를 하려고 한다.

단여랑이 아무리 북해빙궁의 인물이라지만 솔직히 아직도 믿음이 가지 않았다. 내공이 회복된 것도 얼마 되지 않았고, 빙백신공의 정확한 위력도 모르며, 북해 사람들에게 인정을 받지 못하는 단여랑이 북해빙궁의 무인인지 아닌지조차도 의심스러웠다.

모험을 좋아하는 사공필이었으나 혈궁을 치러 가자는 의견은 쉽게 받아들이기 힘들었다. 단여랑이 같이 가자고 해도 냉정하게 뿌리칠 생각이었다.

그러나 단여랑의 대답은 의외였다.

"그래. 사공필, 네 말이 맞다. 넌 북해빙궁 사람도 아닌데 이번 일에 끼어들게 해서 미안하다. 여태까지 도와준 것만 해도 고마워해야 하는데 내가 생각이 짧았군. 그동안 도와준 것에 대한 보답은 내가 살아 있는 한 꼭 갚을 테니까 언젠가 북해빙궁으로 찾아오길 바란다."

"이, 이……!"

사공필은 말문이 막혀 아무런 소리도 나오지 않았다.

단여랑은 다시 류선에게 고개를 돌렸다.

"이십 일 후에 하북(河北)을 지나면서 유령전과 만나기로 했습니다. 수고스럽겠지만 빠르게 움직여야 할 것 같습니다."

"몸이 닳는 것은 신경 쓰지 마십시오. 한데 소궁주, 어째서 지금 혈궁으로 가겠다는 생각을 하신 겁니까? 일단 북해로 돌아가서도 괜찮을 것 같은데……."

"단설리가 놈들에게 잡힌 것 같습니다."

"소공녀 말씀이십니까?"

"저에게 해독약을 전해주러 왔다가 놈들을 유인한다고 간 뒤 소식이 끊겼습니다. 자세히 보지는 못했지만 주을파와 함께 도주한 꼽추가 옆구리에 어떤 여인을 끼고 있었는데, 그것이 단설리일 줄이야……."

"소공녀 때문이라면 소궁주께서 직접 나서지 않아도 되지 않겠습니까?"

"아니요, 꼭 단설리 때문만이 아닙니다. 혈궁을 저대로 둘 수 없기 때문입니다. 저들이 아무런 생각도 없이 북해를 노렸을 것 같습니까? 분명 다른 세력이 있습니다. 북해빙궁의 내부와 관련된……."

"내부라니요?"

"그저 추측한 것뿐입니다. 아직 정확히는 알 수 없지만, 지금 북해로 돌아간다 하더라도 혈궁에 대한 적절한 조취는 취해지지 않을 것입니다."

"장로들은 나름대로 해결 방안을 찾으려고 노력 중이던데……."

"장로들 선에서만 끝나는 일입니다. 명령이 떨어져도 계속해서 방해하는 세력이 있을 것입니다. 그럴 바엔 단독적이라 하더라도 우리끼리 혈궁에 쳐들어가는 것이 낫겠죠."

"혼자서 너무 큰 위험을 안으시려는 것은 아닙니까?"

"위험이라니요? 당연히 해야 할 일을 할 뿐인데……."

단여랑은 고개를 돌려서 보지 못했다. 류선이 두 눈에 이채를 발하며 자신을 바라보는 것을.

단여랑은 분명 당연히 해야 할 일이라고 말했다.

그러나 무엇이 당연한가? 아직 북해빙궁주도 아니고, 북해 사람들의 인정도 받지 못했는데 당연하다고까지 이야기할 필요가 있을까?

단여랑 자신도 전혀 눈치 채지 못한 것은, 그 스스로가 자신을 북해빙궁의 사람으로 인정했다는 사실이었다.

북해를 증오하던 철없는 소년의 모습은 사라지고, 어느덧 운명을 겸허하게 받아들이는 어엿한 청년이 되었다. 그것이 류선이 눈에 이채를 발하며 단여랑을 바라본 이유였다. 그런데,

"이 새끼!"

빠각―!

거친 욕설과 함께 주먹이 날아와 단여랑의 얼굴에 작렬했다.

무방비 상태로 있던 단여랑은 힘에 못 이겨 뒤로 팅겨져 나갔다.

욕설과 주먹의 주인은 다름 아닌 사공필이었다. 사공필은 뭐가 그리 분하고 원통한지 어깨까지 들썩이며 씩씩거렸다.

단여랑은 몸을 추스르며 옷에 묻은 먼지를 툭툭 털어냈다.

"보답은 나중에 해주겠다고 분명히 말한 것 같은데? 이런 식으로 끝낼 생각인 건가?"

"여기까지 날 끌고 온 이유가 뭐야!"

단여랑은 소리치는 사공필을 직시하다 입을 열었다.

"좋아. 똑바로 말하지. 네가 움직인 것이 나 때문인가, 아니면 이옥토 때문인가?"

"그건 예전에 말했잖아!"

"친구로서 날 도와준 거라면 여기까지 해. 이 이상은 네 마음대로 해도 된다는 말이다. 굳이 위험한 곳에 끼어들게 하고 싶지 않아."

"그래! 안 간다, 나쁜 새끼야! 넌 필요할 때만 아는 척하냐? 아니지. 이런 말 백날 해봤자 뭐 해! 잠시나마 널 친구였다고 생각한 내가 병신이다!"

사공필은 주체치 못할 흥분에 몸을 부르르 떨었다.

목숨이 아깝느냐고? 당연히 아깝다.

위험에 빠지고 싶지 않냐고? 위험에 빠지는 걸 좋아할 사람이 있을까.

단여랑이 더 이상 끼지 마라 말해줘서 고맙다. 하지만 단 한 번만이라도 같이 가자고 부탁했더라면 이처럼 섭섭하지는 않았을 게다.

요수의 팔을 잃게 했고, 혈단 무인들의 혈검 앞에서도 몸을 드러내며 열심히 싸웠다. 그게 다 누구 탓이던가. 어지간해서 친구 사귀는 걸 꺼려하는 사공필이 마음을 조금씩 열게 된 북해빙궁의 소궁주 녀석 때문이 아니던가.

"요수도 여기서 빠질 거야. 너도 잠시만 빠져 있어. 사대궁 일에 외부인이 끼어드는 것도 꼴사나워."

사공필은 단여랑의 말을 곧이곧대로 받아들이지 않았다. 외부인이 끼어서는 안 될 일이었다면 애초부터 동행할 일도 없었을 게다.

"조금만 기다려. 북해빙궁으로 돌아가는 날 다시 합류하자. 내가… 살아남는다는 조건하에서."

"개새끼……!"

사공필은 괜히 주먹으로 옆에 있던 나무를 찍었다. 그는 한 사람이라도 더 필요한 단여랑의 마음을 알고 있기에 더욱 화가 났다.

"콩알만 한 새끼가 자존심은 세가지고… 야, 단여랑! 솔직하게 말해. 같이 가자고 한마디만 하면 같이 가준다고!"

사공필은 진심이었다.

단여랑은 냉랭한 눈으로 사공필을 가만히 직시하다가 결국 입을 열었다.

"안 돼. 넌 빠져."

"……."

사공필은 혈궁을 치러 가는 일이 얼마나 위험한지 피부로 느꼈다.

'누가 이것 좀……!'

예서하는 높은 나무 위에서 옴짝달싹하지 못했다.

밧줄에 묶였으면 그나마 안심이라도 하겠건만, 완전 무방비 상태로 꽁꽁 얼어버린 몸은 자칫 아래로 떨어질 위험을 안고 있었다.

예서하는 눈동자를 돌려 나뭇가지 위에 부엉이처럼 앉아

형형한 눈으로 사방을 살피는 단태붕을 바라봤다.

단태붕은 제정신이 아니었다.

서가장을 빠져나오며 단태붕이 죽인 사람의 수만 해도 열 명은 거뜬히 넘었다. 인의에 어긋나는 행동인 것을 알지만 사지가 굳어버린 예서하가 할 수 있는 일은 아무것도 없었다.

단태붕은 살인마가 되었다.

'빙백신공이 잘못되었어! 단여랑, 도대체 무슨 짓을 한 거야!'

단여랑이 단태붕에게 잘못된 빙백신공을 전수했다는 것을 이제는 확신할 수 있었다.

"히히히히!"

어둠 속에서 단태붕의 목소리는 귀기스럽게 들렸다.

서가장을 빠져나온 후 어디로 향하는지 알 수 없었다. 단태붕은 아무런 목적지도 없이 제정신이 아닌 상태로 돌아다니기만 했다.

지금까지 북해빙궁은 무엇을 하고 있단 말인가. 단태붕은 북해빙궁의 장남이 아니었던가.

단태붕을 따르던 귀령전도 사라지고 단우인마저 모습을 감췄다.

예서하는 무언가가 크게 잘못되어 가고 있다는 느낌을 받았다.

타악! 타악!

귓가로 나뭇가지가 움직이는 소리가 들렸다. 단태붕은 비조처럼 날렵하게 나뭇가지들 사이를 누볐다.

예서하는 그가 무엇을 하려는지 알고 있었다.

'제발 아무도 지나가지 마, 제발!'

하지만 하늘은 그녀의 깊은 부르짖음을 외면했다.

"히히히! 사람이다. 히히히히!"

'안 돼!'

예서하는 목구멍까지 솟아오른 말을 입 밖으로 내뱉지 못했다. 그녀가 속으로 외치는 동시에 단태붕의 신형이 나무 아래로 뚝 떨어졌다.

그리고 잠시 후,

"으아아악!"

한 사내의 비명 소리가 예서하의 고막을 찔렀다.

'아아……!'

예서하는 눈을 질끈 감아버렸다. 아래에서 벌어지는 상황은 보지 않아도 충분히 짐작할 수 있었다.

역한 피비린내가 바람결을 따라 올라왔고, 잠시 후 단태붕이 나무 위로 기어 올라오는 소리가 들렸다.

"이거 봐."

귓가에 가까이 대고 말하는 단태붕의 목소리에 예서하는 감았던 눈을 조심스럽게 떴다.

'헉! 우욱!'

그녀는 깊숙한 곳에서부터 치미는 구역질을 참지 못했다.

눈을 뜨지 말았어야 했다.

단태붕의 입가에 흥건히 묻어 있는 피. 그의 손에 들린 이름 모를 사내의 붉은 내장. 지옥의 야차도 이보다는 나을 듯싶었다.

결국 예서하의 입가로 누런 위액이 흘러나왔다.

하지만 그녀는 구역질보다도 전신에 엄습하는 공포로 머릿속이 하얘지는 느낌이었다.

언젠가 자신의 내장도 단태붕의 손에 들리게 될지 모른다는 생각에 그녀는 머리카락이 모두 곤두서는 듯했다.

단태붕은 배가 고팠는지 아귀처럼 내장을 뜯어 먹었다. 예서하는 그의 입가에서 핏물이 뚝뚝 떨어지는 모습을 차마 두 눈으로 볼 수 없었다.

"배고파? 먹을래?"

단태붕이 먹다만 내장 조각을 예서하의 입가로 불쑥 밀었다.

'아악!'

예서하는 필사적으로 입을 악다물며 두 눈을 질끈 감았다. 다행히도 단태붕은 그녀에게 강제적인 행동은 하지 않았다.

"……."

짧은 정적이 흘렀다.

그녀가 살며시 눈을 떴을 때, 단태붕의 낯빛은 하얗게 침잠

되어 있었다. 그러다 갑자기 단태붕이 거친 기침을 하기 시작했다.

"카악! 카! 켁! 켁!"

단태붕의 입에서 튀어나온 내장 조각들이 사방에 튀었고, 어느새 그의 눈동자는 광기에 사무쳤을 때와는 달리 차갑게 가라앉았다. 하지만 냉정해 보이는 모습이 더욱 공포스러웠다.

"단여랑, 이 새끼……."

예서하는 두 눈을 동그랗게 뜨고 단태붕을 주시했다.

짧은 순간이나마 제정신으로 돌아온 단태붕의 입에서는 저주스러운 말들이 튀어나왔다.

"이건… 빙백신공이 아니야. 아니, 빙백신공이야. 아니야, 빙백신공이 아니야. 단여랑… 죽인다……!"

머리까지 세차게 저어가며 혼잣말을 읊조리던 단태붕의 눈에 시퍼런 안광이 떠올랐다.

"서하, 북해로 돌아가자. 단여랑, 단우인, 귀령전주, 그리고 어머니…… 크크! 모두 다 죽여 버린다."

갑자기 단태붕이 몸을 부르르 떨었다.

간질에 걸린 사람처럼 눈동자의 흰자위가 말려 올라가는 듯싶더니 아까의 그 광기 어린 눈빛으로 되돌아왔다.

"끼끼끼! 사람이 필요해. 배가 고파. 조금만 더 먹어야 해. 조금만 더……."

'도주해야 해!'

예서하는 기회를 틈타 단태붕에게서 도망가기로 마음먹었다. 하지만 그 기회는 좀처럼 찾아올 생각을 하지 않았다.

푸드득!

비둘기 한 마리가 어둠을 가르며 날아올랐다.

단태붕과 얼마 떨어지지 않은 곳에서 거지 두 명이 조용히 숨죽이고 있었다.

"북해빙궁의 단태붕이다. 살인마가 되었군. 완전히 제정신이 아니야."

허리에 세 가닥 매듭을 맨 거지가 말했다.

솔개(率尗)는 분타주 급인 자신이 단태붕의 감시를 맡게 된 것부터가 기분이 나빴다.

얼마 전, 총타에서 솔개 앞으로 검은 종이로 된 서신 한 장이 전해졌다.

검은 종이는 최소한 일급 이상의 기밀이거나 방주가 직접 보내는 서신이기 때문에 솔개는 놀랄 수밖에 없었다.

두려움 반, 기대 반으로 서신을 펼쳤을 때 솔개는 끈적끈적한 무언가가 뒤통수에 착 달라붙는 기분이 들었다.

'취신개 장로가 이탈을?'

솔개는 취신개를 본 적이 없다. 분타주로 임명받을 때 당주급 이상의 인사들은 모두 보았지만 취신개는 자리에 없었다.

하지만 개방도답게 귀로 듣는 이야기는 많았다. 취신개의 성격이며 무공 수위 등등 그를 직접 만난 것보다 더욱 상세하게 알고 있었다.

취신개가 이번 북해빙궁의 빙옥조 일을 맡았다는 소리가 들렸을 때도 조금은 의외였다. 하지만 괴팍해도 강직한 성격의 취신개가 임무를 저버리고 이탈을 할 인물은 아니었다. 그런데 이탈을 했다고 한다.

하나, 그것은 별로 걱정이 되지 않았다. 전 지역에 깔린 개방도들의 눈이 어디 한둘이던가. 하지만 문제는 취신개가 사라진 지 며칠 되지 않았을 때였다.

단태붕이 서가장을 빠져나오면서 사람들을 도륙했다는 정보를 입수했다. 그리고 솔개가 받은 서신은 그 일과 무관하지 않았다.

‘왜 하필이면 이 지역에서……’

그냥 모른 척하고만 있을 수도 없는 일이었다. 단태붕이 빨리 지역을 벗어나든가, 아니면 다른 사람이 투입되기를 내심 바라고 있던 솔개였다.

하지만 불길함을 더욱 가중시킨 검은 서신에는 솔개가 우려하고 있던 내용을 정확히 담고 있었다.

총타에서는 솔개에게 단태붕의 미행을 맡겼다. 아직은 그의 앞에 나서지 말고 동향을 주시하라는 내용이다.

서신을 받고 달려나온 지 만 이틀도 안 되는 시간 동안 단태붕이 죽인 사람의 수는 다섯이 넘었다.

정도를 칭하는 구파일방의 개방이라면 무인의 무차별적인 살인을 제지해야만 한다. 하지만 솔개는 눈앞에서 벌어지는 일을 묵과하며 지켜보고만 있어야 했다. 아직은 총타의 다른 명령이 떨어지지 않았으므로.

'취신개 장로님이 다시 나타날 때까지 기다리라는 건가?'

다른 쪽으로 생각할 수도 있다.

단태붕을 미행하는 데에는 별 무리가 없을지라도, 만약 단태붕과 부딪치게 되면 승패는 어떻게 될까.

어쩌면 총타에서는 솔개의 무공 실력을 낮게 보거나 단태붕의 무공을 높게 보는 것일지도 몰랐다. 거기까지 생각이 미치자 솔개는 자신도 모르게 얼굴이 벌겋게 달아올랐다.

"분타주님, 저렇게 사람을 마구 죽이는데 가만히 놔두어야 하나요?"

눈썰미가 좋아 미행에 용이하다고 생각해 데려온 백의개가 궁금한 듯 물었다.

"아직 총타에서 아무런 말이 없으니까 우리는 그냥 우리가 맡은 일만 하면 돼."

"하지만 이대로 두면 괜히 죄 없는 사람들의 목숨만 잃게 되는 거잖아요?"

"나도 알고 있어."

솔개는 잊을 수 없었다.

단태붕이라는 제정신이 아닌 북해빙궁의 소궁주가 사람들을 잔인하게 죽이는 것을, 그 사람들의 내장까지 발라 입에 처넣던 그 장면을…….

'저 자식은 악마야.'

북해빙궁…….

그들은 애초부터 중원에 나오지 말았어야 했다. 지난 빙옥조는 어땠을지 몰라도 이번 빙옥조는 문제가 심각했다.

북해빙궁을 제외한 다른 삼대궁이 움직이기 시작했다는 정보는 구파일방의 신경을 곤두서게 만들었다. 실로 중요한 사안이다.

사대궁의 싸움을 묵과할 수 있는 구파일방이지만 중원 땅을 기점으로 벌어지는 그들의 싸움은 관전만 하고 있을 수 없었다.

중재를 하고 미리 대비를 하거나, 아니면 가장 극단적인 방법으로 그들 중 한 곳을 공격해 다른 삼대궁에게 중원무림의 힘을 보여주는 것이었다.

구파일방 수뇌부들은 지금쯤 바쁘게 움직이고 있을 게다. 사라진 취신개와 청성파의 적하난선 역시 이번 일을 계기로 엄중한 처사를 받게 되리라.

솔개는 위에서 떨어지는 다른 명령이 있을 때까지 단태붕의 일거수일투족을 지켜봐야만 했다.

"……?"

가느다란 눈으로 단태붕을 주시하던 솔개와 백의개가 은신하고 있던 자리에서 벌떡 일어섰다.

"움직이기 시작했다. 가자!"

두 사람은 어둠 속으로 몸을 감추며 단태붕을 뒤쫓기 시작했다.

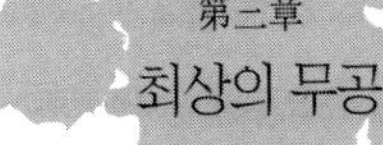
第三章
최상의 무공

1

북해는 해빙기를 맞았다.

일호를 꽁꽁 얼려 버렸던 얼음이 녹으며 호수물이 불어났다. 어업은 예년과 다르게 활성화되었지만 일호 부근에 사는 부족민들은 한날한시도 다리를 쭉 뻗고 잠을 잘 수가 없었다.

율랑족이 당하고 길서족까지 당했으니 다음은 자신들의 차례가 아니라고 어찌 장담할 수 있겠는가.

북해빙궁이 그들을 위해 해준 것은 없었다. 몇백 년이나 굳건하게 자리를 지키던 북해빙궁이 내부에서 흔들리고 있다는 사실은 이제 웬만한 사람들이라면 모두가 알고 있었다.

자연 부족민들은 의지할 곳을 잃어가고 풍전등화와 같은

나날 속에서 하루하루를 조심스럽게 보내야 했다.

새로이 궁주가 등극하는 그날을 불안한 마음으로 기다렸다.

해성폭은 여전했다.

예전 같으면 폭포 정상에서 쏟아지는 힘찬 물줄기를 볼 수 있었을 텐데, 삼 년이 훌쩍 넘어버린 지금까지도 꽁꽁 얼어붙어 있었다.

올해도 해빙기를 맞이했지만 해성폭은 풀어질 기미를 보이지 않았다.

단우인은 근처에 아무도 없는 것을 확인하고 조심스럽게 해성폭 쪽으로 발걸음을 옮겼다.

'역시 기분 나쁜 곳이야.'

그가 해성폭에 온 적은 손가락으로 꼽을 만큼 적었다. 북해빙궁 사람들조차 꺼려하는 해성폭인데 단우인이라고 해서 좋을 리가 있겠는가.

아, 해성폭을 뻔질나게 드나들던 사람이 두 명은 있다.

단여랑과 단설리.

북해에 도착하자마자 단우인은 기가 막힌 소식을 들었다.

그동안 어디에 있었는지 모를 단여랑이 해도구귀와 합세해 혈단 무인들을 공격했다는 이야기다.

결과는 아무도 예측하지 못하는 방향으로 빚어졌다.

단여랑과 해도구귀, 겨우 열 명이 조금 넘는 인원으로 백여 명이나 되는 자들을 상대했다고 한다.

정녕 믿을 수가 없었다.

단우인이 호첨산에서 본 단여랑은 절대 그들을 상대할 수 있는 실력이 되지 않았다. 그럴 만한 실력이 있었더라면 호첨산에서 귀령전을 상대로 그렇게 고전하지도 않았을 게다.

그렇다면 해도구귀의 무공이 뛰어나다는 건데…….

'빙옥조는 분명 해성폭에 있다.'

단우인은 예리한 눈으로 해성폭의 전면을 살폈다.

태상궁주는 세 소궁주를 상대로 장난을 쳤다. 빙옥조를 해성폭 안에 감쪽같이 숨겨놓았으면서 중원으로 나가게 하다니……. 아니다. 으레 예전의 빙옥조가 그러했기에 당연히 중원에 있을 줄 알았다.

'설마 저 안에 숨겨진 것은 아니겠지?'

해성폭의 그 어디에도 빙옥조를 숨기기에 적당한 장소는 없었다. 의심스러운 곳이 있다면 꽁꽁 얼어버린 물줄기 뒤이지만 그 안에 넣을 수 있는 방법이 없었다.

'천천히 찾자, 천천히…….'

단우인은 조급해하지 않았다.

현재 빙옥조의 위치를 알고 있는 사람은 자신뿐이다.

단여랑은 혈궁을 상대로 허튼 짓을 하고 있고, 단태붕은 미쳐 가고 있었다.

단태붕의 일만 생각하면 지금도 입술이 말려 올라간다.

단여랑에게는 크게 원한 맺힌 일이 없었지만 단태붕에게 당한 일은 손으로 꼽을 수 없을 정도로 많았다.

그런 단태붕이 서서히 타락해 가는 모습은 단우인에게 짜릿한 쾌감을 안겨다 주었다.

더욱 이해할 수 없는 건, 그런 단태붕의 소식을 들었음에도 불구하고 눈썹 한 올 찌푸리지 않던 능가연의 태도다.

"그래?"

그녀는 딱 그 말만 했다. 마치 자신과는 아무런 상관도 없다는 듯이.

단우인은 능가연의 그런 태도를 보고 자신의 생각을 확신할 수 있었다. 능가연이 빙백신공을 노리고 있다는 것을.

귀령전주도 어느 정도 충격을 받은 것 같았지만 단우인이 신경 쓸 문제는 아니었다.

능가연은 어찌 되든 상관없다. 그녀가 빙백신공을 얻는다고 해서 그녀를 인정해 줄 북해빙궁의 무인들은 없을 테니까.

중요한 건 단우인, 그 자신이었다.

빙옥조가 있는 곳은 눈앞에 있는 해성폭. 빙백신공을 얻기만 하면 궁주의 자리는 따놓은 당상이다.

'문제는 빙백신공을 어떻게 얻느냐는 건데……'

단여랑과 태상궁주가 알고 있는 빙백신공.

태상궁주보단 단여랑에게서 얻는 편이 쉽다. 그러려면 단여랑은 반드시 살아 있어야 한다.

단우인에게는 머리가 있고, 무공을 익힐 수 있는 몸이 있고, 빙령전이라는 힘도 있다. 이제 북해빙궁의 권력만 손아귀에 쥐기만 하면 된다.

'단여랑을 살리려면 빙령전을 움직일 필요가 있겠어.'

단우인은 빙옥조 찾는 것을 나중으로 기약하고 발길을 돌렸다.

그는 고개를 들어 하늘을 올려다봤다. 구름 한 점 없는 북해의 하늘이 왠지 그를 보며 웃는 것 같았다.

"단태붕을 저대로 놔두실 생각이십니까?"

유사야가 고개를 빳빳이 들며 말했다.

할 말은 하고 넘어가야 했다.

능가연의 관심없는 태도는 정말 의외였다. 단태붕을 궁주의 자리에 앉히기 위해 그 어떤 수단과 방법도 가리지 않을 것만 같던 능가연이 한순간에 마음을 바꾼 것은 충격이었다.

단우인의 말처럼 그녀는 진정 자신이 북해빙궁을 장악하려 하고 있었다. 북해빙궁으로 오는 내내 설마, 설마 했는데…….

"지금 나한테 언성을 높이는 건가?"

능가연은 삐딱했다.

"언성을 높이는 것이 아닙니다. 정말 궁금해서 여쭤보는 겁니다.”

“궁금하면 대답해 줘야지. 무얼 원하는데?”

“태붕이가 이상해져 가고 있습니다. 바로 사람을 보내 데려와야 하지 않습니까?”

“어떤 식으로 이상해지고 있는데?”

유사야는 인상을 찌푸렸다. 능가연의 얼굴에서는 그 어떤 걱정의 표정도 비춰지지 않았다.

능가연이 말을 이었다.

“한 번 주화입마에 빠지면 회복되기 힘들어. 설혹 회복된다 하더라도 사람 구실을 못하지. 북해빙궁의 지침을 잊었나? 진정 강한 자들만 원하는 곳이야. 태붕이는… 그렇게 망가져 가고 있다면 다시 되돌리기 힘들겠지. 포기해야 해.”

유사야는 할 말을 잃었다.

아무리 독한 부모라 할지라도 이런 식으로는 말하지 않을 것이다. 서책에 있는 글자를 읽듯이 아무런 감정이라고는 담겨 있지 않은 음성에서 자식을 위한 마음은 한 톨도 보이지 않았다.

“그동안 귀령전주가 수고 많았어. 전주는 할 만큼 했다고 생각하는데? 이제 북해를 위해 움직여야 할 때야.”

“부전주 이야기를 들었습니다. 사실입니까?”

유사야의 목소리는 그 어느 때보다도 무거웠다. 이미 단우인에게서 들은 이야기가 있기에 쉬이 넘길 수 있는 사안이 아

니었다. 게다가 부전주 정문이라면 자신의 직속 수하가 아니
던가.

"나를 가지고 조롱했지. 아니, 북해를 기만한 거야. 죗값을
받은 거라 생각해."

유사야의 굵은 눈썹이 부르르 떨렸다.

그는 능가연의 끈적끈적한 음성에서 거짓을 느꼈다. 단우
인의 말은… 사실이었다.

"부전주를 만나 봐야겠습니다."

"소용없어. 전주의 능력이 뛰어나다 할지라도 정문을 다시
되돌려놓을 수는 없을 거야. 포기하고 지켜보기만 해."

"……."

항상 이런 식이다.

명령하고 명령을 받는 상하 관계이지만 가슴으로부터 용
납할 수 없는 요구만을 해온다.

유사야는 조금씩 회의가 치미는 것을 느꼈다.

"혹시 빙백신공을 원하십니까?"

그는 자신이 질문을 하고도 깜짝 놀랐다.

속으로만 되뇌이고 있던 말이었는데 능가연을 보자 자신
도 모르게 말문이 터져 나왔다. 아니, 이렇게 직설적으로 물
어보지 않고는 참을 수가 없었다.

그런데 유사야가 질문을 한 순간, 능가연의 두 눈이 반짝
빛났다.

그녀는 야릇한 미소와 함께 몸을 일으켰다.

"귀령전주, 질문이 많이 늘었군. 내가 알고 있는 귀령전주는 내 명령만 받을 뿐, 궁금한 것은 안으로 삼키는 사람이었어. 안 그래?"

"……."

"그래, 어디서부터 이야기를 해주어야 할까……."

유사야는 식은땀을 흘렸다.

능가연은 빙백신공을 원하고 있다. 빙백신공을 얻는다는 것은 궁주의 자리를 노리는 것과 직결된다.

유사야는 능가연을 사랑했지만 그녀가 북해빙궁의 궁주가 될 수도 있다는 생각은 추호도 해본 적이 없었다.

"표정이 왜 그래? 혹시 미리 이야기해 주지 않아서 서운했던 건가?"

"빙백신공, 빙백신공은……."

유사야는 말을 끝맺지 못했다. 어느덧 능가연의 가느다란 팔목이 그의 목을 휘감고 있었다.

동시에 풋풋한 여인의 살내음이 훅, 하고 콧속으로 밀려들어 왔다. 중원에 나가 있는 동안 귀령전주가 그토록 그리워했던 능가연의 살내음이…….

"우리 오랜만에 만나서 너무 재미없는 이야기만 나누고 있다고 생각하지 않아?"

유사야는 석상처럼 굳어져 움직이지 않았다. 능가연은 몸에 걸치고 있던 얇은 옷가지들을 하나씩 벗어내렸다.

"그리웠어. 그동안 밤마다 얼마나 외로웠는지 알고 있는 거야?"

추위에 꽁꽁 얼어붙은 몸마저 녹여 버릴 듯한 달콤한 목소리가 귓가로 스며들었다.

능가연의 도톰한 입술이 유사야의 입술과 부딪쳐 나갔다.

유사야는… 머리에서 안 된다고 명령하고 있었지만 혈기가 왕성한 몸의 본능을 제어하지 못했다.

*   *   *

"의외군요. 단여랑과 해도구귀의 행동은……."

어느 때보다 기뻐해야 하건만 장로들의 표정은 침중했다.

묵야혼은 고개를 들어 다른 장로들을 유심히 살폈다. 북해를 떠받치고 있는 여덟 명의 장로는 어느새 입만 살은 호랑이가 되어 있었다.

중원에 나간 단여랑이 독자적인 행동을 한 데에는 그만한 이유가 있을 것이라고 묵야혼은 좋은 쪽으로 받아들였다. 아니, 경사라도 치렀어야 옳다.

현재 북해빙궁은 아무런 손도 쓰지 못하고 있는 상황이다.

혈궁의 의도를 알았으되 공격은커녕 방어도 제대로 하지 못하고 있다. 하물며 흑사방이라는 작은 살수문파 나부랭이가 설치는 데도 묵과하고 있다는 것은 북해빙궁의 위신을 땅바닥에 던져 버리는 것이나 마찬가지였다.

하지만 공격을 하려 해도, 방어를 하려 해도 일단 의견부터가 일치되어야 하지 않겠는가.

장로들 사이에는 알 수 없는 기류가 흐르고 있다.

일을 추진하기 위해 의견을 내놓으면 반드시 이의가 들어온다. 한두 사람이면 반목하는 무리로 구분 지으련만 매번 다르니 누가 제지를 가하는지 알 도리가 없고.

그렇다고 이제 와서 장로회를 없앨 수도 없는 노릇이다.

상황을 주시하고 이리 휘둘렸다, 저리 휘둘렸다 하는 처지가 되어버렸다.

묵야흔은 장로들의 표정에서 아무런 단서도 얻지 못했다. 하나같이 무공뿐 아니라 심계가 깊은 자들이다. 이런 사람들은 자신의 생각을 철저히 안으로 숨길 수 있다.

'내분뿐만이 아니야. 모두가 속고 있어. 누굴까? 속이는 자들은……'

이것은 재앙이었다. 어쩌면 북해빙궁은 몇백 년 만에 처음으로 큰 위기를 맞고 있는지도 몰랐다.

빙옥조는 와해되었다.

단태붕은 이미 제정신이 아니라 하고, 곁에서 지키던 귀령전마저 북해로 돌아왔으나 그의 행방 또한 묘연한 상태다. 혹여나 중원에서 사고를 치게 된다면 구파일방과의 마찰은 피할 수 없다.

세 소궁주 중 돌아온 사람은 단우인뿐이다. 그러나 모두가 단우인을 궁주감에서 열외로 두었기 때문에 묵야흔에게는 그리 반가운 존재는 아니었다.

기대되는 사람이 있다면 단여랑이다.

어떻게 혈단을 칠 생각을 하였을까. 북해에서조차도 손을 쓰지 못하고 있는데.

묵야흔의 두 눈에 장로들이 입을 벙긋거리는 모습이 들어왔지만 무어라 하는지 아무런 소리도 들리지 않았다.

그는 자리에서 일어섰다.

일장로의 위치. 그러나 허수아비일 뿐인 자신이 너무 추해 보였다.

더 이상 가만히 지켜만 보고 있을 수는 없었다. 생각을 굳혔으니 행동으로 옮길 때가 도래했다.

묵야흔은 중앙각으로 들어섰다.

장로 회의실에서 빠져나와 이곳으로 걸어오는 동안 그는 땅이 꺼져라 한숨을 쉬어댔다.

'같은 북해빙궁의 무인들끼리 서로를 믿지 못하니…….'

느껴지는 기운은 두 가지 부류였다.

하나는 그를 미행하는 무인들이다. 잠적해 버린 태상궁주와 접촉이 가능한 유일한 사람은 묵야흔뿐이다. 당연 그를 밤낮으로 주시하는 눈동자는 언제나 그의 뒤를 따라다녔다.

잠을 잘 때에도 밥을 먹을 때도 측간에 갈 때조차도.

묵야혼의 촉각에는 모두 걸려들었지만 굳이 나서서 나무라고 싶지 않았다. 그렇지 않아도 위태위태한 빙궁인데 일부러 작은 불씨를 건드릴 필요는 없었다.

그리고 그가 나서지 않아도 빙귀들이 필요할 때마다 미행하는 자들을 차단해 주었다.

궁주의 신변을 보호하는 빙귀 열 명에 대해서 아는 자들은 궁주를 제외하곤 아무도 없다. 묵야혼도 마찬가지다.

뭇사람들이 알고 있는 빙귀들은 다른 북해 무인들과는 다르게 독특한 수련 과정을 거친 자들이라는 것. 삼전 무인들은 일초지적도 되지 않을 만큼의 무공 실력을 갖추었다는 것.

빙귀들이 기운을 흘려내면 십중팔구는 미행을 하다가도 물러서게 된다. 그들이 내뿜는 기운은 살기다. 위협에서 그치는 것이 아닌 정말로 목숨을 내주어야 할지도 모른다는 생각이 들 정도로 빙귀들의 살기는 기를 질리게 했다.

중앙각으로 들어선 묵야혼은 복도를 따라 걸었다.

더 이상 미행을 하는 자들의 기운은 느껴지지 않았다. 편안한 숨을 들이마신 그는 일층 복도의 가장 끝에 위치한 제십칠실을 찾았다.

문손잡이에 하얗게 앉은 먼지가 오랫동안 아무도 들어서지 않았음을 말해주었다.

십칠 실 내부는 네 평도 채 되지 않을 만큼 좁았다. 창문도 없었다. 비어진 책장이 벽을 메웠고, 낡은 탁자 하나가 중앙에 덩그러니 놓여 있었다.

묵야흔은 탁자로 가서 자리에 앉았다. 한 손으로 머리를 짚은 그는 잠시간 고개를 수그리곤 생각에 잠겼다.

하지만 다른 한 손은 탁자 밑을 부지런히 오갔다. 곧 그의 손에 얇은 실 한 줄이 걸렸고, 묵야흔은 망설임없이 그 실을 잡아당겼다.

구르르룽—!

어디선가 작은 굉음이 터져 나왔지만 방 안에 달라진 것은 아무것도 없었다. 그러나 묵야흔은 몸을 일으켜 책장 한 켠으로 다가갔다.

자세히 보지 않으면 눈치 채지 못할 정도로 얇은 틈이 책장과 벽 사이에 모습을 드러냈다.

묵야흔은 그 작은 틈새로 손톱을 밀어 넣어 옆으로 힘겹게 밀었다. 잠시 후 벽에는 사람 몸뚱이 하나가 간신히 들어갈 정도의 구멍이 생겨났고, 불빛 하나 없는 어둠 속에 지하로 통하는 계단이 나타났다.

"읍!"

묵야흔은 급히 옷깃을 여몄다.

지하로 통하는 길은 반 시진이 조금 안 될 정도로 길었다.

구불구불 미로처럼 만들어진 길은 한 발이라도 잘못 들이게
되면 영영 고립되게끔 되어 있다.

북해도 내부에 존재하는 비밀의 철옹성이었다.

휘이잉―!

매서운 칼바람이 묵야혼의 안면을 훑고 지나갔다.

지하의 추위는 지상과 많은 차이를 보였다.

찬바람이 어디서 불어나오는지 묵야혼은 알 수 없었다. 다
만 소문으로 전해 들은 곤륜산의 음한곡보다 더하면 더했지
덜하지는 않을 것 같았다.

묵야혼이 이곳을 들어온 것은 이번이 세 번째였다. 이미 두
번이나 온 곳이지만 아직까지 길이 익숙하지 않았다.

미로를 지나 경사진 통로를 오래도록 걸어서야 그는 목적
지에 다다를 수 있었다.

엄청나게 높은 천장과 야명주. 자그마치 오십여 평은 됨직
한 동굴은 예전 보리마군이 머물렀던 녹수곡과 비슷했지만
분위기는 한층 더 어두웠다.

묵야혼은 뚜벅뚜벅 걸어 커다란 비석 근처로 다가갔다. 비
석에 두 눈을 고정시킨 그는 동굴 안 한기의 근원지가 비석이
라는 데에 생각을 떨칠 수 없었다.

그는 오랫동안을 그 자리에 서 있었다. 반 시진이 지나고,
한 시진이 지나고… 지루한 시간이 분명한 데도 시간 가는 줄
모르게 긴장해야 했다.

이곳은 경건한 마음을 가지지 못하면 들어설 수 없는 곳이다. 보는 사람이 없다고 하더라도 항상 몸가짐을 바르게 하며 예의를 지켜야 한다.

이곳은… 북해빙왕이 묻혀 있는 곳이었으니.

오랜 시간이 흐른 후에야 묵야흔은 비석 뒤에서 자그마한 인기척을 느낄 수가 있었다.

"자네, 왔는가?"

부드러운 음성이 비석 뒤에서 흘러나왔다.

"태상궁주를 뵙습니다."

묵야흔은 허리가 꺾어지도록 깊이 몸을 숙였다.

"됐네. 우리 사이에 예는 무슨……."

여전히 부드러웠지만 힘이 없는 음성이었다.

태상궁주 단학설은 비석 뒤의 석굴로 연결된 어둠 속에 있었다.

"부른 기억이 없네만, 여긴 어쩐 일인가?"

안부고 뭐고 단도직입적으로 용건만 말하라는 뜻이었다.

"궁 내의 문제가 심각해지고 있습니다. 더 이상 제 힘으로는 제지할 수 없습니다. 조언을 여쭈러 왔습니다."

"자네도 늙었구먼. 그 정도도 통찰하지 못하고."

그 정도가 아니었다. 알 수 없는 세력이 궁 내에 머물고 있는데 어찌 직위만을 가지고 통솔할 수 있겠는가.

"송구합니다. 하지만 워낙 장로들의 반발이 심해서……."

묵야흔은 태상궁주가 모습을 드러내지 않고 있기 때문이라는 말을 할 수 없었다.

단학설은 그의 마음을 읽기라도 한 듯 말을 이어나갔다.

"빙궁은 어차피 한 번은 시련을 겪어야 해. 이번 고비만 잘 넘긴다면 예전과는 비교조차도 할 수 없는 세력으로 거듭날 걸세."

"혈궁과 마라궁이 문제가 아닙니다. 궁 안에서부터 흔들리고 있지 않습니까?"

묵야흔은 흔쾌한 답변을 듣고 싶었다. 혈궁과 마라궁을 상대로 어떻게 대처해야 할지, 빙궁을 갉아먹으려는 내분의 주동자들은 어찌 처리해야 하는지.

가장 확실한 방법은 태상궁주가 앞으로 나서는 것인데, 그는 궁 내의 일보다도 잠적을 택했다.

"자네는 지금처럼만 하면 돼. 하지만 곧 큰일이 닥칠 거야. 옳고 그름을 구분할 수 있는 자네니까, 옳다고 생각하는 것을 무조건 따르도록 하게."

옳다고 생각하는 것? 그것이 무엇인지조차도 불분명하다.

묵야흔은 점점 더 답답해지는 것 같았다. 태상궁주를 만나러 온 목적이 마음의 짐을 조금이라도 덜기 위함이었는데.

"혈궁의 일은 관여치 말게. 여랑이가 잘해주고 있지 않은가."

단학설은 지하에 있으면서도 바깥일을 손바닥 들여다보듯

알고 있었다.

"해도구귀가 많은 피해를 입었습니다. 단여랑이 곧장 혈궁으로 향한다는 소문도 있습니다. 지원해 줄 무인들이 필요한데, 사방에서 제재가 들어오는 통에……."

묵야혼은 수치스러움에 인상을 찌푸렸다. 이러려고 온 게 아닌데, 마치 어린아이가 투정을 부리는 것 같지 않은가.

"여랑이는 이미 북해빙궁으로 마음이 기울었어. 어리석은 녀석이 아니야. 우선적으로 사람을 다루는 방법을 알아. 믿어 보게. 내가 괜히 그 녀석을 소궁주로 점찍어두었겠는가?"

묵야혼은 고개를 갸웃했다. 태상궁주는 앞날을 예견하는 눈이라도 있는 것일까. 심각한 사태를 태연하게 받아들이는 태상궁주의 배포가 크다는 건 알고 있지만 단여랑을 철썩같이 믿는다는 건 이해할 수 없는 노릇이었다.

"혈궁은 여랑이의 손에서 끝날 걸세."

믿을 수 없다는 생각을 하고 있지만 태상궁주의 말은 언제나 확고한 믿음을 가져다주었다.

태상궁주가 내세우는 믿음의 원인, 묵야혼은 너무나도 잘 알고 있었다.

"빙백신공 때문입니까?"

묵야혼의 질문에 들려오는 대답은 없었다. 그러나 잠시 후, 비석 뒤에서 한 노인이 모습을 드러냈다.

"제대로 된 빙백신공을 익혔지. 하나, 나처럼은 되지 않을 걸세.”

이럴 수가! 비석 뒤에서 나타난 단학설은 보통 사람의 모습이 아니었다.

새하얗게 빛나는 머리카락과 수염…….

나이가 들었기 때문에? 천만에!

그렇다면 만지기만 해도 굳어버릴 것처럼 차가워 보이는 투명한 피부는 어떻게 설명할 것인가.

묵야흔은 알고 있었지만 다른 사람들은 아무도 몰랐다.

태상궁주 단학설이 북해빙왕의 진정한 빙백신공을 익혔다는 사실을. 그래서 하루가 다르게 온몸이 빙우처럼 빠르게 굳어간다는 것을.

지금 단학설이 수면 위로 부상한다 하더라도 거동에는 무리가 있었다.

묵야흔은 북해빙왕의 이야기를 전설로만 들었다. 그리고 그 전설이 자신의 눈앞에 있는 태상궁주로 하여금 재현되려 한다.

아직 완전히 얼지 않아 말을 하고 조금씩 걸어 다니고는 있지만 태상궁주의 수명이 앞으로 얼마 남지 않았다는 것을 묵야흔은 알 수 있었다.

“빙백신공은 최고의 무공인 동시에 저주받은 무공이지. 빙백신공을 익힐 자격을 타고난 사람이 진정 축복받은 사람이라고 생각하는가? 이런 나를 보고도?”

묵야흔은 아무런 대답도 하지 못했다.

하지만 걱정이 드는 것은 어쩔 수 없었다. 단여랑은 어린 나이에 벌써부터 태상궁주와 같은 증상이 나타나고 있었다. 그렇다는 말은…….

"살아남는 방법은 몸이 어는 걸 시작하기 전에 진기를 모두 잃는 거야. 하지만 녀석은 그것을 거부하고 다시 원래의 몸으로 회복했지. 방법이야 분명히 있겠지만, 녀석이 죽으면 그것도 모두 제 팔자……. 믿고 있는 것은 지혜원주의 태음양화. 나와는 다른 방식으로 빙백신공을 익혔으니 한번 두고 볼 필요가 있어. 내가 말한 고비가 바로 그것이네. 단여랑이 궁주로 등극하는 날, 북해빙궁은 새로운 전성기를 맞이하게 될 걸세."

"그렇다면 혈궁이 단여랑의 손에서 끝나게 될 거라는 건 어떻게 아십니까?"

단학설은 뒷짐을 쥔 채 걸음을 조금씩 옮겼다. 잠시간 말이 없던 그가 고개를 들었을 때, 묵야흔은 그의 눈에서 광망이 번뜩이는 것을 볼 수 있었다.

태상궁주는 말했다.

"단여랑이 혈궁으로 간다면 그 길은 아무도 막을 수 없어. 빙백신공은 최고의 무공이니까."

2

짙은 어둠이 깔렸다.

까악… 까아악……!

갈가마귀 수십 마리가 울어대는 소리는 웬만한 호곡성을 불사케 했다.

자리를 옮기거나 쫓아버리면 그만이나 그 울음소리를 사람이 내는 거라면 이야기가 달라진다.

단여랑 일행이 걸음을 옮긴 지 두 시진이 지났지만 갈가마귀의 울음소리는 그칠 줄 몰랐다.

일행은 슬슬 짜증이 치밀었다. 그러나 단여랑에게서 아무런 명령이 떨어지지 않아 성급히 움직일 수 없었다.

"제가 처리하고 오겠습니다."

참다못한 류선이 대도를 거머쥐며 발걸음을 돌렸다.

"놔두세요."

"하지만 저 소리는 분명 악의가 담겨 있지 않습니까?"

"맞선다 해도 지금의 우리로선 분명 필패(必敗)입니다."

"저들이 누군지 아십니까?"

"마라궁도죠."

혈궁만 북해빙궁을 노리는 것이 아니었다.

마라궁주는 궁도들에게 급히 명령을 내렸다. 중원에 표면적으로 드러나는 것을 꺼려하는 마라궁이었지만, 혈궁의 압박 속에서 중간의 입장을 지킬 수만은 없었다.

이유야 어찌 되었든 현재 혈궁과 마라궁은 같은 배를 타고 있으니까.

"마라궁 정도라면 저 혼자 나서도 충분합니다."

류선의 목소리에는 자신감이 담겼다. 하지만 단여랑은 마라궁을 쉽게 보지 않았다.

"일전에 귀령전과 충돌이 있었을 때 마라궁이 나섰죠. 그때 귀령전 무인들 모두가 손도 써보지 못하고 당했습니다."

"그런……!"

류선은 침음성을 토해냈다.

그로서는 마라궁의 무공 실력을 알고 있기에 믿을 수 없었다. 최면이나 사술을 직접 겪어보지 않아서일 게다.

"저들에게 우리는 좋은 먹잇감입니다. 혈단과의 접전이 오늘 오후에 있었고, 우리도 적지 않은 타격을 받았죠. 그럼에도 섣불리 앞에 나서지 않는 것은 역시나 무공 실력의 차이 때문일 겁니다."

"그렇다면 이대로 놔두어야 합니까?"

"저들이 모습을 드러낼 때는 우리에게 허점이 보이기 시작할 때. 우리 쪽에서 먼저 선공을 취하는 것은 자살 행위나 마찬가지입니다. 저들은 저에게 목적이 있어 저에게 위해를 가하지는 않겠지만, 해도주라면 다르죠. 최면이 무공으로 변하는 순간, 실력은 비등해질 테니까."

단여랑은 말을 마치고 휘적휘적 걸어갔다.

하늘 높이 떠오른 달이 기울기 시작했다.

"오늘은 이곳에서 눈을 붙이도록 하죠. 내일부터는 쉬지 않고 강행군하게 될 겁니다."

야영은 이제 익숙했다.

추운 날씨였더라도 빙궁 무인들에게는 아무런 문제가 되지 않았을 것이다. 하물며 여름이야……

살아남은 해도구귀에게는 중원의 계절이 낯설었다. 그러나 인간의 적응 능력은 뛰어나 뜨거운 여름인 데도 군소리 없이 곧잘 버텼다.

"하지만 마라궁도들이 있는데……."

단여랑에게는 선택권이 없었다.

일행은 모두 지쳐 있는 상태. 쉬어주어야만 한다. 만약 이대로 잠도 자지 않고 혈궁을 향해 간다면 얼마 가지 못해 탈진하고 말리라.

"제가 보초를 서겠습니다."

단여랑의 말에 류선이 펄쩍 뛰었다.

"보초를 서시겠다니요! 당치도 않습니다. 차라리 그럴 바에야 우리 모두 쉴 필요가 없습니다. 만약 쉬어야 한다면 제가 보초를 서겠습니다."

"제 걱정은 하지 않으셔도 됩니다."

"절대 안 됩니다."

류선은 고집을 굽히지 않았다.

그는 이번만큼은 물러설 수 없다는 듯 굳게 입을 다물고 단여랑을 바라봤다.

단여랑은 알 수 없는 묘한 감정을 느꼈다. 막부동에게서 느끼던 감정. 류선은 정말 자신을 위하는 자다. 아니, 엄밀히 따지자면 북해빙궁을 위하는 자다.

이렇게 강직한 사람이 곁에 있다는 것은 행운이지만, 고집은 꺾을 수 없다.

단여랑은 마지못해 살며시 웃었다.

"그럼 돌아가며 보초를 서도록 하지요. 제가 먼저 서겠습니다. 한 시진 후에 해도주께서 수고를 해주세요. 명령입니다."

류선은 이번에도 자신이 먼저 보초를 서겠다고 말하려 했지만 단여랑의 입에서 명령이라는 말이 튀어나왔기에 아무런 반박도 하지 못했다.

결국 일행은 각자 자리를 잡고 드러눕기 시작했다.

가악… 까아악……!

귀곡성은 끊이지 않았다.

"저 새끼들은 잠도 없나? 좀 쳐자려고 했더니만 신경 긁고 있네."

사공필이 밤하늘을 보며 투덜거렸다.

이번 혈궁을 치러 가는 일에 사공필과 요수, 다비활의는 제외되었다. 사공필까지는 몰라도 요수와 다비활의는 위험 부담이 크기 때문이다.

혈궁 일엔 제외되었지만 그들은 당분간 단여랑 일행과 하북성까지만 동행하기로 했다.

"거 새끼들……."

투덜거리던 사공필이 어느새 욕설을 멈췄다. 대신 새근거리는 숨소리가 들려왔다.

한 명, 두 명… 모두들 고단한 몸을 안고 잠을 청했다. 마지막까지 두 눈을 부릅뜨고 있던 해도주마저 자신도 모르게 어느 순간 깊은 수면 속으로 빠져들었다.

까악! 까아악……!

갈가마귀 소리가 지척에서 들려왔지만 그들에게는 자장가일 뿐이었다.

그들이 발을 뻗고 잠을 잘 수 있는 것은 단여랑을 믿기 때문이다.

'마라궁…….'

단여랑은 번뜩이는 눈으로 사방을 살폈다.

이뢰성은 마라궁으로 돌아갔다. 그는 이번 사대궁의 일에 회의를 느꼈을 게다. 단정할 수 있다. 짧은 순간이었지만 단여랑은 이뢰성이라는 인간을 어느 정도 파악했기에 내릴 수 있는 결론이다.

해독약을 건네준 묘선도 돌아갔다. 하지만 그들의 입김이 마라궁에서 얼마나 작용될지는 알 수 없었다.

단여랑이 알고 있는 마라궁주는 결단력이 뛰어난 사람이다.

이뢰성과 묘선이 빠지자는 쪽으로 의견을 내세운다 해도 마라궁주는 하고자 하면 하는 자다. 대신 손해를 볼 것 같다 싶으면 모든 인연을 칼같이 잘라 버릴 수 있는 배포 또한 지녔다.

설혹 혈궁이 압박을 가할지라도…….

마라궁도들이 단여랑 일행을 뒤쫓고 있다는 것은 좋지 않았다.

마라궁주는 아마도 시험을 하고 있는 게 분명하다. 묘선과 이뢰성의 말이 사실인지 진위를 파악할 요량일 게다.

혈궁과 손을 맞잡고 북해빙궁을 계속 공격해도 좋을지, 아니면 모든 걸 포기하고 물러설지.

시험에 들게 하였다면 대응해 주는 게 마땅하다. 어설프게 하면 안 된다. 손속이 잔인하다 할지라도 말뚝을 확실히 박아 두는 편이 나중을 위해 편하다.

모두가 잠든 것을 확인한 단여랑은 자리에서 살며시 일어섰다.

그는 일행들을 등지고 숲으로 걸음을 옮겼다. 갈가마귀 울음소리가 끊이지 않는 그곳으로…….

마라궁의 귀곡성은 밀마다.

멀리 떨어져 있는 궁도들끼리 전서구 대신 서로가 서로에게 말을 전달하는 역할을 한다.

또 다른 한편으로는 사술이다.

진기를 실어 넣은 귀곡성은 공격해야 할 대상을 향한 일종의 최면이다.

단여랑 일행이 쉽게 잠들 수 있던 것은 그런 귀곡성에 녹아든 최면 탓이다. 하지만 두 시진 동안이나 일행이 버텨온 것은 각자가 심후하고도 정심한 내공을 지녔기 때문이다.

마라궁도 일곱 명이 일제히 토해내는 귀곡성은 두 시진이 지난 후에야 겨우 단여랑 일행을 잠재울 수 있었다.

이는 내공의 차이를 단편적으로 말해주었다.

가아악… 가아악……!

귀곡성이 잦아들었다.

단여랑 일행이 잠든 모습을 본 직후였다.

스스스슥!

귀곡성 대신 풀잎을 가르는 소리가 숲 전체에 퍼져 나갔다.

일곱 명은 마치 한 몸이라도 된 듯 쏜살같이 단여랑 일행을 향해 신형을 날렸다.

하지만 그들 중 누구도 단여랑이 사라지는 모습을 보지 못했다.

마라궁에서 칠성연합진(七星聯合陣)을 구사하는 집단은 오직 하나다.

전정대(戰情隊).

일곱 명이 한 조를 이루며 열 개 조, 칠십 명이 전정대의 인원이다.

전정대는 절대 무시 못할 세력이다. 은둔술과 최면술의 대가들이 모인 집단이다.

이유강(李柳康)은 마라궁주의 외사촌 동생이며, 전정대 육조의 조장이었다.

전정대는 마라궁의 실질적 세력인 육대 중 하나다. 다른 다섯 대가 마라궁의 외부와 내부를 관리한다면, 전정대는 지금과 같이 실전에 투입되는 무인들이다.

마라궁주는 단여랑을 치기 위해 전정대 열 개 조 중 하나인 육조를 보냈다. 적은 인원이었지만 궁주는 전정대의 실력을 믿었다.

그의 요구는 분명했다.

요구의 첫 번째는 단여랑을 시험하는 것이다.

북해빙궁 차기 궁주의 실력이 어느 정도인지 전정대로 하여금 직접 겪어보고 싶은 게다.

시험은 시험에서만 끝나는 게 아니다. 분명한 목적처럼 단여랑 일행에게서 틈이 보인다면 서슴없이 공격할 것을 명령했다.

이번 싸움에서 지게 된다면 단여랑의 실력을 알아보는 좋은 계기가 되는 것이고, 이기게 된다면 혈궁의 일에 계속 동참할 생각이었다.

마라궁은 빙백신공도 탐이 났지만 북해에서 자생하는 생물들에 더욱 큰 관심을 가졌고, 그것들을 필요로 했다.

두 번째 요구의 기회는 뒤늦게야 찾아왔다. 두 시진 동안이나 귀곡성을 토해내도 잠들지 않았던 단여랑 일행이 방심하고 잠을 청한 것이다.

아니, 방심이랄 것도 없다. 귀곡성에 스며든 최면에 걸려들지 않을 사람은 없으니까.

휘익!

이유강은 짧게 휘파람을 불었다.

빠르게 달려나가던 전정대 무인들이 일시에 걸음을 멈췄다. 그들은 미리 짜기라도 한 듯 납작 엎드려 기어가기 시작했다.

전정대의 또 다른 특기라면 바로 은둔술(隱遁術)이다.

은둔술을 맹목적으로 추구하는 문파에는 뒤지지만 웬만한 고수들은 속아 넘길 수 있을 정도로 그들의 은둔술은 뛰어났다.

일곱 명이 바닥을 기어가는 데도 옷깃 스치는 소리조차 들리지 않았다.

최면으로 잠을 재웠음에도 이처럼 조심스러워하는 이유는

북해빙궁의 무인들이기 때문이다.

이유강은 마라궁주를 닮아 결단 능력이 뛰어났으며, 그만큼 조심성도 뛰어났다.

익히 북해빙궁의 실력을 알고 있는바, 게다가 혈단 무인들 백여 명이 북해빙궁 무인들 십여 명에게 당했다는 것은 커다란 충격이었다.

이번 일을 성공하기만 한다면 혈궁도 더 이상 마라궁을 우습게보지는 못할 것이다.

휘익!

다시 짧은 휘파람 소리와 함께 전정대가 움직임을 멈췄다. 이유강의 곁에서 바닥을 기고 있던 수하가 의문이 담긴 눈길을 보내왔다.

'이상한데…….'

이유강은 눈살을 좁혔다.

기분이 이상했다. 다 잡아놓은 고기들이 눈앞에 있건만, 그래서 공격을 취하면 되건만 어쩐지 그래서는 안 될 것만 같았다.

이유는 금세 알 수 있었다.

'없다!'

없었다. 가장 중요한 단여랑의 모습이 보이지 않았다.

언제, 어디로 움직였단 말인가. 전정대 무인 일곱 명이 눈에 불을 켜고 바라보고 있었는데!

이유강은 기가 막혀서 말을 잃었다. 그때,

스슥!

“……!”

이유강의 고개가 빠르게 돌아갔다. 어두웠지만 풀숲 한쪽이 들썩이는 모습을 똑똑히 목격했다.

이유강은 그곳에 단여랑이 있을 것이라 확신했다.

그의 손짓 아래 전정대는 곧바로 칠성연합진을 형성했다.

칠성연합진은 동서남북 네 방위와 상, 하의 여섯 방위인 육합진에 중심부를 가미시킨 진이다.

목표물을 중심으로 여섯 방위를 점하고, 나머지 한 사람은 다른 여섯 명에게 신호를 보낸다.

풀숲에서는 더 이상 그 어떤 기척도 감지할 수 없었다.

전정대는 땅바닥에 엎드려 단여랑의 기척을 잡아내려 애썼지만 찾지 못했다.

‘귀곡성을 듣고도 멀쩡하다면…….’

이유강은 조금씩 불안해졌다.

궁주의 명으로 단여랑을 습격하러 왔지만 무언가가 뒷덜미를 잡아채는 더러운 기분을 떨쳐 버릴 수가 없었다.

단여랑은 이미 기습임을 눈치 챘다. 눈치 챘으니 더 이상 기습이 될 수 없다. 그러니 어서 종적을 잡아서 처리하는 게 우선이었다. 하지만 한 치 앞을 구분할 수 없는 어둠 속에서 흔적을 찾기란 수월치 않았다.

이유강은 손을 까닥거렸다.

스스스스……!

사방에서 아주 작은 움직임이 일었다. 전정대 육조의 움직임은 지극히 은밀했다.

여섯 명은 이유강의 신호를 따라 조금씩 거리를 좁혔다. 단여랑이 있을 것이라 추측되는 지점을 향해서.

이유강의 손길에 여섯 명은 앞으로 나가다가 멈추기를 반복했다. 바닥에 납작 엎드려 기감을 최고조로 끌어올리는 것도 잊지 않았다.

손이 한 번 움직일 때마다 반 장씩 앞으로 전진했다. 걸음을 멈추고 반 각 동안 단여랑을 찾다가 없으면 다시 이유강이 손짓했다.

단여랑을 발견했을 때의 대처법도 마련했다. 아니, 대처법이라고까지 말할 필요는 없다. 한 명의 신호를 받으면 곧바로 진이 펼쳐진다.

칠성연합진은 말 그대로 인간이 움직일 수 있는 여섯 방위에 만약을 위한 다른 한 곳까지, 모두 일곱 방위로 이루어진 진이다.

상대적으로 무공이 약한 마라궁이 자신들의 약점을 보완하기 위해 만든 진이기도 하다.

만약 일곱 명 중에 한 명이 당하더라도 괜찮다. 남은 여섯 명은 비어진 한 명의 자리를 메울 필요도 없다. 한 명이 비면

칠성연합진은 육합진으로 변형된다. 육합진도 무적에 속한다.

육조는 단여랑이 들어갔으리라 생각한 한 지점을 목표로 삼았다. 그 지점과 남은 거리 이 장. 그들의 움직임이 또다시 멈춰졌다.

'이상한데……'

이유강은 고개를 갸웃거렸다.

그는 무인으로서 삼십팔 년 동안 수도 없이 많은 실전 경험을 해왔다. 비무는 물론이거니와 생과 사를 오가는 싸움도 해봤다.

지금과 같은 경우, 그의 몸 안에 잠재되어 있는 무인의 자질은 더욱 빛을 발한다. 그의 예측이 맞다면 단여랑은 육조가 둘러싼 지점 한가운데에 있어야 한다. 만약 자신이라면 저곳으로 들어갔을 테니까.

그런데도 느껴지지 않는다.

'잘못 왔나?'

혹시 다른 길로 도주하진 않았을까. 아니다. 육조가 청각을 곤두세우고 있으니 개미 새끼 한 마리도 빠져나갈 수 없다.

이유강은 우측에서 자신을 보고 있는 시선을 느끼며 고개를 돌렸다. 조원 한 명이 그의 명령을 기다리고 있었다. 이미 다른 조원들도 이상한 낌새를 느꼈을 터. 이유강은 그를 향해 미미하게 고개를 끄덕였다.

　신호를 받은 조원은 홀로 몸을 움직였고, 그 빈자리를 육조장이 메웠다.

　조원은 조용히, 그리고 민첩하게 행동했다. 나무를 누비며 단여랑이 있을 만한 곳으로 들어갔다. 지켜보는 이들의 이마에 굵은 땀방울이 흘러내렸다.

　반 각이 지나고 또다시 일각이 지났다.

　들어갔던 조원은 다시 나올 생각을 하지 않았다.

　'뭔가 잘못됐어!'

　확실히 잘못됐다. 귀를 쫑긋 세우고 있는 데도 아무런 소리가 들리지 않았다. 무슨 일이 일어났다면 신호라도 보내야 옳다.

　이유강은 검미를 잔뜩 찌푸렸다.

　'내가 들어간다.'

　이유강은 손으로 자신을 가리켰다.

　좌우에 있던 조원들이 고개를 가로저었다. 그러나 이유강 역시 고개를 저었다. 직접 눈으로 보지 않고서는 답답해서 견딜 수가 없었다.

　'내가 직접 들어간다. 육합진을 형성하며 이동해라.'

　잠시 그를 바라보던 좌우의 조원들이 고개를 위아래로 끄덕이며 수긍을 표했다.

　이유강의 손목이 움직였다.

　스스스스……!

또다시 풀숲이 일렁였다.

이번엔 멈춤이 없었다. 그는 자신의 수하가 들어간 곳으로 바로 향했다. 그를 구축으로 나머지 다섯 명도 기민하게 이동했다.

‘없어!’

이유강은 혼란스러웠다.

흔적이 없다. 마치 아무 일도 없었던 양 나무들 사이는 텅텅 비어 있었다.

손바닥으로 땅을 짚자 조금이나마 온기가 느껴졌다. 단여랑은 틀림없이 이곳에 있었다. 그렇다면……!

“큭!”

“……!”

작지만 또렷하게 들렸다. 뒤를 돌아보는 미련한 짓은 하지 않았다.

‘이런! 당했어!’

생각과 동시에 사방에서 일사불란하게 움직이는 소리가 들렸다. 모든 촉각을 곤두세우던 조원들도 짧은 신음 소리를 듣고 바짝 긴장했다.

‘아직은 아냐. 어디에 있을지 모르니 함부로 나서선 안 돼!’

이유강은 침착했다. 그리곤 두 손을 들어 입가에 가져다 댔다.

“찍찍! 찍찍찍……!”

그의 입에서 이번엔 귀곡성이 아닌 들쥐 소리가 흘러나왔다. 인위적으로 낸 소리임에도 불구하고 자세히 듣지 않으면 정말로 들쥐가 내는 소리로 착각할 정도였다.

그 소리에 부산한 움직임 소리가 사방에서 들려왔다.

퇴각 신호다.

당한 두 조원의 안위가 걱정되기도 했지만, 일단은 몸을 피하고 보는 게 상책이다. 차라리 넓은 곳으로 유인하는 편이 옳다.

전정대의 장점이라면 전진과 후퇴가 신속하다는 점이다. 공격할 때도 빠르게, 물러설 때도 빠르게 물러선다. 무인의 의기는 뒷전이다. 일단 살아나야 의기를 챙기든가 말든가 할 것 아닌가.

육조는 들어섰던 것과는 다르게 재빠르게 움직였다.

“컥!”

‘또!’

무엇인가. 도대체 무슨 수법으로 당하고 있는 것인가.

이유강은 다급해졌다.

세 명이 당했으니 남은 조원은 자신까지 포함해 모두 네 명. 진을 형성시키지도 못한다. 동서남북을 점한다 해도 다른 곳이 뚫리면 메울 사람도 없다.

진은 이미 포기했다.

단여랑은 소리조차 흘리지 않고 귀신처럼 움직이고 있다.

조력자가 있나? 그건 아니다.

그에게 접근하기 전에 이미 점검했지만 다른 이들은 모두 깊은 잠에 빠져 있다.

이유강은 머리를 빠르게 굴렸다.

여기서 만약 전원이 당한다면 궁에 들어갈 보고를 잃게 된다. 후퇴를 신속하게 하되 한 명이라도 살아남아야 한다.

그는 가장 가까이에 있던 조원을 향해 손짓했다. 조원은 그에게서 한시도 눈을 떼지 않고 있다가 그의 신호를 받고 재빨리 고개를 끄덕였다.

타앗ㅡ!

땅을 구르는 소리가 들렸다.

신호를 받은 조원은 뒤도 돌아보지 않았다. 그의 임무는 덜미를 잡히지 않고 이 상황에서 벗어나는 것.

동시에 이유강을 포함하여 남은 세 명은 후퇴를 멈추고 신음 소리가 있던 곳으로 몸을 날렸다.

퍼엉ㅡ!

무언가 날카롭게 터지는 소리와 함께 조원 한 명의 몸이 허공으로 솟아올랐다.

‘이제 둘!’

그를 돌아볼 여유가 이유강에게는 없었다. 조원이 경공을 사용하여 달아날 수 있을 만한 거리를 벌려놔야 한다. 그러기 위해서는 단여랑을 찾아 이목을 돌려야 하고.

공중으로 솟았던 조원의 몸이 쿵! 소리를 내며 바닥에 떨어지고 나서야 숲에는 다시 정적이 맴돌았다.

'도대체 어디에 있는 거지?'

이런 싸움이 가장 힘들다. 지리적인 여건도 그렇지만, 적은 자신의 위치를 알고 있는데 자신은 적이 어디에 있는지조차 모르고 있다.

가늘고 긴 호흡도 이런 상황에서는 아무런 도움이 되지 못했다. 눈을 감고 기감을 끌어올려도 모자랄 판에 시간은 촉박하기만 하니.

스스스스……!

'찾았다!'

하지만 깨닫기에는 너무 늦었다.

"커헉!"

또다시 신음 소리가 터져 나왔다. 하나 남은 조원마저 당해버리고 말았다.

이제 이유강은 혼자 남았지만 오히려 마음은 홀가분했다. 이 정도 시간이면 도망친 조원과의 거리를 충분히 벌려놓았다.

'젠장! 딸내미 얼굴이나 한 번 더 보아야 하는데.'

그는 죽음을 직감했다.

환한 대낮이라면 몰라도 이처럼 깊은 밤에 기습으로 상대

할 자신은 없었다. 이럴 줄 알았으면 날이 밝은 후 공격할
걸······.

이유강은 숨을 죽이며 사방을 경계했다.

'노옴! 어디 있는 거냐, 도대체······.'

"최면술은 귀곡성에만 담겨 있던 건가?"

"······!"

이유강은 너무 놀라 하마터면 비명을 지를 뻔했다. 온몸에
소름이 쫙 끼쳤다.

그는 천천히 몸을 돌렸다.

"마라궁의 저력이 이렇게 형편없어서야. 우리의 실력을 너
무 무시했군. 고작 일곱 명?"

이유강은 벌어진 입을 다물 수 없었다.

달빛에 반사된 단여랑의 얼굴은 창백했다. 하지만 얼굴 표
정이 나빠 보이지는 않았다. 게다가 하얗게 변해 버린 머리카
락은······.

이유강은 대답없이 침만 꿀꺽 삼켰다.

그는 천천히 진기를 끌어올렸다. 전정대는 실전에 필요한
무공을 익혔지만 지금과 같은 상황에서는 최면술이 제격이었
다.

하지만,

"이뢰성에게 듣지 못한 모양이로군. 나에겐 최면이 통하지
않는다는 것을."

이유강은 거둬들이던 진기가 일시에 빠져나가는 기분이 들었다. 눈앞에 있는 새파랗게 어린 녀석으로 하여금 이미 투지를 상실해 버린 것이다. 하지만 마지막 희망까지 저버릴 그가 아니었다.

'죽더라도 같이 죽는다!'

이유강의 손이 소매 속으로 들어갔다 나온 것은 순식간이었다.

쉬익―!

그의 손에서 얇은 세침들이 터져 나갔다.

암기를 떨친 이유강은 재빨리 몸을 뒤로 날렸다. 그리곤 고개를 들었다. 한데,

'어, 어디……!'

마치 귀신에 홀리기라도 한 듯 이유강은 이마에서 굵은 땀방울을 흘리며 눈동자를 빠르게 돌렸다.

아무도 없었다. 방금 전까지 하얀 얼굴로 웃고 있던 단여랑이 온데간데없이 사라지고 숲은 언제 그랬냐는 듯 고요하기만 했다.

움켜쥔 주먹이 부들부들 떨렸다.

이유강은 조심스럽게 한 발을 앞으로 내딛었다.

"헉!"

그는 다른 발을 내딛지 못했다. 온몸이 경직된 듯 딱딱하게 굳어 두 다리가 바닥에 붙어버린 것이다.

마혈을 짚었다. 아니다! 이건 마혈이 아니다.

북해빙궁의 무공.

'빙백신공!'

꼿꼿하게 서 있던 이유강의 등 뒤에서 스르르 단여랑이 걸어나왔다. 이유강은 그의 얼굴에서 시선을 뗄 수 없었다.

"암기까지? 별의별 잡기를 총동원하는군."

이유강은 대답하지 못했다. 말을 하라고 머릿속에서 명령하는데 입술은 얼어붙어 꿈쩍도 안 했다.

"미안하지만 곱게 살려둘 생각은 없어. 내가 혈궁을 치러 간다는 것은 이미 알고 있을 테고, 마라궁에서 북해빙궁을 기만한 죄를 당신 목숨과 바꾼다는 건 아주 가벼운 처사야."

"……."

"당신을 그대로 놔두면 몸은 죽고 영혼만 살아 있는, 인간 같지도 않은 인간이 되어버려. 자신의 죽음을 영광으로 생각하고 가도록."

이유강은 두 눈을 질끈 감았다.

단여랑의 손에 하얀 서리가 맺히는 것을 본 직후였다.

第四章
맹수의 눈빛

1

혈궁주 주상요(周祥曜)를 알현할 수 있는 사람은 한정되어 있었다.

일반 궁도들 중에는 혈궁주를 한 번도 보지 못한 자들이 부지기수였다. 그를 만날 수 있는 사람들은 장로들과 각 당의 당주와 대주, 단주. 그리고 주을파의 심복이었던 우쾌였다.

대청의 분위기는 그 어느 때보다 싸늘했다.

우쾌는 바닥에 박은 머리를 들지 못했다. 주상요의 굳어져 버린 얼굴을 볼 자신이 없었다.

오금이 저렸고, 식은땀은 연신 흘러내렸다. 혈궁주가 한마디 일침이라도 박아놓는다면 금방이라도 소피를 지릴 것만 같았다.

주을파조차도 우습게 알던 천하의 우괘가 혈궁주 앞에서는 꼬리를 만 강아지가 되었다. 그것이 우괘가 혈궁에서 벗어나지 못하는 이유이기도 했다.

두려운 존재. 하지만 그만큼 존경하는 존재.

우괘는 어떠한 처사도 달게 받을 생각이었다. 그가 잘못한 것은 많다.

주을파의 신변을 보호하기 위해 중원으로 나갔지만 결국 혼자서 돌아왔다.

주을파의 생사를 알 길은 없다. 아마도 죽었을 것이라 짐작된다.

"남해태양궁을 만났다는 말인가?"

다섯 명의 장로 중 하나가 말했다.

우괘는 자신의 보고를 다시금 들춰내는 장로가 찢어 죽일 듯 미웠다.

"소궁주는 버려두고 혼자서만 도망쳤다는 소리군."

"낯짝이 두꺼워도 유분수지, 죽음을 피하지 못할 것을 알면서도 다시 이곳으로 찾아오다니."

장로들은 돌아가면서 우괘를 향해 질책 어린 일변을 토해냈다.

우괘는 그들의 말을 묵묵히 참으며 들어줄 수 있었다. 하지만 주상요의 입에서 어떠한 이야기가 나올지 진정 걱정이었다.

시간이 흘러도 주상요는 침묵으로 일관했다.

"궁주, 이런 천하에 몹쓸 놈은 죽이셔야 마땅합니다."

"명령만 내려주십시오. 제가 단칼에 죽이겠습니다."

혈궁 사람들의 성격은 포악했다.

그들에게는 동지와 적의 구분이 모호했다. 몇십 년을 부대끼며 살았어도 상대가 단 한 번의 실수를 저질렀을 경우 찬바람이 나도록 등을 돌렸다.

모두가 처음부터 그런 것은 아니었다. 태어날 때부터 착하지 않은 사람이 어디 있으랴.

이들의 성격이 변한 것은 모두 독이 원인이었다. 혈궁은 독으로 제련된 무기를 사용하기에 무공을 익힐 때 독과 친해져야 했다.

적당량의 독은 약이 될 수도 있지만 과하면 맹독이 되어버린다. 아주 오래전부터 조금씩 몸에 투입된 독은 무공을 진일보시켰으나 뇌에도 적지 않은 충격을 주었다.

쉽게 흥분하고, 사악한 심성을 고스란히 드러내고.

"북해의 해도구귀라?"

오랜만에 주상요가 입을 열었다.

우괴는 그의 음성이 들리자 몸을 움찔했다.

우괴로 인해 흥분한 장로들과는 다르게 주상요는 주을파의 일을 배제하고 혈단과 해도구귀의 싸움에 초점을 두었다.

"그들은 모두 열두 명이었습니다요. 소인의 짧은 소견이옵

건데, 일당백의 전투귀들이라는 북해빙궁의 삼전 무인들보다
도 무공이 출중했습니다요."

우쾌는 떨어지지 않는 입술을 간신히 떼어놓았다.

그는 솔직하게 말했다.

변명이나 핑계, 또는 얼버무림은 주상요에게 통하지 않는
다. 자존심이 상하더라도 있는 그대로를 이야기해 주는 걸 주
상요는 더 좋아했다.

그는 단점이 드러나면 화를 내기보다 보완하는 쪽을 택했
다.

"자세히 말하라. 혈랑진혼검의 독침을 맞고도 멀쩡했다?"

주상요는 표정 하나 변하지 않았다. 그런 인상 때문에 우쾌
는 주상요가 무슨 생각을 하고 있는지 전혀 알 수 없었다.

"분명 그랬습니다요. 독침이 분명 놈의 어깨에 틀어박혔는
데도 멀쩡했습죠. 만독불침지체가 아니고서야 그럴 수는 없
다고 봅니다요."

우쾌의 말끝마다 히죽거리던 버릇이 쏙 들어갔다.

주상요는 여전히 표정이 없었다. 그는 눈을 살짝 감고선 생
각에 골몰했다.

그를 따라 장내의 분위기도 무겁게 침잠되었다. 우쾌를 질
책하던 장로들도 합죽이가 된 마냥 굳게 입을 다물었다.

그때였다.

쿵쿵쿵!

누군가의 발걸음 소리가 복도를 울렸다. 발걸음은 곧장 대청을 향했다. 이윽고 발소리는 대청 문 앞에서 우뚝 멈췄다. 곧 시중을 들던 시비 하나가 문 쪽으로 다가가 살짝 문을 열었다.

"궁주님을!"

대청으로 다가선 자의 목소리는 조용했지만 다급함이 절로 묻어 나왔다.

대청에 있던 자들의 시선이 문가로 향했다.

무언가 심상치 않은 일이 벌어졌음을 눈치 챈 장로들 중 하나가 자리에서 일어나 문가로 다가갔다.

"무슨 일이냐?"

찾아온 무인의 모습은 문에 가려 보이지 않았다. 문가로 간 장로의 시선이 아래로 향했다.

"이, 이, 이건!"

장로는 대경실색했다.

"무슨 일이오?"

앉아 있던 다른 장로들도 궁금증을 이기지 못하고 일어섰다.

여태껏 표정이 없던 주상요의 안색이 하얗게 탈색되었다. 그의 부릅뜬 두 눈은 자신의 앞에 놓여진 멍석으로 향했다.

대청에 있던 자들 모두가 말을 잃었다. 개중엔 자신이 본 것을 믿을 수 없는지 부르르 몸을 떠는 자도 있었다.

멍석에 말려진 시신 한 구.

처참하다는 말이 절로 나왔다. 죽어서라도 육신이 보전되었다면 이렇게까지 분노치 않았을 게다.

썩어 문드러진 듯 검게 타버린 피부는 불구덩이에 빠졌다가 나온 것 같았다.

모두들 누구의 시신인지 쉽게 알 수 있었다. 멍석에 같이 말려온 혈검이 아니었다면 혈궁도인지도 몰랐을 것이다.

주을파의 시신은 장내를 경악하게 했다.

'저렇게까지…….'

우쾌는 구토가 치미는 것을 간신히 참았다.

잠깐 보았던 이옥토의 실력은 남해태양궁의 전대 궁주와 비슷했다. 하지만 잔인한 면에서는 한 수 위였다.

만약 그 자리에서 도망치지 않았더라면 자신도 주을파와 비슷한 처지가 되어 있을 거라는 생각이 들었다.

우쾌는 두 눈을 데룩데룩 굴렸다. 주을파에게로, 또 혈궁주에게로…….

주을파의 시신이 가져온 여파가 자신에게 미칠 것은 뻔했다.

주상요가 자리에서 벌떡 일어섬과 동시에 우쾌는 숨을 멈췄다. 가슴이 더없이 방망이질 쳤다. 주을파의 죽음은 곧 우쾌의 불찰과 관련이 있기에.

하지만 주상요의 관심은 오로지 주을파의 시신에만 고정되었다. 그는 뚜벅뚜벅 걸어가 멍석 앞에 우뚝 멈춰 섰다. 노년의 나이인 데도 장대한 기골에서는 알 수 없는 위압감이 뿜어져 나왔다.

우쾌는 처음으로 보게 될 주상요의 약한 모습을 기대했다.

자식을 잃은 부모의 심정. 처참한 시신이 되어 나타난 자식 앞에서 흔들리지 않을 부모가 어디 있으랴. 그런데,

"갖다 버리시오."

"……!"

우쾌는 고개를 번쩍 쳐들고 주상요를 바라봤다.

주상요의 음성은 나직했지만 그 뜻은 명확했다.

그의 표정이 변했던 이유는 자식을 잃어서가 아니었다. 주상요는 주을파를 자식이기 이전에 한 명의 혈궁도로 여겼다.

혈궁도가 남해태양궁의 여식에게 죽임을 당한 것은 씻을 수 없는 치욕이다. 복수는 반드시 한다. 하지만 죽은 이를 상대로 슬퍼하거나 동정하지는 않는다.

실력이 부족했기에 맞이한 죽음은 궁 내에서조차 인정받지 못했다.

'지독한 분.'

우쾌는 혈궁주에게서 눈길을 거뒀다. 죽었다 깨어나도 속마음을 알 수 없는 자다. 그 지독한 심성만큼 무서운 자다. 평

생을 무공 수련에 매진한다 해도 혈궁주의 발뒤꿈치도 따라
갈 수 없을 게다.

주상요는 찬바람이 일도록 등을 돌렸다.

죽어서까지 아비에게 버림받은 주을파는 아마도 편안하게
눈을 감지 못할 것이다.

다시 상석에 앉은 주상요는 또다시 생각에 잠겼다.

장로들은 분주히 움직였다.

궁주의 칼 같은 명이 떨어졌으니 시신을 대청 바닥에 그대
로 방치해 둘 수도 없는 노릇이었다.

장내가 정리되고 장로들이 머쓱한 자세로 다시 자리에 앉
을 무렵, 주상요가 입을 열었다.

"이곳으로 오고 있는 중이라 하였소?"

주상요의 질문은 장로들에게 향했다.

"보고에 의하면 그렇습니다. 혈단과 상잔한 무인의 수는
일곱 명. 그쪽은 현재 북해빙궁의 무인들을 제외하곤 네 명밖
에 되지 않습니다."

"단여랑이라면 유령전을 믿고 있겠지."

"유령전은 이미 손을 써두지 않았습니까?"

"아니오. '그들'의 힘이 유령전까지는 미치지 못했소. 유
령전이라면 빙궁 장로들조차 다루기 힘들 정도로 독자적으로
움직이는 자들이니."

"하지만 유령전의 총인원이 투입된다 하더라도 본궁에는

절대적으로 상대가 되지 않습니다.”

“그렇소. 하지만 본궁의 타격도 감수해야 하오. 유령전의 발목을 붙잡을 수 있는 방법은 있소?”

“단여랑이 이곳으로 오기 전에 처리하는 게 어떻겠습니까?”

“마 장로가 맡아주시겠소?”

주상요의 시선이 향한 곳에는 왜소해 보이는 노인이 앉아 있었다.

깡마른 몸에 얼굴을 뒤덮은 주름. 눈동자가 보이지 않을 정도로 작은 두 눈은 초승달처럼 구부러져 있어 가만히 있어도 웃는 낯으로 보인다.

하지만 혈궁의 수석장로인 마대양의 실제 모습은 그의 생김새와는 대조적이었다. 인자한 웃음 속에 가려진 잔인한 심성은 그를 소면염라(笑面閻羅)로 불리게 했다. 그의 웃음이 짙어지면 짙어질수록 손속의 잔인함은 극에 달했다.

마대양은 고개를 살짝 수그렸다.

“문제될 건 없는 줄 압니다.”

“수라마 세 명을 붙여주겠소.”

“혼자서도 충분합니다.”

“수라마를 보내려는 의도는 살아남은 해도구귀 때문이오. 마 장로는 단여랑을 맡아주시오.”

마대양은 고개를 깊숙이 숙였다.

반박할 의견은 없었다.

수라마 열 명은 궁주의 호법이며, 모습을 드러낸 적이 없다. 수많은 전투에서도 수라마는 단 한 번도 개입되지 않았다.

하지만 궁주는 수라마 세 명을 내놓겠다고 했다. 그만큼 이번 일이 중요하다는 소리이다.

마대양은 자신 혼자서라도 단여랑을 처리할 수 있는 자신감이 있었지만 궁주의 뜻을 거스를 수는 없었다.

"오후에 바로 출발하겠습니다."

주상요는 대답 대신 두 눈으로 허공을 응시했다. 깊게 침잠한 눈동자에서는 알지 못할 무서운 기운이 뿜어져 나왔다.

*   *   *

몸 안에서 변화가 일어나고 있다는 사실은 진작부터 알았다.

주을파의 쇠침이 어깨에 틀어박히는 순간, 단여랑은 잠시 아찔했다.

눈앞이 번쩍하며 '죽는 것인가?' 라는 생각에 진기가 썰물처럼 빠져나갔다. 아니다. 생각으로는 진기가 모두 소멸되는 줄 알았는데 실상은 달랐다.

무의식중에서도 진기는 끊임없이 몸속을 순환했다.

극독이 묻어 있는 쇠침을 맞고도 멀쩡할 수 있다면…… 하
지만 자신이 만독불침지체가 되었다고는 할 수 없었다. 만약
피부가 아니라 체내에 독이 스며든다면 말이 또 달라질 게다.

어떻게 설명을 해야 할까.

혹시 탄기분의 해독약 때문이 아닐까도 생각해 보았다. 선
엽초로 만들어졌다는 탄기분의 해독약. 하지만 그도 아니었
다.

약초에 관해 해박한 지식을 가지고 있는 다비활의는 고개
를 저었다. 그의 지식으로도 단여랑이 독에 면역성을 가지고
있다는 것은 풀리지 않았다.

온통 의문만이 남았다.

"머리카락에 먼지 묻었다."

사공필은 다짜고짜 다가와 단여랑의 머리를 털었다.

하지만 그것은 먼지가 아니었다. 검은색보다는 조금 바랜
회색이 감도는 머리카락을 먼지로 착각한 것이었다.

단여랑의 칠흑같이 검은 머리카락은 본래의 색을 잃었다.

그뿐만이 아니다.

체온도 전과는 확실히 달라졌다. 진기를 모두 잃기 전에도
더위는 뚜렷하게 느낄 수 있었다. 그러나 지금은…….

"날씨 한번 오라지게 덥네."

일행은 한 걸음 한 걸음 떼어낼 때마다 곤욕스러워했다. 바
람은 한 점 불지 않아 코와 입으로는 연신 뜨거운 공기가 들

어왔다.

이마는 물론이고 입고 있는 의복이 다 젖을 정도로 많은 땀을 흘렸다.

그런데 단여랑은 땀구멍이 아예 존재하지 않는 사람처럼 땀 한 방울 흘리지 않았다.

"자네를 진맥해 보아도 되겠는가?"

이상한 점을 가장 먼저 눈치 챈 사람은 다비활의였다.

단여랑이 내민 손목을 가만히 짚던 다비활의는 고개를 갸웃했다.

"그것참, 이상하군."

"무엇이 이상한 것입니까?"

다비활의는 바로 대답하지 않았다. 그는 다시 진맥을 했다. 혹시나 자신이 잘못 짚은 게 아닌가 하여.

그러나 곧 다비활의의 입에서는 허탈한 듯한 웃음이 터져 나왔다.

"허허! 그것참……."

"말씀해 주시지요."

"무어라고 설명해야 할지……. 자네 혹시 요즘 몸에 이상한 점을 느끼지 못했나?"

이상한 점은 수없이 많았다. 다만 어디서부터 이상해진 것인지는 단여랑 본인도 몰랐다. 몸 안의 변화는 마라궁의 해독약을 먹은 후부터라고 해야 할까.

"가만히 있어도 숨쉬기 힘든 날씨에 땀 한 방울 나지 않는 체질이라니… 자네 혹시 원래 땀이 없는 편인가?"

아니다. 절대 그렇지 않았다.

몸 안의 변화는 단여랑에게 분명히 말해주고 있었다. '넌 더위를 느낄 수 없어!' 라고.

단여랑은 외부의 온도를 전혀 느낄 수 없었다.

'이건 도대체? 전혀 덥지 않다. 오히려 서늘하다고 느껴져.'

그의 손발은 밤이고 낮이고 차가웠다.

"혈압이 낮아서 그렇다고도 할 수 있네. 하지만 진맥해 본 결과는……."

단여랑은 다비활의의 말을 경청했다.

"솔직히 말하면 자네 같은 맥을 처음 겪는 것은 아니네. 아니지, 수도 없이 많이 겪어봤다고 해야 옳겠군. 흔히 죽음을 앞둔 사람에게서 느낄 수 있는 맥이니까."

단여랑의 두 눈이 부릅 뜨였다.

"…지금 무어라 하셨습니까?"

"허허! 놀랐는가? 걱정하지는 말게. 그만큼 맥이 약하다는 소리야. 맥이 약하면 몸이 쇠하고 정신이 피폐해지지. 하지만 자네를 보게. 멀쩡하지 않은가? 다른 사람과는 조금 다르다고 봐야겠지만……."

"맥이 지극히 약하다는 말씀이시군요."

“그렇네.”

“하지만 전 건강하다는 말씀이구요.”

“그러니 내가 웃을 수밖에.”

“맥을 정상으로 돌릴 수 있는 방법은 없는 겁니까?”

“아직은 멀쩡하니 조금 더 두고 볼 수밖에 없네. 자네 입으로 몸 안의 변화를 내게 자세히 설명해 준다면야 해결 방안이라도 제시하겠지만, 보아하니 별로 그러고 싶어 하는 것 같지 않군. 말하기 힘든 거라면 이해할 수 있으니 나중에라도 도움이 필요하면 부르게.”

다비활의는 단여랑을 남겨둔 채 휘적휘적 앞으로 걸어갔다.

‘묘하다.’

단여랑은 가부좌를 틀고 앉아 운기를 시작했다.

얼마 만에 제대로 해보는 운기인지 모르겠다.

몸 안에 녹아든 태음양화의 진기는 빙백신공의 진기와 제법 어울렸다. 하나는 극한의 음기, 다른 하나는 음양의 조화가 잘 어우러진 기운.

운기행공은 예전과 별 다를 바 없이 순조로웠다.

단여랑이 묘하다고 생각하는 부분은 겉으로 드러나는 모습이었다.

진기에는 아무런 이상도 없었지만 그의 몸은 하루가 다르게 변모되고 있었다.

사공필이 말한 머리카락이며, 땀이 흐르지 않는 것.

단여랑은 자신의 팔을 들어올려 눈앞에 가까이 가져갔다.

그의 피부는 한눈에 보아도 건강할 정도로 담갈색을 띠었
다.

부친과 모친의 외향을 반반씩 닮았지만 피부색은 모친을
더 많이 닮았다. 그의 모친 자옥련은 흑진주처럼 반짝이는 아
름다운 검은색 피부를 가졌다.

어쩌면 단여랑의 부친인 단영찬은 자옥련의 그런 피부에
반했을지도 모른다. 북해빙궁에서는 전혀 볼 수 없는 건강한
피부색을.

'확실히 변했어.'

단여랑은 나직이 한숨을 내쉬었다.

담갈색의 피부가 조금씩 변하고 있었다. 깨끗함 대신 희끗
희끗한 피부가 커다란 점처럼 군데군데 생겨나고 있었다.

'설마 빙백신공 때문인가? 몸이 변화한다는 말은 들어보지
못했는데……'

그렇게 따지자면 머리카락 색이 변한다는 말도 들은 적이
없다.

빙백신공을 익히는 사람이 적어서일 뿐만 아니라, 단여랑
이 알고 있기에 제대로 된 빙백신공을 익힌 궁주는 없었다.

'진기에 따라 몸이 변한다. 설마 내 스스로가 얼음이 되어

가는 건가?

픽, 하고 웃음이 새어 나왔다.

상식적으로 있을 수도 없는 일이고, 있어서도 안 되는 일이다. 그렇게 따진다면 북해빙왕은 대단한 업적을 세우지도 못한 채 절명하고 말았을 것이다.

'어쩌면…….'

가늘게 눈을 좁히던 단여랑의 시선이 바닥에 자라난 잡초로 향했다.

단여랑은 망설임없이 잡초를 향해 손을 뻗었다.

그의 손에 금세 한기가 맺혔다. 한기는 스멀스멀 아지랑이처럼 피어올라 허공으로 둥둥 떠올랐다.

단여랑은 곧장 기운을 손가락으로 응집시켰다.

파앗!

뚝심이 있는 자도 움찔할 만큼 짧은 순간 거대한 한기가 몰아쳤다. 한기의 목표는 다 자라지도 못한 어린 잡초였다.

사물이 불에 탈 때에도 연기를 피워 올리지만 너무 시린 공기를 만나도 연기를 피운다.

스스스스!

잡초 사이에서 연기가 피어올랐다.

연기는 금방 더운 열기 속에 파묻혀 모습을 감췄다.

잠시 자신이 건드린 잡초를 보고 있던 단여랑은 살며시 손가락을 가져가 댔다.

‘차갑다.’

차가운 느낌이었다. 더위를 전혀 느끼진 못했는데 잡초 속에 남아 있는 찬 기운은 분명 느낄 수 있었다.

반대로 풀이하자면, 단여랑의 몸속에 있는 한기보다 그가 쏘아낸 빙백신공의 한기가 더 차갑다는 말이었다.

단여랑은 잡초를 거세게 움켜쥐었다.

뚜둑!

‘역시!’

잡초는 힘없이 부러져 나갔다.

뜯겨진 것이 아니라 정확히 줄기가 꺾이며 부러졌다. 예전 보리마군이 머물던 녹수곡에서처럼…….

‘이것이 빙백신공이다.’

파릇파릇한 생명력은 그대로 남겨둘 수 있지만 잡초의 내부는 확실히 얼렸다.

한 가지 의문이 남는다.

녹수곡은 누구에 의해서 만들어진 것일까.

지금 단여랑이 펼친 것이 빙백신공이 맞다면, 그를 제외한 다른 궁주도 제대로 된 빙백신공을 익혔다는 말인데…….

‘설마 조부께서?’

단여랑은 갑자기 번개처럼 스쳐 지나가는 불길한 예감에 한차례 몸을 떨었다.

그는 단연코 자신 외에 북해빙왕의 빙백신공을 익힌 궁주가 없다고 자부할 수 있었다. 그런데 조부도 빙백신공을 익혔다는 말인가?

아니라고 말할 수 없다.

조부는 많은 이들 사이에서 모습을 감췄다. 단여랑은 북해에 머물면서 조부의 모습을 본 적이 단 한 번도 없었다.

'설마 아니겠지. 아닐 거야.'

단여랑은 세차게 고개를 저었다. 한데, 머리와 다르게 가슴은 자꾸만 조부를 만나야 한다는 생각에 가슴이 방망이질 쳤다.

2

'으음! 이들이 수라마!'

항상 웃음기를 지우지 않던 혈궁의 수석장로 마대양의 얼굴이 순식간에 굳어졌다.

궁주의 명을 받고 혈궁을 나서는 순간, 자신 앞에 나타난 세 명의 기인.

기인이라는 표현으로도 부족했다. 이들은 사람이 아닌 것 같았다.

세 명 모두 키가 크고 말랐다. 언뜻 보면 쌍둥이라고 할 정도로 체구가 비슷했다.

남들보다 훨씬 기다란 팔과 다리는 붕대로 칭칭 감고 있는 데도 깡말라 안쓰럽기까지 했다.

하지만 이들을 사람이라고 표현할 수 없는 것은… 붕대에 물들어 있는 누런 진액 때문이었다.

'나병 환자들…….'

살이 녹아내리는 나병 환자가 분명했다. 그러나 마대양은 자신의 생각을 곧 수정해야만 했다.

혈궁주가 뭐가 아쉬워 나병 환자들을 호법으로 두었겠는가. 이들 세 명만 보아도 다른 일곱 명 또한 같은 증상일 것이라 생각했다.

이들은 나병에 걸린 것이 아니다.

수라마의 살을 녹인 것은 지독한 독이다. 혈궁의 병기들을 독으로 제련하듯이 이들의 몸도 독에 제련된 듯싶었다.

몸 자체가 살상병기라니. 게다가 곁에만 다가서도 코가 마비되는 듯한 지독한 악취를 풍겼다.

마대양은 구토가 치미는 것을 간신히 참으며 입을 열었다.

"처음 뵙겠소. 소면염라라고 하오."

"앞장서라."

붕대로 칭칭 감은 얼굴에서 딱딱한 음성이 튀어나왔다.

음성으로 미루어보아 젊은 자다. 서른 후반에서 사십 초반?

마대양의 얼굴에 웃음이 번졌다. 그는 그냥 소면염라가 아니었다. 험악하게 살기를 띠는 다른 사람과는 달리 마대양은 얼굴에 미소를 지으며 살기를 흘렸다.

이들이 궁주의 호법이라고는 하나 장로의 신분인 자신 앞에서까지 예의를 지키지 못할 이유는 없었다.

"살기를 띠는가? 미리 충고 하나 하지. 우리를 베고 싶다면 기습하는 게 좋을 거다. 우리의 살에 닿는 즉시 형체도 없는 시신이 될 테니까."

마대양은 수라마의 말을 허투루 듣지 않았다.

그들의 음성에는 자신감이 묻어 나왔고, 결코 헛된 자신감이 아님이 분명했다. 혈궁주가 직접 제련한 인간 병기들이니까.

"실례가 많았소. 잠시 그대들의 실력을 의심한 죄, 용서하시오."

수라마 세 명은 마대양의 사과를 가볍게 무시하며 몸을 돌렸다.

'벌써부터 삐걱거리는군.'

마대양은 등 돌린 그들에게 가볍게 포권을 취해 보이곤 곧바로 신법을 펼쳤다.

혈궁엔 두 가지의 신법이 있다. 보통 궁도들이 수련하는 신법은 혈영보(血影步)이고, 또 다른 신법은 수라잔혼보(修羅殘魂步)다. 수라잔혼보는 뒷받침되는 내공이 심후해야만 펼칠 수 있는 신법이다. 때문에 그것을 펼치는 자는 드물다.

마대양은 마음 놓고 수라잔혼보를 펼쳤다. 궁 안에서 수라잔혼보로 그를 능가하는 무인은 궁주를 제외하고 단연코 없다.

눈 깜짝할 사이에 점으로 화할 수 있는 신법은 무당파(巫堂派)의 육지비행술(陸地飛行術)과 비견될 정도로 빠르다.

마대양은 수라마에게 무시당한 것을 쉽게 넘길 수 없었다. 이들의 실력이 어떠한지 몰라도 신법으로 가볍게 눌러줄 생각이었다. 그런데,

'으음!'

마대양은 또다시 생각을 수정해야 했다.

수라잔혼보를 펼치는 데도 불구하고 옆에 바싹 따라붙는 수라마들은 거친 숨 한 올 흘리지 않았다. 오히려 장기적으로 신법을 사용한다면 마대양이 뒤처질 것만 같았다.

'하나같이 고수! 이런 자들이 대체 어디서……!'

마대양은 수라마들을 과소평가한 자신을 질책했다.

수라마 한 명이라면 능히 북해빙궁의 삼전주들과 비등한 실력을 보일 것이라는 생각이 뇌리에 스쳤다.

'혈궁의 저력이야. 하지만 궁주는 대체 왜 단여랑 같은 녀석에게…….'

궁주의 심정은 이해할 수 있다.

겉으로 내색하진 않았지만 그는 자신의 아들인 주을파의 시신을 보고 분개했을 게 분명하다.

혈단 무인들을 제압한 북해빙궁 무인들. 그들을 우습게보

지 않는 주상요였다.

'굳이 내가 나설 필요는 없어. 수라마 한 명으로도 족해.'

마대양은 확신을 가졌다.

북해빙궁의 소궁주가 이들과 부딪친다면 고깃덩어리로 화할 것이 자명하다.

수라마 세 명과 마대양, 그리고 북해빙궁 무인 세 명과 단여랑.

승패는 이미 갈라졌다.

"밀당과의 연락은?"

"걱정하지 마."

"끝까지 재수없게 구네. 그래, 너 잘났다. 이 새끼… 나중에 울며불며 도와달라고 하기만 해봐. 모가지를 확 비틀어 버릴 테니까."

사공필은 내내 아쉬운지 마음에도 없는 욕설만 늘어놨다.

산서와 하북의 경계.

여태껏 육로를 이용했지만 하북으로 들어서려면 당하(唐河)를 건너야 한다.

단여랑은 사공필과 작별할 시간은 지금뿐이라고 생각했다. 그렇지 않고 계속 동행한다면 혈궁까지 함께 가고픈 생각이 들 것만 같았다.

며칠 동안 말 한마디를 해도 틱틱 쏘아대던 단여랑이었으나 사공필은 그의 진심이 아니라는 것 정도는 알고 있었다. 이제 와 늦은 이야기지만 사공필은 마지막까지 단여랑을 도와주고 싶었다.

그러나 단여랑은 그의 호의를 받아들이지 않았다. 친구를 불구덩이 속으로 몰고 가는 걸 마음 아파하지 않을 자는 없으니까.

"자네도 걱정되지만 단 소저가 더 걱정되네. 놈들은… 휴우! 인간의 도리를 벗어났어."

다비활의는 단설리의 걱정에 한숨을 내쉬었다.

그도 예전에 무림인들의 일에 휘말렸을 때 가족을 인질로 내어주고 말았다. 다비활의도 나름대로 마음고생을 했지만 인질이 되어버린 가족들은 정신적으로 큰 상처를 입고 말았다.

그렇기에 다비활의는 붙잡힌 단설리가 너무나 걱정되었다.

"설리는 영리한 아이입니다. 쉽게 당하진 않겠죠. 그보다 노야께 부탁이 있습니다."

"말해보게."

"적하난선 어르신과 취신개 어르신의 행방이 묘연해졌습니다. 그들은 구파일방의 계율을 무시하고 이탈하는 행동을 했습니다. 혹시라도 듣게 되는 소식이 있다면……."

"걱정하지 말게. 아직은 다비활의라는 명성을 잃지 않았네. 그 정도 문제야 쉽게 알아볼 수 있지."

단여랑은 다비활의의 확신에 찬 말에 한시름 놓이는 것 같았다.

취신개와 적하난선에게 받은 도움은 평생토록 갚아도 다 갚지 못할 정도로 크다.

감시하는 자와 감시받는 자의 인연이었지만 지금은 그 두 사람에게 그 누구보다도 큰 은혜를 받았다.

그들은 단여랑을 도와줌으로써 자신들은 곤경에 빠졌다. 단여랑이 걱정하는 것은 구파일방에서 그들을 어떻게 처리할 것인가 하는 문제였다.

"잘 가라. 넌 꼭 살아 돌아와야 한다. 그렇지 않으면 내 복수는 물거품이 되어버려. 그럼 내 복수의 화살은 월영문에서 북해빙궁으로 바뀌게 될 거다."

한쪽 팔을 잃은 요수는 며칠 만에야 겨우 회복한 듯싶었다. 다비활의의 도움 탓도 있지만 워낙 뼈대가 단단하고 정신력이 강했다.

"요수, 처음 만났을 때 넌 나를 속였지."

"속인 게 아니다. 도박은 내 실력이다."

"알아. 나도 처음엔 속임수인 줄 알았는데 아무리 생각해 봐도 원통 안에 들은 주사위로는 속임수를 펼칠 수 없더라고. 인정하지, 네 실력."

“흥! 이제야 알아보는군.”

“좋아. 그렇다면 그 기가 막힌 도박 실력으로 한번 말해봐. 혈궁과 나, 누가 이길 것 같아?”

요수는 잠시 단여랑의 눈을 바라봤다. 그리곤 피식 웃었다.

“처음 만났을 때의 자신만만하던 너라면 필승. 진기를 잃었을 때의 너라면 필패. 혈단 무인들과의 싸움을 하고 난 뒤 이길 수 있는 확률은 일 할.”

“후후! 겨우 일 할인가? 인원이 적어서 그래?”

요수는 고개를 저었다.

“아니. 점점 인간처럼 되어가고 있는 네 모습이 보기 싫어. 당돌하던 자신감은 모두 사라졌지. 혼자서 생각에 골몰하는 것은 노인네들이나 하는 짓이야. 본연의 네 모습을 다시 찾아봐.”

“생각없이 행동하라, 이건가? 후후! 좋아, 그렇다면 지금 다시 확률을 따져 본다면?”

“구 할.”

“……?”

“네가 이길 수 있는 확률은 구 할. 많이 쳐준 거다.”

“어떻게 일 할에서 구 할로 껑충 뛸 수가 있냐?”

“그렇게 해야 네가 자신감을 얻을 게 분명하니까.”

“지금도 자신감은 충분해.”

“말 말고, 행동으로 보여.”

“네 복수는 꼭 하게 해줄게.”

“당연히 그래야지.”

두 사람은 서로 마주 보며 웃었다.

“잠깐! 한 가지 짚고 넘어갈 게 있는데 단여랑, 네 녀석이 혈궁을 누르고 오게 되면 앞으로 나에게 형이라 불러라. 내가 너보다 열한 살은 많으니까.”

“쪼잔하긴.”

“맞아. 생각해보니 웃기네? 야! 난 너보다 일곱 살이나 많으니까 나한테도 형이라 불러!”

사공필이 불쑥 끼어들었다.

“사공필, 넌 먼저 나에게 형이라고 불러야 할 것 같은데?”

요수가 사공필을 쏘아보며 말했다.

“에잇! 쪼잔한 새끼…… 없던 걸로 해, 없던 걸로! 단여랑, 우리 그냥 친구하자. 죽어도 요수 새끼한테 형이라고 못해, 난!”

“크크크!”

“하하하하!”

단여랑은 허리를 젖혀가며 크게 웃었다.

요수도, 다비활의도 해도귀와 류선도 오래간만에 크게 웃었다.

웃음은 헤어짐을 가져 왔지만 그 누구도 헤어짐을 느끼고

싶지 않았다. 어쩌면 영영 보지 못하게 될, 앞날을 기약할 수
없는 헤어짐을…….

*　　　　*　　　　*

"크아아악!"
처절한 비명 소리가 작은 마을에 울려 퍼졌다.
벌써 다섯 명이나 죽었다.
처음엔 무슨 일인가 기웃거리던 사람들은 악마를 보곤 방
문을 굳게 걸어 잠갔다. 그들은 자그마한 방구석에 틀어박혀
앉아 공포에 벌벌 떨고 있을 게다.
악마를 상대한다고 곡괭이를 들고 나온 사내들은 싸늘한
시신이 되어 차가운 바닥에 몸을 눕혔다.
그 정도면 다행인가 싶었다. 악마는 이미 죽어버린 그들의
배를 가르고 손으로 파헤쳐 내장을 꺼내 먹었다.
진귀한 보물을 다루듯, 평생 먹어보지 못할 음식을 먹는 듯
아주 맛있게.
"분타주님, 정말 이대로 두어선 안 되는 것 아닙니까?"
백의개는 속이 타 들어가는지 발을 동동 굴렸다.
솔개도 마찬가지였다.
평생 농사만 지으며 살아온 순진한 마을 사람들이 무슨 죄
가 있단 말인가. 어느 날 갑자기 들이닥친 악마의 제물이 되

고 싶은 사람이 누가 있을까.

하지만 솔개는 앞으로 나설 수 없었다.

총타에서 빨리 연락을 주었으면 좋으련만 아직도 깜깜 무소식이었다.

단태붕은 벌써 오 일째 마을을 벗어나지 않고 있다. 매일, 하루에 한 사람씩 죽여가면서 피를 즐기고 있었다.

그가 어디로 움직이기라도 한다면 미행만 하면 그만이겠건만, 답답하게 시간만 자꾸 흘러가고 있었다.

"총타에 전서를 띄웠냐?"

"물론입니다. 이젠 전서구를 구할 수가 없어요. 빨리 조치를 취하지 않으면 마을이 초토화되겠어요."

사실 백의개가 딱히 할 수 있는 일은 없었다.

그가 보기에도 단태붕의 힘은 상상을 불허했다.

무공 실력이 아니었다. 사람의 단단한 살과 뼈를 맨손으로 파헤칠 정도라면 도대체 얼마만큼의 힘을 가졌다는 말인가.

'빙백신공을 익혔다더니…….'

단태붕은 빙공을 이용해 사람을 죽이진 않았다. 아니, 빙공 자체를 사용할 필요가 없는 사람들만을 골라 죽이는 것 같았다.

검으로, 최대한 고통스럽게 천천히 찔러댔다. 그는 사람들이 고통에 겨워하는 모습을 즐겼다.

솔개는 단태붕이 사람을 죽이는 모습을 회상하며 몸을 부르르 떨었다.

'악마 같은 놈! 죽어서도 구천을 떠돌아다닐 악마 같은
놈!'

안타까운 것은 단태붕이 늘 데리고 다니는 여인이었다.

여인은 몸을 움직이지 못했다. 단태붕이 설마 여인의 마혈
을 수시로 제압하는 것은 아닐까?

다른 사람은 잔인하게 죽이면서 여인만은 보물을 다루듯
했다.

하얗던 여인의 의복은 매일 피와 내장을 만지작거리는 단
태붕의 손에 의해 벌겋게 물들어갔다.

'여인만이라도 구할 수 있다면 좋으련만.'

여인을 건드리는 순간 단태붕을 자극시킨다는 것은 보지
않아도 알 수 있었다. 하지만 솔개는 죄 없이 끌려 다니는 여
인을 구하고 싶었다.

그녀의 아름다운 얼굴이, 항상 공포로 물들어 있는 두 눈동
자는 도움을 갈구했다.

총타에서 전서가 도착한 것은 그로부터 두 시진 후였다.

이번에도 검은 종이로 된 전서였다.

다른 분타주들은 일평생 한 번 받을까 말까 한 검은 전서를
솔개는 두 번이나 받았다.

'밀명이다!'

솔개는 재빨리 전서를 펼쳤다.

"분타주님, 무어라 쓰여 있어요? 네?"

전서를 읽어 내려가는 솔개의 낯빛이 점점 딱딱해졌다.

"총타에서 사람을 보냈다. 빨라야 삼 일… 제길! 삼 일씩이나 어떻게 기다려!"

솔개는 방주의 낙인이 새겨져 있는 검은 서신을 바닥에 내팽개쳤다.

욕지거리가 치밀었다.

구파일방의 수뇌부들도 정신이 없다는 건 알고 있다. 개방도에게 들은 정보에 따르면 사대궁이 움직이기 시작했고, 이미 북해빙궁과 혈궁은 한 번의 충돌을 겪은 상태였다.

그래서 단태붕의 일에 세세한 관심을 가지지는 못했을 것이다. 그나마 지금이라도 사람을 보냈다니 다행이라고 해야겠지만 삼 일은… 그 삼 일 동안 죽을 사람들은 어찌해야 한단 말인가.

무인과 범인들 간의 경계는 뚜렷하게 구분되어 있다. 이것은 강호의 법도나 마찬가지다.

무인은 범인을 상대로 실력을 시험해서도 안 되고, 이유없이 건드려서도 안 된다. 무인과 범인은 서로 간의 암묵적인 질서가 있다.

만약 무인이 범인에게 해를 가했을 경우, 그 무인은 다른 무인들에게 혹독히 처벌받아야 마땅하다.

지금이 그랬다.

단태붕의 미행과 감시를 개방이 맡고 있다면, 단태붕의 처리 역시 개방이 해야 했다.

솔개는 마음이 무거워짐을 느꼈다. 분타주씩이나 되어서 아무것도 하지 못하는 자신의 모습이 너무 초라해 보였다.

그와 백의개는 커다란 나무 위에 은신한 채 단태붕을 주시했다.

단태붕은 마을 사내 하나를 죽인 뒤 그의 집을 차지하고 있었다. 정서적으로 불안한 듯 좁은 마당을 서성이고 있는 단태붕과 마루에 죽은 듯 누워 있는 여인.

'여자만이라도 구해야겠다.'

솔개는 마음을 굳혔다.

저 악마가 언제 어느 때 돌변할지 모를 사태에 대비할 목적도 있지만, 여인으로 유인해 단태붕을 마을에서 벗어나게 할 생각이었다.

곁에 있는 백의개의 실력으로는 단태붕에게 일초지적도 안 될 것이 분명하니 솔개가 직접 앞으로 나서야 했다.

"만약 나에게 무슨 일이 생긴다면 즉시 이곳을 피해. 너라도 살아야 총타에 보고할 수 있다. 내 말이 무슨 뜻인지 알겠냐?"

"분타주님!"

백의개의 얼굴이 새파랗게 질렸다.

하지만 이미 솔개는 마음을 굳힌 듯 아무런 표정 없이 단태붕을 노려보았다.

쏴아아!

오후부터 어두워지기 시작하더니 하늘은 기어이 비를 쏟아 붓고 말았다.

진한 먹구름은 하늘을 모두 가려 달조차 보이지 않았다.

사위는 어두컴컴했다. 그나마 달이라도 있다면 좋았으련만. 하나 솔개에게는 어두운 편이 오히려 나았다.

안력을 조금만 집중시킨다면 어느 정도 사물을 구별할 수 있으니까.

솔개의 발이 향하는 곳은 단태붕이 머무는 초가였다.

'여인은 방 안에 있다. 단태붕, 그 악마 녀석도. 일단 녀석을 끌어내야 해.'

솔개는 어둠 속을 흘끗 바라보았다.

지금 믿을 수 있는 사람은 어딘가에서 숨죽이고 있을 백의 개뿐. 이럴 줄 알았더라면 무공이 조금 더 높은 수하를 데려올 걸 그랬다.

'잘못하다가는 둘 다 끝난다. 단 한 번에 끝내야 해, 한 번에……. 부탁한다.'

솔개는 즉시 몸을 움직였다. 더 이상 시간을 지체할 수가 없었다.

주먹만 한 돌멩이 하나가 그의 손에 들렸다. 솔개는 초옥으로 가까이 다가가 문을 향해 돌멩이를 힘껏 던졌다.

휘익― 따악!

돌멩이는 나무 기둥을 정확하게 때렸다.

하지만 방 안에선 아무런 반응이 없었다. 솔개는 다시 돌멩이 하나를 집었다. 이마에서 굵은 땀방울이 흘러내렸다. 그는 평생을 살아오면서 지금처럼 긴장된 적이 없었다.

다시 돌을 던졌다.

휘익― 따악!

이번에는 반응이 있었다.

덜컹!

방문이 세게 열렸다. 그리고 한 사람이 걸어나왔다.

캄캄한 어둠 속에서 솔개가 볼 수 있는 것은 누렇게 반짝이는 맹수의 두 눈이었다.

'놈이다!'

단태붕은 고개를 좌우로 돌리며 돌멩이를 던진 사람을 찾고 있었다.

'최대한 빨리 신법을 펼쳐야 해. 천지신명이시여, 제발 한 번만 도와주시오.'

솔개는 자리에서 벌떡 일어섰다.

타앗!

단태붕이 들을 수 있도록 발을 세게 굴렀다.

쉬이익―!

솔개의 발에서 섬전과 같은 빠르기의 신법이 펼쳐졌다.

뒤를 돌아볼 필요는 없었다. 돌아보는 순간이 목숨을 좌우한다. 귀로 들리는 기척만으로도 단태붕은 솔개를 따라붙고 있었다.

쉬익! 쉬익 쉭!

솔개는 최대한 빨리 마을을 벗어나기 위해 발을 놀렸다.

"끼끼끼!"

등 뒤에서 소름 끼치는 웃음소리가 들려왔다.

'벌써 이렇게나!'

솔개는 기겁했다.

그와 동시에 등 뒤에서 한기가 몰아쳤다.

파아앙!

'위험!'

솔개는 발목이 부러질 정도로 힘차게 몸을 비틀었다. 그를 적중시키지 못한 얼음 조각은 뿌연 먼지와 섞여 허공에 비산했다.

'위험했다! 이 악마 놈의 실력은 도대체!'

무공이 이 정도라면 정정당당하게 승부를 한다 해도 승패를 장담하기 힘들다.

솔개는 부지런히 달렸다. 단태붕에게 잡혀 다른 이들처럼 내장이 뜯어 먹히고 싶은 생각은 추호도 없었다.

여인을 구하는 일은 백의개가 알아서 해줄 것이다. 자신은 오로지 단태붕을 최대한 마을에서 멀리 유인하는 수밖에 없다.

'응?'

한참을 달리던 솔개는 이상한 느낌을 받았다.

마치 자신 혼자서만 달리고 있는 느낌…….

황급히 뒤를 돌아본 솔개는 걸음을 멈출 수밖에 없었다. 느낌은 빗나가지 않았다.

뒤를 따라오던 단태붕은 증발한 듯 온데간데없이 사라지고 어두운 적막만이 솔개를 마주하고 있었다.

"……."

솔개는 조심스럽게 사위를 살폈다. 하지만 여전히 어둠만이 자리했다.

'놈은 도대체 어디로…….'

그때 갑자기 불길한 예감에 등골이 오싹해졌다.

'백의개!'

솔개는 주저 없이 다시 마을로 뛰기 시작했다. 주변을 경계하는 것을 잊지 않은 채.

백의개는 단태붕이 머물던 초옥에 다다르기도 전에 찾을 수 있었다.

다만 다른 점이 있다면, 항상 조잘거리던 입이 굳게 다물어져 있다는 것. 싸늘한 시신이 된 백의개의 몸은 조각이 나서 사방에 널브러져 있었다.

솔개는 아무런 말도 할 수 없었다.

백의개의 죽음에 대한 분노보다도 더 크게 다가온 것은 끔찍한 공포였다.

백의개는 자신의 임무를 잊지 않았다.

그의 시신에서 멀리 떨어지지 않은 곳에 여인이 누워 있었다. 백의개는 여인을 데리고 도주하다가 단태붕에게 당한 것이다.

솔개는 여인을 향해 발걸음을 떼어놓다가 다시 거뒀다.

백의개가 당했다는 것은 단태붕이 지척에 있다는 말. 알지 못할 공포감이 스멀스멀 피어올랐다.

'개방 분타주가 이렇게 담이 약해서야.'

상대는 고작해야 이십대 초반이 아니던가.

솔개는 스스로를 위로하며 여인을 향해 걸음을 옮기기 시작했다. 그는 백의개의 희생을 헛되게 보낼 수 없었다.

그가 여인에게 다가갈 때까지만 해도 근처에는 그 누구의 기척도 잡히지 않았다. 한시도 여인을 떼어놓지 않던 단태붕이 보이지 않는 것은 의문이었다.

솔개는 누워 있는 여인의 두 눈을 보았다. 몸은 꽁꽁 얼어붙어 있으되 두 눈만은 살아서 움직였다.

여인의 눈은 솔개에게 말을 했다. 살려달라고, 제발 이 지옥에서 벗어나게 해달라고.

솔개는 몸을 낮춰 여인의 목 뒤로 팔을 집어넣었다. 여인의 눈이 서서히 안정되고 있었다.

'이대로 신법을 펼친다면 승산은 있다!'

솔개는 여인의 몸을 안아 올렸다. 그런데,

"……?"

여인의 동공이 급격하게 팽창되었다.

그녀의 눈동자가 향한 곳은 솔개의 어깨 너머였다.

"끼끼끼!"

솔개는 그대로 몸이 굳어지는 듯했다. 여인을 안아 든 그의 굳센 팔이 부들부들 떨렸다.

'아무런 기척도 느끼지 못했는데……!'

언제 나타난 것인가.

솔개는 등을 돌리려 했지만 그러지 못했다. 여인을 안아 든 팔이 자유를 얻지 못해 허리춤에 묶어놓은 타구봉을 들 수도 없었다.

그러는 사이, 솔개의 어깨 위에 하얀 손 하나가 얹어졌다.

"끼끼! 내 것에 손대지 마."

솔개는 두 눈을 감아버렸다.

'오! 천지신명이시여…… 크흑!'

등 뒤로 따끔한 아픔이 전해졌다. 그뿐이었다.

팔에서 힘이 주욱 빠져나가는 듯싶더니, 솔개를 맞이한 건 적막에 잠긴 어둠뿐이었다.

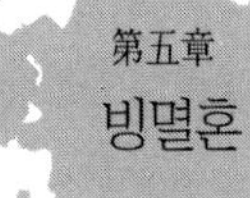

第五章

빙멸혼

1

“이거, 힘든 싸움이 될 거 같군요.”

“그래 봤자 한 명씩 맡으면 됩니다. 어째 미리 알고 인원을 맞춰 나온 것 같네요.”

단여랑과 류선은 시선을 언덕 너머로 두곤 말을 주고받았다.

야트막한 구릉 위에 나란히 서 있는 네 사람은 한 치의 흔들림도 없이 단여랑 일행을 노려보고 있었다.

단여랑은 이들이 누구인지 조금은 짐작할 수 있었다.

“혈궁으로 쳐들어간다는 정보를 이미 들었을 터. 유령전과 합류하기 전에 미리 제거하자는 심산인가?”

“찜찜한 놈들입니다. 온몸을 친친 감은 붕대가 누런빛을 띠는 게 꼭 나병 환자 같기도 하고… 그나마 가운데 있는 노인은 멀쩡하군요.”

“장로쯤 되는 인물이겠지요. 나머지 세 명은… 괜찮겠습니까? 기도를 보아하니 혈단 무인들과는 비교도 안 될 것 같네요.”

단여랑과 해도 무인들은 자신들이 상대해야 할 자들을 미리 점찍어두었다. 하나같이 녹록치 않아 보이지만 혈궁으로 가기 위해선 이들을 반드시 거쳐야 한다는 것을 잘 알고 있었다.

“여부가 있겠습니까? 저들에게 북해빙궁이 얼마나 무서운지 똑똑히 가르쳐 주도록 하겠습니다.”

류선과 남은 해도구귀는 확신에 가득 찬 얼굴로 단여랑을 향해 고개를 끄덕였다.

“한 가지 부탁이 있소.”

“무슨 부탁?”

“단여랑, 저 녀석은 내가 맡게 해주오.”

서늘한 수라마의 눈동자가 마대양에게 향했다. 얼굴 표정은 보이지 않았지만 수라마의 두 눈은 웃고 있었다. 그 웃음은 비웃음이었다.

“자신하는군.”

"빙백신공을 익힌 자와 꼭 한 번 겨뤄보고 싶소."

"우리들은 떨거지들이나 맡으라는 소린가? 좋아, 단여랑을 맡도록 해라. 대신 일체 도와주지 않겠다."

수라마의 음성은 여전히 냉혹하게만 들렸다. 같은 혈궁 무인이되 커다란 괴리감이 느껴질 만한 음성이었다.

"시간을 끌 필요는 없겠지. 놈들을 처리하고 본궁으로 빨리 돌아가도록 한다."

네 사람은 언덕 아래로 몸을 날렸다.

살아남은 해도구귀 두 사람 중 하나인 막여(莫璵)는 자신의 키만 한 도를 팔랑개비처럼 흔들었다.

반복되는 수련 탓도 있지만, 태어날 때부터 선천적으로 가지고 있는 거력이 아니라면 불가능한 몸놀림이다.

그는 해도구귀 아홉 명 중 가장 힘이 센 장사였다.

쒜에엑—!

도에서 터져 나오는 음향은 허공을 찢어발기는 듯했다. 상대는 도의 위력에 짓눌려 섣불리 다가서지 못하고 있었다.

싸움은 말없이 진행되었다. 서로가 서로에게 적의를 띤 이상 말은 필요없었다.

멀리서 지켜보고 가까이 다가서는 순간부터 이미 싸움은 시작되었다.

막여는 망설임이 없었다. 일곱 명이나 되는 형제를 잃은 그는 목숨에 미련 따윈 없었다.

평생을 함께하기로 약조한 사람들이다. 피와 성은 달랐지만 친형제나 다름없이 돈독한 정을 나누며 살았다. 이제는 그들의 몫까지 싸워야 할 때였다.

허공을 찢은 도는 수라마의 몸을 집요하게 따라다녔고, 수라마 또한 날다람쥐처럼 몸을 살짝 비틀며 요리조리 도를 피했다.

'혈단 무인들과는 비교조차 되지 않는다!'

단여랑이 미리 말하지 않았더라면 큰 실수를 할 뻔했다. 막여는 수라마의 실력을 과소평가하지 않았다.

그들은 무기를 일체 지니지 않았다. 그렇다고 해서 권각을 펼치는 것도 아니었다.

의심은 증폭되었다. 일단은 수라마의 몸에서 코를 마비시키는 듯한 악취가 뿜어져 나왔다.

수라마의 살갖에 닿으면 안 된다는 생각이 막여의 뇌리를 스쳤다.

그렇기에 전신 진기를 모두 끌어올려 맹공격을 가했다.

해도주를 만나기 전, 막여가 익히고 있던 도법은 환도였다. 환검을 사용하는 무인들은 많았지만 환도를 사용하는 자는 적었다.

환도를 사용하기 위해서는 막여같이 역발산기개세의 힘이 필요했다. 도를 몸의 일부분인 양 자유자재로 끊임없이 움직여 줘야 한다.

호흡은 없다. 범인들에게 한 호흡은 아주 짧은 찰나에 불과하지만 무인들에게 있어 한 호흡이란 목숨이 좌지우지되는 긴박한 시간이다.

깊은 숨을 고르고 숨이 다할 때까지 일초를 무리없이 연결해야만 한다.

단점이라면, 검에 비해 유연성이 떨어진다는 것이다. 위력은 강할지 몰라도 빠르기는 여간해서 검을 따라잡기 힘들다.

류선을 만나고 나서 그에게 배운 설빙수류도는 환도의 단점을 덮어주었다. 유연성을 추구하지 않아도 설빙수류도는 연이어지는 도법에 더욱 큰 힘을 불어넣었다.

지니고 있는 장점을 더욱 살렸다고 해야 할까.

막여의 도에서 터져 나오는 얼음 조각들은 예측할 수 없는 방향으로 쏘아져 들어갔다.

때로는 수라마의 안면을 향해. 또 어깨, 가슴, 허벅지, 복부를 향해. 하지만 놀라운 것은 수라마 역시 얕볼 수 없는 상대인만큼 설빙수류를 간발의 차이로 모두 피하고 있었다.

시간은 점차 흘러가고 막여의 전신이 땀으로 축축하게 젖을 무렵이었다.

"……?"

막여의 두 눈이 휘둥그레졌다.

방금까지만 해도 눈앞에 있던 수라마가 땅으로 꺼진 듯 깨끗하게 사라져 버렸다. 알 수 없는 의미가 담긴 수라마의 눈웃음을 본 직후였다.

그러나 막여는 휘두르던 도를 멈추지 않았다.

휘익―!

쒜에엑!

막여는 갑자기 오른쪽에서 느껴지는 미풍에 도의 방향을 바꿨다. 예상대로 수라마는 막여의 등 뒤에서 손을 내뻗고 있었다.

"어딜!"

수라마의 손이 거두어졌다. 그리고 다시 사라졌다.

막여는 도를 횡으로 그으며 몸을 회전시켰다. 설빙수류가 가미된 환도.

도는 마치 날개가 달린 것처럼 빠른 속도로 움직였다. 막여가 자신하는 것은 거력을 이용해 검처럼 휘두르는 도의 빠름.

그에게서 틈이라고는 찾아볼 수 없었다. 설사 무림에서 명성을 떨친다는 고수들조차 막여에게는 상대가 될 수 없을 것 같았다.

오른발을 축으로 삼고 펼쳐지는 회선각에 어우러진 설빙수류도.

'놈의 종적을 찾으면 이긴다!'

막여는 확신했다.

그러나 그는 잘못 알고 있었다. 무림에서는 확신과 절대라는 말이 통하지 않는다는 것을.

쒜에엑!

연이어 회전하는 도법이 막바지에 다다랐다. 더불어 막여의 진기도 급속도로 고갈되고 있었다. 그때 그의 눈앞에 수라마의 신형이 보이기 시작했다.

막여는 망설임없이 수라마를 향해 도를 찍어갔다. 그런데,

'음!'

도를 통해 느껴지는 감촉은 아무것도 없는 공간에 도법을 전개하는 것과 똑같았다.

'환영!'

수라마의 신형은 이미 사라지고 없었다. 동시에 막여의 도에 묵직한 중압감이 느껴졌다.

"컥!"

막여의 입에서 답답한 신음이 터져 나왔다.

어느새 도병을 타고 올라온 수라마의 손이 막여의 가슴을 강타했다.

'도, 독!'

막여는 순식간에 눈앞이 가물가물해졌다.

세상은 어두워져 갔다. 캄캄한 공간이 그의 눈앞을 지배하더니 반짝이는 별들이 보이기 시작했다.

'이럴 수가……!'

죽음을 피할 수 없어 보였다. 가슴이 불에 덴 듯 뜨거워졌다.

하지만 의식을 잃어가는 와중에도 막여는 휘두르던 도를 멈추지 않았다. 그때, 환영이 아닌 진짜 수라마가 보였다.

쒜엑— 까가강!

마치 쇠와 쇠가 부딪치는 소리가 들려왔다.

"크윽!"

막여의 앞에서 작은 비명이 튀어나왔다.

'동사(同死)……'

막여는 마음이 편안해졌다. 자신의 몫을 채웠으니 그걸로 만족하련다.

'이제는 형제들을……'

그는 더 이상 생각을 이을 수 없었다.

수라마 하나가 해도구귀 중 하나와 동사하는 동시에 다른 수라마 두 명이 썰물처럼 몸을 물렸다.

'무슨 짓을!'

류선은 마음이 급해졌다.

쓰러진 막여의 시신 위에서 연기가 피어올랐다. 막여의 몸뚱이는 보기 흉측할 정도로 타 들어가고 있었다.

욱하고 치미는 감정에 류선은 터져 나가는 도법을 주체할 수 없었다.

콰아아앙—!

그의 도에서 무시 못할 위력의 얼음 덩어리들이 폭발해 나갔다. 살짝 스치기만 해도 치명상을 입을 듯한 위협적인 한 수였다.

사사삭!

수라마 두 명의 신형이 좌우로 왔다 갔다 하며 눈을 교란시켰다.

이들이 환영법을 사용한다는 것은 좀 전의 싸움에서 알았다. 무기도 지니지 않았을 뿐 아니라 권각을 펼치지도 않아 조금은 의심하고 있었다. 수라마는 실체를 버리고 허(虛)를 추구했다.

이들의 무기는 몸 자체였다.

힘든 싸움이었다.

우선은 허 속에서 실(實)을 찾을 수 있는 눈을 가져야 하는데, 너무 급작스럽게 벌어진 일이라 류선도 당황할 수밖에 없었다.

파바바박!

얼음 덩어리들은 목표물을 잃고 허공에서 터졌다. 수라마 두 사람의 옷깃조차 건드리지 못한 채.

류선의 검미가 찌푸려졌다.

수라마의 거리가 너무 멀었던 탓도 있지만, 중원에서 펼치는 빙공의 위력은 북해에서 펼치던 그것과는 차이가 심했다.

"도주!"

마지막까지 살아남은 해도구귀가 류선에게 다가왔다. 류

선이 제압하지 못했으니 그 역시도 적잖이 당황한 상태였다.

류선과 해도구귀, 그리고 수라마 두 명은 서로 공격을 멈췄다.

십여 장이나 거리가 벌어진 지금, 수라마는 공격할 의사가 없는 듯했다.

류선은 안력을 돋워 멀리 떨어진 수라마의 얼굴을 바라봤다.

붕대 사이로 보이는 누런 눈에서 알 수 없는 오묘한 빛이 뿜어져 나왔다. 하지만 류선은 수라마가 무슨 생각을 하는지 조금은 짐작할 수 있었다.

'싸움을… 피하고 있다.'

수라마는 싸울 의향이 없었다.

그들은 북해빙궁 일개 무인 하나가 자신들의 동료와 상잔하는 모습을 보았다. 열 명밖에 되지 않는 수라마로서는 단 한 명을 잃었다는 것조차 치명적인 타격이었다.

그들은 진정 해도주와 해도귀의 실력을 몰랐다.

"어떻게 할까?"

"얼마나 자신있나?"

수라마 두 명 역시 류선과 해도귀를 바라보았다.

"생각보다 강하군. 북해엔 저런 자들만 모여 있는 건가?"

수라마는 웬만해선 상대를 인정하지 않았다. 그런 그들의 입에서 강하다는 말이 튀어나왔다.

“듣기에는 해도주와 해도귀들이 유령전보다 더 강하다는 소문도 있지.”

“평수.”

“상대를 과대평가하는군. 반반인 확률. 죽음이냐 아니면 삶이냐, 이것인가?”

“최선을 다하면……..”

“혈단 무인 백여 명을 상대한 놈들이다. 수라마 하나가 놈 하나와 동사했지. 그 정도면 됐다. 잊지 마라. 우리는 궁주를 보좌하기 위해 산다.”

수라마의 결정은 이미 나 있는 듯했다.

단여랑 일행의 발목을 잡으러 왔지만 상대를 정확히 파악했으니 이제 후일을 대비해야 한다.

그렇다면 단여랑의 발길을 잡는 것은?

수라마 두 명의 시선이 한곳으로 향했다. 그곳엔 단여랑과 대치한 장로 마대양이 있었다.

“저자는?”

“물러서자면 순순히 물러설 자 같은가?”

“후후! 아니지. 장로를 보호하라는 궁주의 명은 없었지.”

“그럼 됐다.”

수라마의 시선이 그쪽으로 향하자 류선과 해도귀도 단여랑에게로 눈길을 돌렸다.

마대양은 웃었다.

언뜻 보면 오랜만에 조우한 손자의 모습을 사랑스런 눈으로 바라보는 것 같았다.

하지만 그 웃음 뒤엔 살을 찌를 듯한 살기가 숨어 있었다.

단여랑은 담담히 그 눈길을 받아들였다.

"소면염라라 하오."

어색한 침묵을 깨고 마대양이 먼저 입을 열었다.

'혈궁의 수석장로……'

단여랑은 뛰어난 기억력으로 마대양의 별호를 기억해 냈다.

만만히 볼 자가 아니다.

수라마의 실력도 실력이지만 이자는 당연랑보다 몇 배나 많은 경험을 지닌 원로 고수다. 게다가 수석장로라니…….

마대양 정도의 실력이라면 북해빙궁 삼전주 중 가장 강한 귀령전주와 엇비슷할 게다.

귀령전주와는 대결해 본 적이 없다. 기회는 있었으되 진기를 잃은 상태였고, 귀령전주는 막부동이 상대했다.

예전의 단여랑이라면 귀령전주와의 싸움은 꿈도 꿀 수 없을 것이다. 하지만 지금은 상황이 달랐다.

단여랑은 오랜만에 상대다운 상대를 만난 것 같았다.

전신에서 긴장감이 스멀스멀 피어오르기 시작했다.

굳게 말아 쥔 두 주먹이 시려왔다. 이상한 일이지 않은가. 땀 대신 한기라니.

'어쩌면 빙백신공을 시전해 볼 수도.'

단여랑은 검집을 풀어 바닥에 내려놓았다. 검으로 상대하기보다 맨몸으로 부딪칠 생각이다. 수라마가 인간병기라면 단여랑 역시 마찬가지였으니까.

'춥군.'

마대양은 그저 웃을 수만은 없었다.

어린 나이의 단여랑이지만, 또한 처음 마주하는 자리이지만 생각했던 것보다 훨씬 강하다는 것이 그의 진심 어린 생각이었다.

'북해빙궁이 좋은 인재를 만들어냈군.'

"맨손으로 하시겠소?"

단여랑은 대답 대신 손가락을 들어 까닥거렸다.

마대양의 웃음이 더욱 짙어졌다. 그는 서슴없이 옆구리에 찬 검을 꺼내 들었다.

"한 수 양보하겠소."

"후회할 텐데?"

"자만이 지나치군. 자만이 실패로 귀결되는 순간, 후회라는 낱말은 소궁주의 것이오."

"두고 봐야 알지."

마대양은 단여랑의 반말을 들으면서도 표정 하나 구기지

않았다. 어차피 죽을 상대에게 훈계를 해봤자 무슨 소용이 있겠는가.

마대양이 천천히 발을 옮겼다.

단여랑은 그의 움직임을 주의 깊게 지켜보았다.

'응집시킨 진기가 터져 나가는 순간, 빙백신공은 진가를 발휘한다.'

단여랑은 두 손에 진기를 주입시키기 시작했다.

마대양의 검은 붉다 못해 새카맸다. 보통 검보다 검신이 훨씬 얇은 협봉검(狹鋒劍)이지만 마치 대도를 상대하는 것 같은 착각을 불러일으켰다.

스아아아!

검 휘두르는 소리가 바로 귓전에서 울리는 것 같았다.

'기교가 아니라 힘이군. 살상을 목적으로 이루어진 검법.'

마대양은 검이 이루어낼 수 있는 기교를 모두 없앴다. 대신 지독하게 요혈만 노리는 사검(死劍)을 익혔다. 독을 머금은 사검은 충분히 위협적이었다.

강풍과 같은 기세의 검은 단여랑의 전신을 노리며 날아들었다.

단여랑은 조금씩 뒤로 물러섰다.

'그렇지. 생사를 건 싸움에선 그 어떤 기교도 필요없어. 단 한 번의 기회가 필요해.'

이런 숨 막히는 싸움에서는 빈틈을 노려야 한다는 것을 잘 알고 있었다. 하지만 중요한 것은 마대양이 그 어떤 틈도 보이지 않는다는 것.

단여랑에게 있어 마대양은 거대한 산이었다. 연륜과 배분, 경험에 있어 마대양을 따라잡기는 힘들다. 귀령전주와 비슷한 실력이라면 더더욱.

그러나 아무리 거대한 산이라도 오르지 못할 산은 없다.

'혈궁을 위협할 수 있는 계기.'

단여랑의 두 손이 하얗게 물들기 시작했다.

'으음!'

마대양은 순간 당황하여 검의 흐름을 놓칠 뻔했다. 그는 갑작스레 변해 버린 단여랑의 머리카락을 보며 속으로 경악했다.

하얗게 물들어 버린 머리카락과 얼굴, 피부색은 그 어떠한 설명을 한다 해도 현 상황에선 이해하기 힘들었다.

'빙백신공이군.'

단여랑의 주위에 다가서기만 해도 소름이 오싹 돋았다. 마대양은 긴장의 끈을 놓지 않으며 단여랑을 공격했다.

타앗!

마대양은 힘차게 땅을 걷어찼다.

뿌연 먼지와 함께 그의 신형이 공중으로 솟아올랐다.

순간, 단여랑의 두 눈이 번쩍 뜨였다.

마대양은 큰 실수를 했다.

공중으로 떠오른다는 것은 상대에게 틈을 보이는 것. 하지만 그것이 과연 실수였을까.

놀라운 일이 벌어졌다.

공중으로 떠오른 마대양의 몸이 천근추를 매달아놓은 듯 눈 깜짝할 새에 땅으로 뚝 떨어져 내렸다. 그의 발은 땅에 닿기도 전에 단여랑을 향해 섬전과 같은 속도로 달려들고 있었다.

단여랑의 두 눈에 놀라움이 서렸다. 방금 전까지만 해도 분명 틈이 보였는데.

단여랑이 몸을 움직이기 시작했다. 하늘을 향해 펼쳐진 그의 손바닥 위에는 형체를 알 수 없는 하얀 기운들이 맺혀졌다.

'빙멸혼, 얼음으로 혼을 멸한다!'

오 장여 거리에 있던 마대양의 얼굴이 바로 면전에까지 다가왔다.

단여랑은 마대양의 광기에 절어 더욱 짙어진 미소를 똑똑히 볼 수 있었다. 그리고 그 순간, 틈이 보였다.

휘이익…… 푸욱!

세상이 정지되었다.

흘러가던 시간들이 모두 멈춘 듯했다.

단여랑의 몸도 굳어지고, 그와 몸을 밀착시킨 마대양의 몸도 굳어졌다.

“소궁주!”

류선이 경악성을 내뱉었다.

마대양의 협봉검은 단여랑의 허벅지를 관통했다. 독이 잔뜩 묻어 있는 검은 스치기만 해도 즉사일 텐데.

단여랑의 시선이 자신의 허벅지로 향했다. 그는 덜덜 떨리는 손으로 마대양의 손을 잡아 허벅지에 박힌 협봉검을 뽑아냈다.

“이, 이, 이럴 수가!”

재빨리 다가온 류선은 더 이상 커질 수 없을 정도로 두 눈을 부릅떴다.

단여랑의 허벅지에선 피 한 방울 흘러나오지 않았다. 그리고 단여랑은 독에 중독되기는커녕 멀쩡하기만 했다.

“괜찮으십니까!”

단여랑은 류선의 외침이 귀에 들어오지 않았다.

‘아픔이… 전혀 느껴지지 않아.’

역시…… 이것이던가? 빙백신공이란…….

단여랑이 놀라고 있는 사이 류선은 황급히 마대양을 바라봤다.

마대양은 검을 꼭 쥔 채 여전히 웃고 있었다.

한데… 그뿐이었다. 시간이 지나가도 마대양은 그 자리에서 웃는 얼굴로 꼼짝도 하지 않았다.

마치 빙우가 되어버린 것처럼.

2

유령전 부전주 서혜광(舒慧曠)은 급한 전갈을 받고 해도를 찾았다. 물론 그가 움직이는 데는 지극한 은밀함이 요구되었다.

만에 하나라도 그를 따라다니는 다른 사람들의 눈이 있다면 자칫 밀당이라는 큰 존재를 잃게 될지도 몰랐다.

해도주의 거처에서 서혜광은 밀당부주 탁산을 만났다.

"지혜원주께서는 무사하십니까?"

탁산은 홍자경의 안위부터 물었다.

홍자경은 그를 위해서 모든 이들의 이목을 자신에게로 돌렸다. 위험천만한 일이었다. 여태까지 모습을 드러내지 않았던 지혜원주가 떡하니 나타났으니 반목하는 세력이라면 그를 노릴 게 분명했다.

"아직까지는 괜찮습니다. 일장로를 따르는 자들까지 합세하여 호위를 맡았으니 별다른 무리는 없을 것입니다."

"그렇다면 유령전이 움직여도 괜찮다는 말씀이시군요."

"……?"

서혜광은 탁산을 지그시 바라봤다.

그가 자신을 부른 목적이 무엇인지 어렴풋이 짐작할 수 있었다.

“소궁주의 부름입니까?”

“혈궁으로 향하고 있습니다.”

서혜광은 눈살을 가늘게 좁혔다.

“다섯 명도 채 되지 않는 인원으로 말입니까?”

“그래서 유령전의 도움이 필요한 겁니다.”

“본궁으로 바로 돌아오지 않고 혈궁으로 향한다는 것은…… 그들의 뿌리를 뽑아버리려는 생각이로군요.”

서혜광은 단여랑을 이해할 수 있을 것 같았다. 그리고 그의 부름이라면 만사를 제쳐 놓고 달려가야만 옳다. 하지만 태상 궁주의 안위도 생각해야만 했다.

“유령전이 움직이는 건 문제될 것이 없지만, 태상궁주는 누가 지킵니까?”

서혜광의 물음에 탁산이 두 눈을 반짝 빛내며 입을 열었다.

“예설각과 냉화각이 지킵니다.”

“무슨……?”

서혜광은 자신의 귀를 의심하며 탁산을 향해 의문 어린 눈빛을 던졌다.

삼각은 삼전과 밀접하다면 밀접하다고 할 수 있다.

검법을 익히는 예설각 무인들이 목표로 하는 곳은 귀령전, 장법을 익히는 파동각은 빙령전. 삼각에서 수련받은 여인들은 대부분 냉화각으로 들어갔다.

그중 운이 좋은 자들은 검법과 장법을 동시에 익힐 수 있는 유령전으로 흡수되었다.

탁산이 말한 예설각이라면 귀령전과 밀접한 관계. 그런 자들이 태상궁주를 지킨다?

"예설각주의 성격을 모르십니까?"

예설각주는 깐깐한 사람이다. 그는 단여랑을 좋아하지 않는다. 그리고 유령전주 막부동도 탐탁지 않아 한다. 속에 묻어두지 못하는 성격 때문에 막부동과의 충돌도 여러 차례 있었다.

북해를 위하는 마음은 의심하지 않는다. 그는 마음에 들지 않는 것은 앞에 대놓고 이야기할지언정, 뒤에서 호박씨나 까는 인물은 아니었다.

"예설각과 냉화각은 삼전과는 아무런 관계가 없습니다."

탁산이 그렇다고 하면 그런 거다. 탁산의 지휘 아래 촘촘한 그물망을 만들어놓은 밀당의 정보는 틀릴 리가 없으니까.

"냉화각은 실력이 부족하지 않습니까?"

"그들에게는 실력보다 좋은 무기가 있습니다."

"……?"

"무기 제조법이라면 되겠습니까? 냉화각이 없어지면 북해빙궁의 무기 제조도 끝납니다."

서혜광은 다시 눈살을 좁히며 탁산을 바라봤다. 탁산은 정보를 취합하는 것에도 능했지만, 그 정보들을 어떻게 다뤄야 하는지 잘 알고 있는 사람이었다.

“그렇다면 파동각은?”

탁산은 가만히 고개를 저었다.

파동각은 이미 빙령전에 흡수되었을 확률이 높았다. 그렇기에 밀당에서도 손을 떼고 있는 것이었다.

서혜광은 조금 안심이 되었다. 예설각이나 냉화각이 버텨 준다면 마음 놓고 중원에 다녀올 수 있을 게다.

하지만 아직 끝나지 않은 문제가 남았다.

“소궁주의 명이라면 달려나가야 옳겠지만, 저희는 아직 유령전주의 소식이 없어서⋯⋯.”

북해빙궁은 직속 상하 관계를 철저히 따졌다.

“그 점이라면 걱정하지 마십시오. 유령전주 역시 혈궁으로 향하고 있으니까.”

서혜광의 두 눈이 크게 뜨였다.

“정말입니까? 전주께서는 무사하십니까?”

“큰 고비를 넘겨 다행입니다. 그런 분은 쉽게 당하지 않죠. 당해서도 안 되고.”

서혜광은 그제야 얼굴이 밝아졌다.

“유령전 무인 몇 명만 남겨두고 가겠습니다. 언제 떠나면 됩니까?”

두 사람의 눈이 허공에서 부딪쳤다.

“빠르면 빠를수록 좋습니다. 지금 당장이라도.”

* * *

단태붕의 빙백신공에서 풀려나는 시간은 정확히 두 시진마다 한 번이다. 단 한 번의 손속으로 목숨을 앗아갈 수도 있겠지만, 단태붕이 힘 조절을 잘했기에 그나마 굳어진 몸으로라도 목숨을 부지할 수 있었다.

하지만 어쩔 땐 그냥 죽어버리고 싶기도 했다. 단태붕의 만행을 두 눈 뜨고 지켜볼 수만은 없었기에.

두 시진마다 한 번 몸이 풀려날 때마다 예서하는 생과 사를 오가는 기분이었다. 단태붕은 정확한 시간에 맞춰 그녀에게 빙백신공의 일침을 가했다.

단태붕이 조금이라도 시간을 지체하면 좋으련만, 그래서 몸이 자유를 얻으면 좋겠지만 그런 기회는 찾아오지 않았다.

하지만 그건 예서하의 생각이었다.

공포에 질린 그녀가 몸이 풀리는 그 짧은 찰나의 순간을 바로 잡아내지 못했기 때문이다.

얼마 전, 개방도로 보이는 거지가 자신을 안아 들었을 땐 '아, 이제 살았구나!' 하는 생각이 들었다. 그러나 개방도를 무참히 죽여 버린 단태붕의 손속에 모든 희망이 물거품처럼 날아갔다.

하지만 하늘은 그녀를 외면하지만은 않았다. 빙백신공의 시간이 다되어 몸이 풀려나는 그 짧은 틈을 이용한다면 다른 사람의 도움없이 도주도 용이했다.

그리고 전혀 찾아오지 않을 것 같던 기회가 마침내 찾아왔다.

우걱! 우걱!

단태붕은 시신의 몸을 파내고 내장을 게걸스럽게 먹어치우고 있는 중이었다. 산 아래를 지나가던 죄 없는 행인이 오늘 단태붕의 제물이 되었다.

예서하는 자신의 머리가 어떻게 된 줄 알았다. 처음에는 구토가 치밀더니 이제는 단태붕의 그런 모습을 아무런 감정 없이 바라보고 있는 자신이 놀라웠다.

피, 피, 피!

두 눈에 보이는 것은 온통 피였다. 악마와 함께한 나날들은 그녀의 일생에서 최악의 시간들이었다.

'시간이 거의 다 되었는데…….'

예서하는 두 눈으로 단태붕을 바라보며 속으로 시간을 쟀다. 몸이 풀리는 시간은 앞으로 반 각도 남아 있지 않은 상태였다.

운이 좋아 단태붕에게서 벗어난다 하더라도 도주하는 게 문제였다. 단태붕은 놀라운 신법을 지녔다. 예서하가 과연 그의 신법을 제치고 도주할 수 있을지는 아직까지 미지수였다.

'최선을 다하자. 죽을 때 죽더라도 끝까지 포기하지 말고.'

시간은 흘러갔다.

예서하의 몸이 자유를 찾는 시간도 가까워지고 있었다.

우걱! 우걱!

얼굴과 손에 피를 잔뜩 묻히며 내장을 먹어치우던 단태붕의 행동이 우뚝 멎었다.

그는 서서히 고개를 돌려 예서하가 누워 있는 곳을 바라봤다. 그리고 자리에서 몸을 일으켰다.

예서하는 단태붕에게 향해 있는 시선을 피하지 않았다. 그가 자신에게 가까이 다가오면 다가올수록 가슴은 빠르게 뛰었다.

"서하, 시간이 됐어. 아무도 건드리지 못하게 내가 지켜줄게."

달콤한 음성이었지만 예서하에게는 공포, 그 자체였다.

"끼끼끼!"

단태붕의 양쪽 입술 끝이 볼 위로 올라가며 투박한 손이 예서하의 몸에 닿으려 했다. 순간,

촤아악!

한 움큼의 모래가 단태붕의 얼굴을 뒤덮었다.

"억!"

단태붕은 황급히 손을 들어 눈가로 가져갔다.

예서하는 주어진 기회를 놓치지 않았다. 자리에서 벌떡 일어난 그녀는 산 정상을 향해 부리나케 뛰었다.

“아악!”

예서하는 자신도 모르게 비명을 내질렀다. 마음은 급했지만 오랜만에 자유를 얻게 된 몸뚱이가 제대로 말을 들을 리 없었다. 어찌할 수 없었던 그녀는 다리에 힘이 풀리는 것을 참으며 젖 먹던 힘을 다해 뛰어야만 했다.

재빨리 손으로 눈을 문지르며 자리에서 일어난 단태붕은 예서하의 비명 소리를 듣고 눈에 기광을 떠올렸다.

“벙어리가… 아니었군. 크크크! 넌! 죽인다!”

단태붕은 즉시 예서하를 쫓기 시작했다.

추격전은 아슬아슬했다.

만약 예서하가 나무 위로 뛰어다닐 수 있는 신법을 지니지 않았다면 벌써 단태붕의 손에 잡혔을지도 몰랐다.

그렇다고 지금의 상황이 그리 좋은 것은 아니었다.

단태붕은 마치 독 안에 든 쥐를 가지고 놀 듯 여유를 두고 그녀를 쫓았다.

산은 그리 높지 않았지만 가팔랐다. 범부들이라면 쉽게 오르지 못할 그런 산이었다.

그런데 왜 하필 산 정상을 향해 뛰었을까.

예서하는 후회가 들었지만 그렇다고 해서 도주를 포기할 수도 없는 노릇이었다. 차라리 단태붕에게 잡히기 전에 자진을 하는 편이 나았다.

정신없이 달리던 예서하가 울창한 숲을 향해 발을 내딛는 순간,

"헉!"

촤르르르!

땅바닥이 부서져 나갔다. 부서진 땅의 잔재들은 끝이 보이지 않는 어둠 속으로 추락했다.

"아, 안 돼!"

막다른 길.

예서하가 발을 디딘 곳은 절벽이었다. 어쩌면 도주할 수도 있겠다는 희망은 금세 절망으로 바뀌었다.

급히 뒤를 돌아본 예서하의 눈에 단태붕의 모습이 보였다. 단태붕은 광기 어린 미소를 머금으며 천천히 그녀를 향해 다가왔다. 두 손은 수리의 발톱처럼 구부려 언제라도 내장을 파내겠다는 듯이…….

"끼끼! 그동안 네년이 감히 나를 속여?"

예서하는 침착했다.

삶은 포기했다. 세상에 미련이 남았다면 보리마군에게 전수받은 단여랑의 빙백신공을 두 눈으로 보고 싶다는 것. 하지만 어쩌랴. 저승에 가서 영혼이 되어 보는 방법도 나쁘지 않을 테지. 저런 악마와 함께 있을 바에야.

그런데 단태붕의 눈동자가 기괴하게 변했다.

"서하! 거긴 위험해! 이리 와. 어서 내 손을 잡아!"

“……?”

“끼끼! 가장 고통스럽게 죽여주마, 이년!”

단태붕의 증상은 점점 더 심해졌다.

예서하는 마음의 결정을 했다. 그리고 뒤로 조금씩 물러섰다. 그리고 그녀는 단태붕에게 처음이자 마지막 말을 남겼다.

“미친… 새끼.”

예서하는 즉시 절벽 아래로 몸을 날렸다.

쉬이이익!

몸은 빠른 속도로 아래를 향해 떨어졌다. 어두운 밤이기에 절벽이 얼마나 높은지, 아래에는 무엇이 있는지 보이지도 않았다.

‘여랑, 너와 함께 있어야 했는데… 미안해.’

한여름인데 바람은 차가웠다. 절벽 위에서 단태붕이 맹수처럼 포효하는 소리가 점점 멀어져 갔다.

예서하의 정신은 혼미해져 갔다.

＊　　　＊　　　＊

“마 장로 혼자 그곳에 남았다?”

마대양과 함께 단여랑 일행에게 갔던 수라마 두 명은 주상요의 앞에 부복했다.

그들은 마대양이 어떻게 되었는지 모른다. 마대양이 단여랑과 싸우려는 것을 보곤 곧바로 등을 돌렸다. 그들을 향해 다가오던 해도주와 해도귀 탓도 있었지만 더 이상 그 자리에 머물 이유가 없었다.

마대양은 아직 돌아오지 않았다.

"그렇다고 마 장로 혼자 내버려 두고 오다니. 역시 자네들답군, 그 쌀쌀맞은 성격은. 하지만 호락호락 당할 마 장로는 아니니까 곧 소식이 있겠지. 그보다 수라마 한 명을 잃었다고?"

"해도귀의 실력은 능히 북해빙궁 삼전 무인의 실력을 능가합니다."

"역시… 그래서 혈단이 그렇게 당했어. 어서 마 장로가 돌아와야 재정비를 하던가 할 텐데."

수라마 두 사람은 서로 눈빛을 교환했다. 그들은 마대양이 살아서 돌아오지 못할 것이라 확신했다.

그때, 누군가가 주상요의 집무실 문을 두들겼다.

쉬익! 쉬익!

순식간에 수라마 두 사람이 천장으로 몸을 날려 모습을 감췄다.

주상요의 허락 아래 집무실로 들어온 사람은 장로들 중 한 명이었다.

"무슨 일이오?"

"궁주……."

장로의 안색이 파리해졌다. 주상요를 향한 두 눈동자가 마구 흔들렸다.

주상요는 의자 등받이에 몸을 기댔다.

"무슨 일이냐고 묻지 않소?"

"마, 마 장로가 돌아왔… 습니다."

"그렇소?"

주상요가 상체를 앞으로 기울었다.

장로는 더듬더듬 말을 이어 나갔다.

"그, 그런데 그것이……."

대청의 분위기는 싸늘했다.

여덟 명이나 모인 자리이지만 누구 하나 입을 여는 사람이 없었다. 입을 열었다가는 그쪽으로 화살이 돌아갈 것은 불을 보듯 뻔했다.

침묵 속에서 모두의 눈길이 향한 곳은 대청 한가운데였다.

대리석으로 만들어진 석관.

화려한 대청과는 전혀 어울리지 않는 대조적인 풍경.

문제는 그 안에 누워 있는 사람이 현 혈궁의 수석장로라는 점이었다.

감히 어느 누가 혈궁의 수석장로를 관에 뉘게 할 수 있단 말인가.

주상요는 마대양의 죽음을 믿을 수가 없었다. 누구에게 당했는지 알고 있지만 인정하기 싫었다.

결국 그가 죽은 원인은 알아내지 못했다.

마대양의 시신은 깨끗했다. 병기에 찔린 것도 아니고, 독살을 당한 흔적도 전혀 없었다.

그런데 이상한 점이 있다.

마대양이 혈궁에 옮겨지기까지 십여 일 가까이 지났지만 시신이 전혀 부패하지 않았다는 것이다. 가만히 있어도 땀이 줄줄 흐르는 한여름에 부패하지 않는 시신이라…….

'아무리 빙공을 사용한다 해도 일정 시간이 되면 녹아내리기 마련. 도대체……!'

주상요는 빙백신공에 대해 알고 있다. 그리고 진정한 빙백신공은 북해빙왕만이 지니고 있다고 믿었다. 북해빙궁의 내분이 생기기 전부터 조사한 바에 따르면 분명 그랬다.

단여랑이 빙백신공을 익혔다는 말을 들었지만 아직은 제대로 펼치는 데 무리가 있는 나이였다.

그렇지만 마대양이 빙공에 당한 것은 확실한데…….

마대양의 시신이 여타 시신들과 다른 점이 있다면, 체온이 극히 낮다는 점이었다. 마치 얼음을 만지는 듯한…….

사인이 무엇인지 밝혀내려 아직 장례도 치르지 않았지만 주상요는 더 이상 앉아서 지켜볼 수만은 없었다.

"시작하게."

그의 부름을 받고 온 의원은 진땀을 흘렸다.

자그마한 소도를 쥔 의원의 손이 부들부들 떨렸다. 하지만 혈궁주의 싸늘한 얼굴을 상대로 감히 명령을 어길 배짱 따윈 존재하지 않았다.

시신에 칼을 대는 것은 금기.

마대양을 두 번 죽이는 일이나 나중에 단여랑을 상대하려면 어떻게 당했는지 알아내야 할 것이 아닌가.

서걱!

소도로 시신을 저미는 소리가 끔찍하게 들려왔다.

처음과는 다르게 의원은 능숙한 솜씨로 갈라진 마대양의 피부를 들춰냈다. 그런데,

"헉!"

의원이 하얗게 질린 얼굴을 하곤 뒤로 나자빠졌다.

"무슨 일인가?"

의원은 덜덜 떨리는 손가락을 들어 관을 가리켰다.

"내, 내, 내장이 모, 모두 얼음……!"

"뭣!"

"뭣이?!"

앉아 있던 장로들이 자리에서 벌떡 일어났다. 하지만 그들보다 더 빠르게 뛰어든 사람은 다름 아닌 주상요였다.

"……!"

들춰진 마대양의 내장을 본 주상요의 안색이 하얗게 탈색되었다.

“궁주, 어떻게 된 것입니까?!”

주상요는 대답하지 않았다. 초점을 잃은 그의 두 눈동자가 마구 흔들렸다.

뒤늦게 마대양에게 다가간 장로들은 놀람을 금치 못했다.

“이럴 수가!”

그렇다. 마대양의 내장은 얼음으로 감싸여져 있었다. 영원히 녹지 않는 얼음으로……

관에서 물러난 주상요는 혼이 빠져나간 사람처럼 중얼거렸다.

“돌아왔어… 그가! 그가 살아 돌아왔어!”

“궁주, 그라니요? 도대체 누구를 말씀하시는 겁니까?”

주상요는 고개를 들어 장로들을 바라봤다. 장로들은 평생토록 주상요의 얼굴에 이처럼 어두운 그림자가 드리워진 걸 본 적이 없었다.

“살아났어… 북해빙왕이 다시 살아났다!”

第六章
선전포고

화려한 대청. 넓은 원탁에 모인 열 명은 존재 자체만으로도 태산과 같은 분위기를 자아냈다.

아무리 무공에 뛰어난 실력을 가진 고수라도 이들 앞에서는 고작 하룻강아지에 불과하고, 이들을 움직이게 하는 것은 목숨을 저버리는 행동과도 같았다.

중원에서 내로라하는 열 명이 모였다.

태산북두 소림, 무당, 화산(華山), 아미(峨嵋), 청성, 공동(崆峒), 점창(點蒼), 종남(終南), 해남, 구파의 장문인들과 개방의 용두방주(龍頭幇主)까지…….

중원무림을 휘어잡는 구파일방의 종주들이 한자리에 모인

것은 지난 정사대전 이후 처음이었다.

사전에 아무런 합의도 없이 이들이 급작스럽게 모이게 된 이유는 중원을 중심으로 동서남북 네 방향에 밀집한 세외 세력인 사대궁 때문이었다.

북해빙궁의 빙옥조를 시작으로 혈궁과 마라궁이 나서더니 얌전히 있던 남해태양궁까지 모습을 드러냈다.

사대궁의 움직임은, 다시 말해 사대궁의 보이지 않는 암투는 중원에 해를 가할 확률 또한 높았다.

"산서에서 일차 격돌이, 이번에 하북에서 두 번째 격돌이 일어났소. 두 세력은 혈궁과 북해빙궁. 그리고 산서에서 하북으로 넘어가는 도중 마라궁과 북해빙궁의 충돌 또한 있었소. 세 번의 부딪침에서 모두 북해빙궁이 이겼소."

개방주는 구파일방 장문인들의 회합을 위해 하남으로 오고 있는 와중에도 개방도들에게 꾸준한 보고를 받았다. 특히나 하북 천진(天津)에 자리한 개방 총타에서는 단여랑과 마대양이 부딪쳤던 정보를 빠르게 입수했다.

"한 번 패배한 혈궁에서 다시 사람을 보내왔을 터, 충돌의 중심에 서 있던 자는 북해빙궁의 소궁주인 단여랑이라는 자가 맞소?"

공동파 장문인이 물었다.

"단여랑은 혈궁으로 향하는 중이라 들었소이다."

"혈전의 시작이로군."

"그들의 싸움을 제지할 생각은 없지만, 중원을 무대로 삼는다면 확실한 대처가 필요할 듯하오."

"듣기엔 남해태양궁까지 나섰다 합니다. 사실입니까?"

아미파 장문인의 질문에 수염을 덥수룩하게 기른 거한의 노인이 작게 숨을 내쉬었다. 해남파 장문인이었다.

"다른 삼대궁의 움직임이 심상치 않다 하여 철저한 감시를 붙였소. 그런데 예상치 못하게 남해태양궁의 여식이 단독적으로 움직였을 줄이야."

"남해태양궁과 혈궁은 산서에서 부딪쳤고."

종남파 장문인이 말을 받았다.

사대궁은 이미 중원에서 네 번의 싸움을 일으켰다.

합의하에 단 한 번도 깨어진 적 없던 약속이 네 번이나 깨졌다. 사대궁은 구파일방의 압력을 피할 수 없을 정도로 무림의 질서를 무너뜨렸다.

"어지러울 정도로 움직이는 사대궁이오. 아직까지는 중원인들에게 피해를 입히지 않았지만 문제는… 북해빙궁의 단태붕이라는 자요."

"으음!"

모두는 침중한 기색을 감추지 않았다.

단태붕의 무차별적인 살인은 이미 들어 알고 있는 터였다. 북해빙궁의 소궁주이기에 어느 정도는 묵과할 요량이었지만 더는 가만히 놔둘 수가 없었다.

북해빙궁 또한 단태붕을 신경 쓰지 않겠다는 의사를 비춰 온 터라 더더욱.

그리고 빙옥조에 참가한 세 명의 북해빙궁 소궁주를 지키는 눈들이 분산되었다.

"취신개 장로와 적하난선 장로의 소식은 아직 없소이까?"

누군가의 질문에 개방주와 청성파 장문인은 난감한 얼굴을 했다.

취신개의 잘못은 곧 개방의 잘못이며, 적하난선의 잘못은 곧 청성파의 잘못이기 때문이다.

"두 분은 단여랑의 감시를 맡았소만 호첨산에서부터 종적이 묘연해졌소. 여화산 부근에서 그들을 보았다는 제보가 있으니 아마도 단여랑과 함께 움직이는 다비활의를 만나러 간 것도 같소."

정보로 둘째가라면 서럽다는 개방의 방주도 취신개와 적하난선의 행방만은 뚜렷하게 알아낼 수 없었다.

"이상한 일이오. 혈궁과 마라궁은 오직 한 사람을 공격하려 하고 있소. 그자가 단여랑이라는 사실은 모두가 익히 알고 있는바."

"그렇다면 단여랑이라는 자를 먼저 제압하면 되겠구려."

"단태붕의 문제는 어쩌시겠습니까?"

모두의 시선이 한곳으로 향했다.

구파일방 장문인들 사이에서도 눈에 보이지 않는 서열은

존재했다. 그중에서 일인의 자리를 굳게 지키고 있는 사람은 단연 태산북두 소림사의 방장이었다.

따뜻한 차를 마시며 염주를 굴리던 소림 방장은 다른 장문인들의 시선을 받고선 살짝 고개를 들었다.

불가에 귀의해 평생 염불을 외며 살던 소림 방장의 얼굴은 마치 부처가 환생한 듯 온화했다. 하지만 그의 입에서 나오는 말은 단칼에 무를 베어내는 것처럼 망설임이라곤 전혀 없었다.

"죄 없는 일반인들의 목숨을 앗아간 것은 중죄로 다스려야 마땅한 일. 척살, 그 이상도 이하도 아닙니다. 아미타불!"

장문인들은 그런 의견을 예상했기에 고개를 끄덕이며 수궁을 표했다.

"그럼 문제는 단여랑만 남았군요. 그를 처리하면 혈궁과 마라궁이 중원에 문제를 일으킬 일은 없을 듯하온데……."

똑똑똑!

그때 누군가가 문을 두드리며 보고를 올렸다.

"개방의 취신개 장로와 청성파 적하난선 장로께서 본산에 올랐다는 전갈입니다."

장문인들은 깜짝 놀라 서로를 바라봤다.

"단여랑은 아무런 잘못이 없습니다."

장문인들은 모두 할 말을 잃고 적하난선을 물끄러미 바라봤다.

구파일방의 계율을 어기고 잠적했다가 이제야 나타나서 고작 한다는 소리가…….

"그동안 어디에 있었습니까?"

개방주는 전보다 부쩍 핼쑥해진 취신개를 바라봤다.

"하북으로 달려가던 중 오해는 풀어야겠기에……."

"하북에는 왜? 이제와 단여랑을 다시 감시라도 할 생각이었습니까? 망양보뢰(亡羊補牢)라… 양 잃고 우리를 고치기에는 이미 늦었거늘."

"장문인들께 감히 청을 올립니다. 혈궁을 치러 간 북해빙궁 소궁주의 일은 묵과해 주십시오."

적하난선은 허리까지 숙였다. 적하난선이야 원래 성격이 그렇다 처도 취신개까지 평소에 하지 않던 공손한 태도를 취하자 장문인들은 의아함을 드러냈다.

"감시에서 끝난 것이 아니었구려. 그새 정이라도 들어버린 게요?"

취신개가 머뭇거리며 조심스럽게 입을 열었다.

"그것이……."

"좋은 아이입니다. 예의 바르고, 무엇보다 무공을 써야 할 때와 쓰지 말아야 할 때를 잘 알고 있죠."

장문인들의 눈길이 취신개에게서 적하난선으로 옮겨졌다.

"무공을 써야 할 때와 쓰지 말아야 할 때라……. 빙옥조를 시행하고 있는 자가 중원에서 북해빙궁 무인들 외에 다른 자들과 충돌을 일으켜선 안 된다는 걸 모르진 않을 텐데… 장로의 말씀을 어떻게 받아들여야 할지 모르겠소.”

적하난선은 잠시 고민했다.

장문인들은 사대궁은 물론 단여랑조차도 좋게 보지 않았다.

사탕발림한 말은 얼마든지 할 수 있다. 하지만 장로들의 마음을 돌리기 위해선 진심이 필요하단 걸 그는 잘 알고 있었다.

“단여랑이 왜 혈궁으로 가고 있는지 아십니까?”

사뭇 진지한 적하난선의 말에 장문인들은 귀를 기울였다.

“혈궁은 이미 중원에 또 다른 세력을 심어놓았습니다.”

“흑사방이지요.”

개방주가 적하난선의 말을 받았다.

모두가 아는 사실이었다.

뭇사람들은 흑사방이라는 살수 문파가 스스로 중원에서 만들어졌다고 생각하지만 그것은 큰 착각이다.

혈궁은 오래전부터 흑사방을 만들 계획을 세웠고, 그것을 실행에 옮겼다. 혈궁에서 제조되는 무기들 중 흑사의 독으로 제련되는 것도 있으니 당연한 것 아닌가.

“혈궁은 북해빙궁만 노리고 있는 것이 아닙니다. 설혹 혈궁이 북해를 장악했다고 가정해 보십시오. 마라궁은 이미 혈궁의 수중에 들어간 거나 진배없습니다. 삼대궁이 하나로 뭉쳐 남해태양궁을 공격한다면, 남해태양궁 역시 혈궁에 흡수될 것은 자명한 일. 그 후는 생각해 보지 않으셨습니까?"

"으음!"

"흠!"

그것까지 생각해 보지 않은 것은 아니다. 하지만 그건 아주 최악의 경우로 분류했다.

세외 세력은 구파일방조차도 함부로 할 수 없는 존재다. 그 중 북해빙궁의 실질적인 저력이라면 구파일방 중 두 개 파를 합친 것과 비등하다 할 수 있다.

물론 구파일방이 합세하여 북해를 제압할 수는 있겠지만 몇십 년 동안 재건해야 할 출혈을 감수해야 한다.

그런 세외 세력이 하나로 똘똘 뭉쳐 중원을 노린다면…….

"그것이 단여랑이라는 자와 관계가 있습니까?"

단 한 마디를 한 후 여태 침묵을 지키고 있던 소림 방장이 입을 열었다.

적하난선은 고개를 끄덕였다.

"만약 단여랑의 앞길을 저지하신다면 우리가 우려하는 일이 벌어질 것입니다."

대청은 순식간에 정적에 휩싸였다.

적하난선의 말에는 일리가 있다. 사대궁의 싸움은 그들만의 싸움으로만 남겨두어야 한다. 구파일방이 나서는 것은 그들이 생각하는 최악의 상황을 고려하였을 때다.

“좋소. 적하난선 장로의 의견을 받아들이겠소. 이의있는 분이 있소이까?”

아무도 대답하지 않았다.

구파일방은 단여랑을 두고 보기로 결정했다.

지금까지는 사대궁이 중원에 해를 끼치지는 않았다. 단 한 사람을 제외하곤.

“이제 단태붕이라는 자의 문제가 남았구려.”

이는 묵과할 수 없는 사항이다. 단태붕은 고의적으로 피해를 입히고 있었다.

“적하난선 장로, 취신개 장로. 명을 어기고 이탈한 행동에 대해선 따로 질책하지 않겠소. 대신.”

적하난선과 취신개는 장문인들의 입에서 어떠한 말이 튀어나올지 익히 짐작했다.

“단태붕의 일은 그대들에게 전적으로 맡기겠소. 단여랑의 감시는 다른 이들에게 시키고. 그것이 적하난선 장로의 의견에 대한 조건이오.”

적하난선과 취신개는 새로운 명령에 서로를 바라보며 의기를 다졌다.

*　　　　*　　　　*

“혈궁에서는?”

“소면염라가 당했습니다. 단여랑이 펼친 무공은… 북해빙왕의 빙백신공입니다.”

무인은 보고를 올리면서도 개운치 않았다.

“북해빙왕의… 빙백신공?”

역광이 내리쬐어 얼굴이 제대로 드러나지 않는 자가 믿을 수 없다는 말투로 되물었다.

그는 절대적인 자가 아니다. 무공 실력도 평범했고, 지위 역시 그리 높은 자는 아니었다.

하지만 지금 보고를 올리고 있는 무인에게는 절대적인 자였다.

“유령전이 북해를 벗어났다는 보고입니다.”

“유령전까지? 단여랑이 불러들였나 보군. 혈궁을 뿌리째 뽑으려는 속셈이겠지.”

“어찌하시렵니까? 제가 볼 때는 지금이 적기입니다.”

역광에 가려진 자의 고개가 좌우로 저어졌다.

“유령전이 물러났다곤 하지만 아직 귀령전이 남아 있지. 다른 삼각도 그렇고……. 그래, 혈궁에선 우리의 도움을 필요로 하던가?”

“아직까지는 아무런 소식이 없습니다. 소면염라의 죽음 때문에 큰 충격을 받은 듯싶습니다. 하지만 곧 도움을 청하리라 봅니다.”

"후후후!"

낮게 웃는 목소리는 음산했다.

"만약 도움을 청한다면 그대로 내버려 둬. 혈궁? 후후! 웃기는군. 일도 제대로 처리하지 못했으면서 감히 도움을 청해?"

"무시하겠습니다."

"무시해야지. 혈궁은 받들어야 할 존재들이 아니야. 그들은 우리가 할 수 없는 일을 나서서 처리해 주는 놈들이지."

무인은 즉시 머릿속을 정리했다. 오늘은 보고할 내용이 산더미처럼 많았다.

"마라궁은 전정대 이후로 사람을 파견하지 않고 있습니다."

"열외로 두도록 해. 마라궁도 혈궁과 마찬가지로 무용지물. 놈들은 좋은 기회만을 노리는 승냥이 같은 녀석들이야. 알아서 어련히 물러설 놈들. 더는 개입한다는 것 자체가 우습지."

"이번 싸움에서 만약 혈궁이 멸궁된다 할지라도 유령전 또한 엄청난 타격을 입을 것입니다. 조금은 일이 수월하게 진행될지도 모르겠습니다."

"유령전의 타격? 유령전의 실력을 모르는 모양이군."

무인은 자신의 실수에 황급히 고개를 숙였다.

북해빙궁의 삼전주 중 가장 강한 전주를 꼽으라면 두말할 필요도 없이 귀령전주 유사야다. 세 전주가 비슷한 무공 실력을 지녔다 할지라도 연륜과 경험에 있어서는 귀령전주를 따라갈 수가 없었다.

전주 하나만 놓고 보면 그렇다는 말이다.

그러나 삼전 중 가장 강한 곳은 유령전이다.

삼전 무인들 개개인의 실력이야말로 형용할 수 없을 정도로 뛰어나지만, 단결력에서만큼은 유령전을 능가할 수 없다.

그들은 가히 일심동체라 할 정도로 서로가 서로를 믿고 행동했다. 때론 단결력이 한 무리 전체를 이끌어 나가는 힘이 되기도 한다.

그런 면에서 보면 유령전주 막부동은 대단한 자다.

구파일방 중 한 문파와도 상대할 수 있다는 단결력으로 똘똘 뭉친 유령전을 키운 사람이니까.

"만약 유령전이 타격을 입지 못한다면 골치 아파. 아니지, 괜한 걱정부터 했군. 단여랑만 없어진다면 유령전 또한 흔들릴 것이 분명한데……."

"하지만 단여랑은 빙백신공을……."

"어디서 헛소리를 들은 모양이군. 단여랑은 고작해야 약관을 넘긴 풋내기야. 그런 녀석이 북해빙왕의 빙백신공을 정말 익혔다고 생각하나?"

무인 역시 궁금하던 부분이었다.

혈궁주가 잘못 알고 있을 수도 있다. 북해빙왕은 오래전에 죽은 인물이고, 그의 빙백신공 역시 전설로만 전해지고 있다. 현재 생존하고 있는 사람 중에 북해빙왕의 빙백신공을 직접 본 사람은 아무도 없다.

"혈궁에 전서를 띄우도록 해. 단여랑과 부딪치게 된다면 유령전은 차치하더라도 단여랑만은 꼭 죽이라고. 물론 우리가 도움을 주겠다는 거짓도 포함하고."

"그러겠습니다."

"후후! 단태붕은 폐기된 것이나 마찬가지. 능가연은 야망만 높을 뿐 절대 빙백신공을 얻을 수 없지. 귀령전주는 그런 능가연의 밑에서 놀아난 꼴이고… 야현, 단우인은 우리가 아니라면 털끝만큼의 힘도 없어. 유령전주는 단여랑을 잃으면 북해를 떠날 자. 단여랑… 그놈만 없애면 돼."

역광에 가려져 있던 자가 자리에서 일어나 옆으로 살짝 몸을 돌렸다.

눈부신 햇빛에 비춰진 얼굴. 하얀 미소를 머금은 그의 정체는 빙령전주 이광이었다.

이광이 처음부터 욕심을 부렸던 것은 아니었다.

그는 다른 무인들보다도 순수했다. 오로지 순수한 마음으로 둘째 부인 야현과 단우인을 따랐다. 빙궁에 내분이 생길 당시에만 하더라도 죽는 한이 있어도 그 두 사람을 따르기로 마음먹었다.

충직한 그의 심성은 야현의 본가인 월영문의 귀에까지 들어갔다.

월영문주를 따로 보았던 게 언제였던가.

아마 빙옥조가 시작되던 시기일 게다.

단태붕과 단우인이 함께 중원으로 나갔을 때, 단태붕은 단우인에게 빙령전을 물릴 것을 요구했다.

이광은 단우인의 명령대로 빙령전 무인들을 물린 후 보이지 않는 곳에서 조용히 단우인을 쫓았다.

그러길 얼마 후, 이광의 손에 빛바랜 낡은 전서 한 장이 쥐어졌다. 당시 전서를 건네준 꼬마아이는 어떤 노부의 심부름으로 온 것이라 말했다. 그리고 반드시 혼자서만 볼 것을 당부했다.

이광은 찜찜한 기분으로 종이를 펼쳤고, 그것은… 월영문주의 친필로 쓰여진 전서였다.

그는 전서에 쓰인 대로 빙령전 무인들을 남겨두고 월영문주를 만났다.

월영문?

좀처럼 모습을 드러내지 않는 살수 집단이다. 살인 청부야 이것저것 가리지 않고 받아들였지만 그것은 명성을 얻기 위한 행동일 뿐이었다.

이광이 월영문주를 직접 만난 것은 처음이었다.

월영문주를 만난 이광은 그 자리에서 석상처럼 몸이 굳어져 버렸다.

정사대전이 일어나기 훨씬 전, 중원에 흉흉한 악명을 떨쳤던 열한 명의 무인이 있었다.

그들 개개인의 실력은 하나같이 고강하여 구파일방의 장문인들에 버금간다는 소문까지 나돌 정도였다.

사파 무리의 절대적인 지존들.

그들이 동시에 모습을 감춘 것은 정사대전의 조짐이 보이기 시작한 때였다. 사파는 그들 열한 명에게 기대하는 마음이 컸지만 열한 명에겐 그런 마음이 부담으로 다가왔다.

절대적인 세력을 가지지 못하면 구파일방을 이길 수 없다는 것이 그들의 결론이었다.

하늘로 증발한 듯, 땅으로 움푹 꺼져 버린 듯 없어진 열한 명.

그들이 이광의 앞에 모습을 드러냈다.

한 명은 월영문주로, 다른 사람들은 월영문의 수뇌부 인물들로.

야현은 월영문주의 딸, 단우인은 그의 외손주였다.

이광은 월영문주를 만나는 순간 불길한 느낌이 전신을 옭아매는 듯했다.

아니나 다를까.

"북해빙궁을 장악하려 하네."

월영문주가 내뱉은 말이었다.

야현과 죽은 단영찬의 혼인은 처음부터 이들의 머리에서 나온 계획이었다.

오래전, 월영문이 북해빙궁을 노린다는 이야기를 들었을 때는 그냥 흘려들었는데… 월영문주를 보게 되자 이광은 어쩌면 그것이 현실이 될지도 모른다고 생각했다.

야현과 단우인으로는 부족하다고 월영문주는 말했다.

이광은 그의 말이 무슨 뜻인지 알고 있었다.

야현은 고작해야 단우인을 궁주의 자리에 앉히는 게 목표이지만 이들은 달랐다.

이들은… 북해빙궁뿐만이 아닌 다른 사대궁마저 노리고 있다.

그 후엔?

중원이다. 이들은 참패하였던 지난날의 정사대전을 잊지 못하고 있었다.

만약 사대궁이 합쳐진다면 이야기가 달라진다. 구파일방이냐, 월영문이냐.

월영문은 이들 열한 명이 힘을 키우기 위해 만든 집단. 허울을 쓴 살수 문파일 뿐이었다.

월영문주는 이광에게 솔깃할 정도의 제안을 내밀었다.

만약 빙령전이 북해빙궁의 내분을 도모하여 월영문이 그 틈을 파고들어 갈 경우, 빙백신공은 이광에게 넘겨주기로.

이광의 가슴 깊이 묻혀 있던 욕심이 얼굴을 내민 것도 그때였다.

평생 꿈꿔보지도 못할 빙백신공을 어쩌면 자신이 익히게 될지도 모른다는 희망은 이광의 가슴을 뛰게 했다.

이광은 잠시 망설였다.

이 일은 야현에게도, 단우인에게도 알려서는 안 된다고 한다.

충성심 하나로만 살아온 이광이었지만 이들 열한 명의 요구를 거절할 배짱 따위 없었다.

혈궁을 제압하고, 마라궁과 남해태양궁까지 제압한다면…….

이광은 눈을 번쩍이며 월영문주의 제안을 받아들였다.

그리고 첫 번째 제물이 될 혈궁에게 슬쩍 손을 내밀었다. 아직까지도 혈궁주가 믿고 있는 '그들'은 바로 이광을 비롯한 빙령전이었다.

"단여랑이 북해빙왕의 빙백신공을 익혔다? 후후! 우습군. 고작해야 어린 풋내기 따위가……."

빙백신공은 단 한 사람만이 익힐 수 있다. 그리고 그 사람은 바로 이광, 자신이 될 것이다.

"북해빙궁의 새로운 전설이 탄생하리라. 하하하하!"

그는 수하가 떠나고 난 뒤에도 한참 동안이나 웃었다.

2

'상처가 아물고 있다.'

단여랑은 두 시진째 자신의 허벅지를 들여다보고 있었다.

마대양에게 당한 상처는 다리에 구멍을 뚫어놓을 정도로 위중했다.

절뚝거리는 다리를 이끌고 강행군을 계속한 지 보름째. 여름이라 자칫하면 상처가 곪을지도 몰랐다. 하지만 구멍이 서서히 좁혀지더니 이제는 보이지 않을 정도로 아물었다.

"상처는 어떠십니까?"

단여랑의 안위를 묻는 류선의 모습은 초췌했다.

거대한 몸집을 소유한 그에게 초췌하다는 말이 어울리기나 할까. 하지만 분명 그랬다.

해도구귀 중 남은 사람은 한 명. 중원에 나온 지 얼마 되지도 않아 여덟 명이나 잃었으니 마음고생이 얼마나 심했겠는가. 류선의 얼굴 살은 몰라보게 빠져서 수척했다.

하지만 류선은 마음속으로 통곡할망정, 단여랑의 앞에서 슬픈 기색은 조금도 내비치지 않았다.

단여랑은 상처가 아문 허벅지를 류선에게 보여주었다.

"으음!"

류선의 미간이 찌푸려졌다. 의술에 해박한 지식을 가지지 않은 그였지만 단여랑의 상처가 깊다는 것은 알고 있었다. 그리고 상처가 좀처럼 낫지 않을 것이라는 것도.

“이상합니까?”

“조금…….”

류선은 말끝을 흐렸다.

그가 가진 상식으로도 이해가 되지 않는 부분이었다. 단여랑은 회생 능력이 뛰어난 인간인가. 아니, 솔직한 마음으론 인간으로 보이지도 않았다.

“소궁주의 머리카락 색이 더 옅어지셨습니다.”

보고도 모른다고 하면 바보다.

단여랑의 머리카락은 이제 더 이상 검은색을 띠지 않았다.

“다시 정상으로 돌아오겠죠. 해독약을 복용한 지 얼마 되지 않아서 그런 것일지도 모릅니다.”

류선은 가만히 고개를 끄덕였다.

“이제 혈궁의 본거지가 얼마 남지 않았습니다.”

“유령전이 올 때가 되었는데……. 해도주께 큰 빚을 지었군요.”

“빚이라니, 무슨 서운한 말씀을…….”

“해도귀 여덟 명을 잃지 않았습니까? 그분들과 도주의 사이가 막역하다는 것을 잘 알고 있는데… 지금이라도 괜찮다면 남은 한 사람을 데리고 돌아가셔도 됩니다.”

“섭섭하게 왜 이러십니까? 혈궁이 코앞인데 이대로 돌아가라니요.”

단여랑은 피식 웃었다.

류선과 남은 해도귀, 그리고 단여랑. 세 사람은 한동안 말이 없었다.

달은 기울어 갔다. 하북에 들어선 지가 엊그제 같은데 벌써 산동성(山東省) 북쪽까지 왔다.

몇 밤만 넘기면 혈궁에 도착할 것이고, 한바탕 혈전이 벌어질 게다.

혈궁은 마대양의 시신을 보고 무슨 생각을 했을까. 단여랑 일행이 오고 있다는 것을 알고 어떠한 대비를 하고 있을까.

혈궁 무인들의 수도 굉장히 많지만 흑사방 살수들까지 개입한다면……. 모르긴 몰라도 힘든 싸움이 되리라. 어쩌면 목숨이 위험하게 될지도.

"소궁주, 그거 아십니까? 난 살다 살다 소궁주처럼 무모한 인간은 처음 봅니다."

"철영(哲映)! 예의없게 그게 무슨 망발이냐!"

류선이 벌떡 일어서자 단여랑이 손을 들어 말렸다.

해도구귀 중 마지막까지 살아남은 철영이라는 자. 해도귀 중 몸이 왜소한 축에 속했지만 두 눈빛만은 늑대의 그것처럼 살아 움직였다.

"맞습니다. 무모하죠. 무턱대고 혈궁을 치러 가자고 했으니 무모하다는 말을 들어 마땅합니다."

"말이 나왔으니 솔직하게 이야기해 봅시다."

"철영!"

"도주, 형제들을 모두 잃었습니다. 나도 마음 같아서는 지금이라도 다 때려치우고 형제들을 따라가고 싶습니다. 누구 때문이라고 탓하는 것은 사내대장부가 할 행동이 아니니 가만히 있는다고 칩시다. 하지만 할 말은 해야 할 것 아닙니까? 언제까지 속에 있는 말을 묵혀둘 작정이십니까? 도주 역시 연륜이 있는 만큼 소궁주에게 조언을 해야 하는 입장 아닙니까?"

"철영의 말이 맞습니다, 해도주. 이런 이야기를 할 기회는 흔치 않은 것 같군요."

류선은 한참이나 철영을 바라보다가 깊은 한숨과 함께 다시 자리에 앉았다.

"소궁주는 어립니다."

철영의 말이 시작되었다. 그의 나이가 사십을 넘었으니 단여랑이 확실히 어려 보이긴 했을 게다.

"신분의 고하는 나이와 상관없다."

류선의 음성은 여전히 딱딱했다.

"신분을 이야기하는 게 아닙니다. 나이가 문제죠. 북해빙궁의 빙옥조가 원래 소궁주 나이 때에 치러진다는 것은 알지만, 궁주의 등극은 더 오랜 후로 알고 있습니다. 하지만 이번엔 경우가 다르죠. 소궁주가 만약 혈궁을 누르고 북해로 간다면 곧바로 궁주의 자리에 앉을 것은 코흘리개 어린아이도 아는 것 아닙니까?"

“문제가 있습니까?”

“문제요? 이건 제삼자의 입장에서 드리는 말씀입니다만, 소궁주가 궁주의 자리에 앉는다 한들 누가 정말 진실된 마음으로 소궁주를 따르느냐 하는 겁니다. 해도주 같은 분들이 아닌 이상, 만약 제가 해도귀가 아닌 평범한 북해의 무인이었다고 해도 힘들죠.”

철영의 말은 쉬이 넘길 이야기가 아니었다.

만약 혈궁의 일이 끝나고 나서 북해로 돌아간다 해도 단여랑에게는 더 커다란 장벽이 가로막고 있을 것이다. 북해빙궁의 무인들이라는 장벽.

인정받지 못하는 자. 그런 자가 북해빙궁을 대표해서 혈궁을 치러 간다는 것은 정녕 이해되지 못할 행동이었다.

철영은 단여랑이 자진해서 혈궁에 간다는 것을 못마땅하게 여겼다.

“그래, 그건 나중의 일이라고 칩시다. 문제는 소궁주의 무공인데…….”

“철영, 도가 지나치다.”

“도주, 잠깐만요. 계속 말씀하십시오. 제 무공에 무슨 문제라도?”

단여랑은 철영의 말에 귀를 기울였다.

다른 문제는 차치하더라도 무공에 관해서는 단 한 마디라도 흘려들을 수가 없었다.

“진기를 다시 회복한 것도 솔직히 얼마 되지 않았을뿐더러 전 소궁주가 어떠한 무공을 펼치는지도 모르겠습니다.”

“그건…….”

단여랑은 말을 끊고 잠시 침묵했다.

말로써 설명할 수 있다면야 얼마든지 해줄 수 있다. 그러나 빙백신공이라는 것이 겉으로 보이지 않는 것임에 타당한 논리로 설득시키지 않는 이상 이해하기 힘들 게 분명했다.

철영은 본심을 숨기지 않고 말했다. 그는 류선 때문에 어쩔 수 없이 단여랑을 따르나 단여랑을 철썩같이 믿지는 않았다.

류선과 철영, 두 의혹의 눈길이 단여랑에게 향했다.

“도주도 같은 생각이십니까?”

단여랑이 물었다.

“저는…….”

류선은 말하기 곤란한 듯 보였다.

“저는… 소궁주를 믿습니다.”

류선의 말은 두 가지 이야기를 해주었다.

하나는 그 역시도 철영처럼 단여랑의 무공 수위를 가늠하기 힘들다는 것, 빙백신공을 직접 두 눈으로 보지 못했기 때문이다.

다른 하나는 단여랑을 믿고 따라오는 것이 아닌, 보호하기 위한 보호자의 입장으로 중원에 나왔다는 말이다.

단여랑으로서는 이들에게 확고한 답변을 해줄 수가 없었다.

콰과과광!

머릿속에서 천둥이 일었다.

곤히 잠을 청하던 단여랑은 빠개질 것 같은 머리를 부여잡고 자리에서 벌떡 일어섰다.

류선과 철영은 깊은 잠에 빠져 있었다. 머릿속의 울림은 오로지 단여랑에게만 들렸다.

콰과광!

"크윽!"

단여랑은 몸 안에서 심상치 않은 변화가 일어나고 있음을 눈치 채곤 급히 가부좌를 틀고 눈을 반개했다.

순조롭게 운행되던 진기가 혈도를 벗어나고 있었다.

몸 안을 일주천하던 진기는 아주 빠르게, 그리고 강하게 전신 혈도를 두들겨 댔다.

머리에서 천둥 소리가 나던 것도 그 때문이다.

빙백신공의 진기는 몸 안을 돌며 각 혈도를 때리는 동시에 그 혈도 안에서 네 방향으로 솟구쳐 나갔다.

그런데 평소와 다름없이 일주천을 하던 진기가 회음에 다다르자마자 급선회하여 뻗어 나가기 시작했다.

'역천(逆天)!'

단여랑의 눈가가 파르르 떨렸다.

역천이 분명했다.

정해진 길을 따라 움직이던 진기가 갑자기 방향을 틀었다는 것은 위험 신호였다.

엎친 데 덮친 격으로 고이 잠들어 있던 태음양화의 기운까지 꿈틀대기 시작했다.

태음양화는 순회하고, 빙백신공은 역으로 움직이고……. 태음양화와 빙백신공은 서로 양보하지 않겠다는 듯 거세게 충돌했다.

쾅! 쾅!

단여랑은 이를 악물었다.

두 기운이 백회에서 부딪치며 뇌를 자극했다. 눈앞이 가물가물하고 피가 거꾸로 역류하는 기분이 들었다.

자칫하면 주화입마.

‘위험해!’

머릿속에서 경종이 울렸다.

애써 진기를 다독여 보려 노력했지만 모두 허사였다.

어느새 단여랑의 입술을 타고 타액이 흘러내리고 있었다.

‘빙백신공… 빙백신공……!’

단여랑은 보리마군에게 전수받았을 때의 일을 회상하려 부단한 노력을 했다.

그러나 떠오르는 것은 빙멸혼이라는 낱말뿐이었다.

‘빙멸혼이 아니다. 무언가 다른 것이!’

그때였다.

‘아!’

단여랑의 머릿속에 무언가가 빠르게 스쳐 지나갔다.

‘마음이 하고자 하면 몸이 움직여. 몸은 사람이 마음먹은 대로 움직이는 겉껍데기에 불과한 것. 중요한 것은 영혼이다. 심기기기… 그 말은 틀리지 않았어. 의념! 의념이다!’

단여랑은 크게 숨을 들이켰다.

진기는 서로 맞물려 그를 고통스럽게 했지만 그는 전혀 고통을 느끼지 못하는 듯 평안한 신색을 유지했다. 하지만 눈가에 자잘한 경련이 일어나고 있는 것은 어찌할 수 없었다.

빙멸혼이라는 것은 얼음으로 혼을 멸한다는 말이다.

빙백신공의 모든 묘리가 함축되어 있는 말.

빙공은 곧 상대방의 혼을 앗아가기도 하지만, 빙멸혼이라는 말을 대입해 보면 자기 자신도 위험하다는 것을 알 수 있었다.

해독약 때문에 몸이 변화한다?

그 의심은 한순간 썰물처럼 밀려 나갔다.

단여랑의 몸에서 일어나는 변화는 빙백신공이 분명했다. 서서히 얼어가고 있는 얼음 인간.

북해빙왕에게도 이런 시련이 있었을까? 그래서 그는 견뎌 냈을까?

그러고 보니 북해빙왕이 어떻게 타계했는지는 전혀 아는 바가 없다. 하지만… 이제 조금은 알 것도 같았다.

‘몸이 굳어가고 있다. 독에 중독되지 않았던 것도, 검에 찔렸지만 아픔을 느끼지 못했던 것도… 난 얼음이 되어간다.’

두렵지는 않았다.

두려움도 마음에서 일어나는 현상일 뿐이다. 그것은 결국 몸으로 반영된다.

믿음만 확실하다면 얼음이 되어가는 것도 제어할 수 있다.

‘마지막이다!’

단여랑은 불현듯 지금 겪는 고통이 빙백신공의 마지막 단계라는 생각이 들었다.

콰아아앙!

태음양화와 빙백신공이 다시금 부딪쳤다.

눈앞에 불똥이 번쩍였다. 전신 혈맥을 가닥가닥 끊어놓는 기분이 이러할까. 단여랑이 지금 느끼는 고통은 그가 이십여 년을 살아오면서 한 번도 느껴보지 못했던 것이다.

너무 아파서 의식의 끈을 놓아버리고 싶었다.

‘안 돼!’

단여랑은 이를 악물었다. 지면 죽는다는 생각이, 자신이 죽으면 기뻐할 사람들의 얼굴이 떠오르는 순간, 그는 다시 의식을 끈을 붙잡았다.

콰과광!

마지막 불똥과 함께 단여랑의 입에서 한 사발이 넘는 피가 분수처럼 뿜어져 나왔다.

“크아아아!”

동시에 단여랑은 괴성을 질렀다. 육신의 고통은 처절했지만 정신만은 그 어느 때보다 또렷했다.

빙백신공의 기운이 제대로 돌아가기 시작한 것도 동시였다.

단여랑의 입가가 피로 물들었다. 그러나 그는 운기행공을 거두지 않았다.

편안했다.

마음은 모든 것을 해탈한 듯 편했고, 몸이 깃털처럼 가벼워졌다.

단여랑은 어느새 잠에서 깨어난 류선과 철영이 경악한 얼굴로 자신을 지켜보는 것도 몰랐다.

단여랑이 운기를 함으로써 몰고 온 한기는 주위의 사물을 꽁꽁 얼려 버렸다. 한여름인 데도 불구하고 그가 있는 곳의 반경 오 장은 마치 북해빙궁의 모습을 연상케 했다.

더는 깊어질 수 없을 정도로 깊게 침잠한 눈동자, 이제는 완전한 은빛이 되어버린 머리카락.

단여랑은 마지막 빙백신공을 통하여 완벽한 얼음인간으로 재탄생되었다.

＊　　　＊　　　＊

"숙부, 뜻을 거두어주세요."

묘선은 궁으로 돌아간 이후부터 하루도 거르지 않고 마라궁주를 찾았다.

그러나 마라궁주는 끄떡도 하지 않았다.

묘선의 말을 무시해서가 아니라, 아직은 시험해 볼 것이 많았기 때문이다.

마라궁주가 반응이 없자 묘선은 최후의 수단까지 동원했다.

단검 한 자루가 그녀의 손에 들려 있었다.

"뜻을 거두지 않으시겠다면 이 자리에서 자진하겠어요."

마라궁주는 알 수 없는 눈으로 묘선을 바라봤다.

자신 앞에서 항상 예의를 잃지 않던 어린 조카의 행동이 이해되지 않았다.

온실 속의 화초처럼 곱게 자란 묘선은 궁 외의 일은 쉽게 무시하곤 했다. 워낙 다른 일에는 관심이 없기에 이번 북해빙궁의 일에 묘선을 투입시켰다. 경험이라도 하라는 차원에서.

그런데 중원에 다녀온 후, 묘선은 전혀 딴사람이 되어 있었다.

단여랑에게 탄기분을 흡입시킨 것까진 좋았으나 해독약까지 전해주고 오다니. 그것도 모자라서 매일 자신을 찾아와 북해빙궁의 일에서 손을 떼라고 강요하고 있었다.

더욱 놀라운 것은 이책을 실행하기 위해 나갔던 조카 이뢰성이었다.

묘선은 아직 시비를 판단할 만큼 깊은 생각을 가지지 않았다 할지라도 이뢰성은 달랐다. 그는 마라궁을 이을 후계자였고, 마라궁주 또한 그를 깊이 신뢰했다.

한데 이뢰성 역시 묘선과 다르지 않는 의견을 내놓고 폐관 수련에 들어갔다.

"탄기분의 해독약을 주었다는 것은 중죄다. 부름이 있기 전까지 방에서 꼼짝도 하지 마라."

묘선의 협박에도 마라궁주는 꿈쩍하지 않았다. 결국 묘선은 단검을 휘둘러 보지도 못하고 다른 무인들의 손에 이끌려 쫓겨나듯 마라궁주의 집무실을 나섰다.

마라궁주는 전정대주와 함께 자리했다.

"육조장의 소식은?"

전정대주는 고개를 저었다.

마라궁주의 안색에 불편한 기색이 떠올랐다. 그의 혈육인 육조장 이유강이 죽었다는 소식은 마음을 무겁게 짓눌렀다.

"육조는 전멸했군."

"육조는 귀곡음을 두 시진 동안 쉬지 않고 터뜨렸습니다. 다른 사람들은 결국 깊은 잠에 빠져들었지만 단여랑은 멀쩡했습니다. 단여랑은… 인정하기는 싫지만 최면에 걸리지 않는 인간입니다."

“뢰성의 말이 맞았어. 그냥 흘려들었는데……”

“문제는 단여랑이 혈궁으로 향하고 있다는 것입니다.”

“그 인원으로 말인가? 아니지, 그에게는 유령전이 있다고
했지.”

“한데… 혈궁으로 향하는 도중, 혈궁 장로 마대양과 부딪
쳤다고 합니다.”

“그래? 어찌 되었나?”

“마대양이 죽었습니다.”

마라궁주의 두 눈에 이채가 떠올랐다 사라졌다.

그는 혈궁의 저력을 어느 정도 파악하고 있었다. 혈궁의 장
로라면 마라궁주와 무공을 겨뤄도 승패를 장담하기 힘들 정
도의 고수다.

그런 고수가 단여랑의 손에 죽어버리다니.

마라궁주는 진정 놀랄 수밖에 없었다. 북해빙궁의 힘이 얼
마나 강한지 알고 있음에도 아직 약관을 넘지 않은 소궁주의
실력이 그 정도라면… 마라궁은 백날 깨어나도 북해빙궁을
넘볼 수 없을 것이다.

“혈궁에서는 아무런 연락이 없나?”

전정대주는 질문하고 있는 마라궁주의 두 눈을 가만히 응
시하다가 입을 열었다.

“궁주, 혈궁이 우리를 어찌 생각하고 있는지 아시지 않습
니까?”

마라궁주는 피식 웃었다.

"알고 있지. 우리는 그들에게 있으나 마나 한 존재들이야. 기분 나쁘지만 실력에서 차이가 있으니 인정해야겠지."

"만약 우리가 계속 혈궁과 손을 잡는다면, 훗날 분명 혈궁에게 제압당할 것입니다."

"그 점도 알고 있어."

"한데, 왜……?"

"빙백신공. 전설이 되어버린 북해빙왕의 빙백신공이 얼마나 대단한 것인지 보고 싶었지. 아니, 탐이 났어. 그것만 있으면 우리도 강해질 수 있을 거라 믿었거든."

마라궁주는 뒷말을 안으로 삼켰다.

한 세력을 이끌고 있는 수장의 기분을 전정대주는 모를 것이다. 상대적으로 무공이 약한 마라궁이기에 그런 마라궁도들의 무공 실력을 최대한 키워주고 싶은 수장의 기분을…….

"그런데 이제 보니 지난 몇 년 동안 뜬구름만 잡았네. 북해빙궁은 이미 우리의 상대가 아니야. 혈궁의 상대도 아니지. 혈궁 놈들은 반드시 후회하게 될 거야."

전정대주도 고개를 끄덕였다. 그 역시 북해빙궁을 마음속으로 인정하고 있었기에.

한 손으로 턱을 괴고 허탈하게 웃던 마라궁주의 두 눈이 반짝였다.

"혈궁과의 인연을 끊을 생각이네."

“…….”

“북해빙궁의 일에 더 이상 관여할 생각이 없어졌어. 다른 삼대궁 또한 마찬가지야.”

“정말이십니까?”

“허허! 욕심이 지나치면 화를 불러오거늘…… . 애초부터 추구하는 이상은 달랐지. 북해빙궁은 빙공을, 우리는 사술을. 남의 떡이 더 커 보인다고 그걸 빼앗으려 한 행동은 한순간의 내 실수라 생각해 주게.”

“말씀대로 하겠습니다.”

“우리가 할 수 있는 일을 더욱 발전시키는 것. 그것이 우리가 강해질 수 있는 유일한 방법이야.”

마라궁주는 손을 휘휘 저으며 전정대주에게 나가라 했다.

마라궁은 지금 이 순간부터 모든 인연을 끊었다. 이들은 사대궁의 싸움에 개입되는 기회도 버리고 독자적인 길을 선택했다.

마라궁주는 잡을 땐 확실히 잡고 포기할 땐 칼같이 포기할 줄 아는… 그런 사람이었다.

第七章

피바람의 전조

1

"될 수 있는 대로 타격을 입혀야 한다. 물러섬이란 없다. 죽는 순간까지도 한 놈이라도 더 죽이고 죽는다."

오십여 명의 흑의복면인들은 밤낮을 가리지 않고 빠르게 움직였다.

이미 단여랑 일행이 혈궁으로 향한다는 소식을 들은 후였다.

낮에는 말을 달려, 밤에는 한 시진도 채 자지 않고 혈궁을 향해 질주했다.

흑사방.

그들 앞에는 유령전이라는 거대한 장벽이 버티고 있다. 무공 실력으로는 일초지적도 되지 않는다.

암습을 주로 하는 살수들이라 하지만 유령전 앞에서는 눈 감고 아웅 하는 꼴밖에 되지 않는다.

그래도 흑사방은 유령전과 부딪쳐야만 한다. 거대한 장벽이 하늘을 넘보기 전에 최대한 흠집이라도 내서 무너뜨려야만 한다.

그것이 그들의 임무이고, 혈궁에 빚을 갚을 수 있는 길이었다.

뿌린 대로 거둔다는 말이 있다. 인과응보라…….

흑사방은 북해의 한 부족을 몰살시켰다. 그리고 이번엔 어쩌면 자신들이 몰살당하게 될지도 몰랐다.

복면인들은 자신들이 죽을 것을 알면서도 부지런히 길을 달렸다.

"아, 이러면 곤란해. 우린 겨우 그 바보 새끼에게서 벗어났단 말이야."

"부탁하오. 시간을 더 지체시킬 수가 없소. 흑사방을 만나게 된다면 분명 시간이 지연될 것이고, 우리는 하루라도 빨리 북해빙궁으로 돌아가야만 하오."

"북해로 빨리 돌아가야 하는 이유가 무엇인가?"

"우리가 빠짐으로 인해서 위험에 처하게 된 사람들이 있습니다. 그들을 지켜야 합니다."

네 명의 사내가 만났다.

단여랑 일행과는 작별을 고했지만 몰래 단여랑을 따라가
던 사공필, 요수, 다비활의와 하북을 건너 산동으로 향하고
있던 유령전주 막부동.

정말 우연한 만남이었다.

“그들은 지켜야 하고 우리는 지킬 필요도 없다, 이 말인
가?”

막부동은 인상을 찌푸렸다. 그렇지 않아도 좋지 않던 인상
이 더욱 험악하게 보였다. 그럼에도 사공필은 전혀 주눅 드는
기색을 보이지 않았다. 막부동과 사공필은 초면이었다.

“인상 구기면 다야? 이거 왜 이래? 나도 한인상 한다고!”

“사공필, 가만히 좀 있어라.”

막부동의 눈길이 요수에게로 돌아갔다.

막부동은 요수의 헐렁한 소매를 보며 그가 한 팔을 잃은 것
을 알아챘다. 아직도 피가 묻어 있는 것을 보니 팔이 잘린 지
며칠 되지 않은 듯했다.

그러나 요수는 처음 막부동과 만났을 때처럼 눈을 빛냈다.

“흑사방 놈들은 몇이오?”

“대략 오십여 명쯤 되오.”

“이곳에서 싸울 수 있는 사람은 사공필과 나밖에 없소. 나
도 한 팔을 잃어 제대로 싸울 수 있을지 모르는 일이고.”

“유령전 다섯을 붙여주겠소.”

“쳇! 겨우 다섯? 그럼 일곱이서 오십여 명을 상대하라고? 북해빙궁 새끼들은 다들 그래? 어째 수적으로 불리하다는 생각은 한 번도 안 해?”

“부탁하오.”

막부동은 누군가에게 이렇게 부탁을 해보긴 처음이었다.

귀령전주에게 당한 상처가 거의 아물자마자 단여랑이 있는 곳으로 한달음에 달려왔다. 그는 유령전 또한 이곳을 향해 오고 있다는 이야기를 들었다.

밀당부주 탁산은 위험을 감수하면서도 끊임없이 정보를 주었다.

그리고 혈궁 장로와 단여랑이 부딪쳤다는 소리도 들었다. 혈궁주라면 자신을 노리며 달려드는 호랑이들을 가만히 앉아서 맞아줄 리가 없다.

단여랑이 혈궁으로 향하는 길목에는 여러 가지 장애물들이 있을 게다. 첫 번째가 장로 마대양과 수라마였고, 두 번째는 흑사방이 될 것이다.

흑사방을 처리하는 것은 유령전에게 아무런 일도 아니지만 상대하다 보면 시간이 지체되게 된다.

막부동이 걱정하는 것은 태상궁주, 밀당부주, 그리고 지혜원주였다.

밀당부주는 예설각과 냉화각이 지키니 걱정 말라고 했지만, 기회를 호시탐탐 노리는 귀령전과 빙령전을 두고 어찌 안심할 수가 있겠는가.

'귀령전주…….'

막부동은 유사야를 떠올릴 때마다 상처가 욱신욱신 쑤셨
다.

북해로 빨리 돌아가 유사야와 다시 겨뤄보고 싶은 마음도
있었다.

"좋소. 흑사방은 우리가 맡도록 하지."

요수의 말에 사공필이 펄쩍 뛰었다.

"아니, 야! 이 새끼가 단여랑 닮아가나? 내 의견은 묻지도
않고 제 마음대로 정해? 야, 누가 싸운대? 난 안 싸워!"

요수는 아무런 말없이 헐렁이는 소매를 두어 번 툭툭 쳤다.
그제야 사공필이 조용해졌다.

"고맙소."

"고맙다 생각하지 마시오. 어차피 살수 놈들은 씨를 말려
야 하니까."

요수는 뒤도 돌아보지 않고 길을 걸었다.

막부동은 요수의 말이 무슨 뜻인지 이해하지 못했다.

유령전.

그들의 움직임은 모두의 시선을 사로잡았다.

두꺼운 털옷과 모자로 무장을 하고, 보기만 해도 시린 검을
옆구리에 꽂은 자들. 개중엔 무기를 지니지 않은 자들도 있었

지만 그들 역시 무인이라는 것을 부정할 수는 없었다.

선두에 선 자가 북해빙궁이라 적힌 흰색 깃발을 들고 있지 않았다면 지역 무인들이 시비를 걸어왔을지도 몰랐다.

막부동 직속의 유령전은 모두 오십여 명. 예전 유령전까지 합치면 이백에 달하지만 혈궁을 치러 가기에는 턱없이 부족한 숫자였다.

해도귀들도 일당칠의 전적을 남겼다. 유령전과 해도귀들의 실력이 비슷하다고 생각할 때, 이백이라는 유령전의 숫자만으론 혈궁 무인들 절반도 상대하기 벅차다. 게다가 혈궁주를 비롯, 고수라 일컬어지는 자들도 있는 마당에…….

"전주, 무사하셨군요."

서혜광이 허리를 숙였다.

막부동의 등장은 유령전 무인들에게는 희망이었다. 쉬지 않고 달려와 지쳐 있었지만 누구 하나 피곤한 기색을 보이는 자가 없었다.

"그동안 고생 많았다."

막부동은 서혜광의 어깨를 두드렸다.

"단여랑… 아니, 소궁주는 아직인가?"

"아직……. 약조한 시간이 거의 다 되어갑니다."

"흑사방이 움직이고 있다."

"이야기는 들었습니다."

"부전주, 흑사방을 상대할 다섯 명을 골라라."

“알겠습니다.”

“대열을 정비하고 소궁주가 보이는 즉시 이동한다. 우리의 목표는 혈궁이다. 흑사방이 아니다.”

“존명!”

드넓은 평원은 끝이 보이지 않았다. 풀 한 포기 자라나지 않은 땅은 사막을 연상케 할 만큼 모래로 뒤덮였다.

암습을 하기엔 좋지 못한 장소다. 마땅히 몸을 숨길 곳은 평원에 띄엄띄엄 자리한 바윗덩어리들뿐이다. 아니다. 살수들은 그 어디에도 몸을 숨길 수 있다. 몸을 숨길 만한 사물이 없다면 땅이라도 파고들어 간다.

특히 모래는 파내기 쉽고, 제방처럼 방어벽을 쌓기도 편하다.

흑사방 살수 오십 명은 평원 곳곳에 몸을 은신했다.

단여랑 일행이 혈궁으로 가기 위해선 반드시 이곳을 지나야만 한다.

“흥! 단여랑은 우리를 끼어들게 하고 싶지 않다더니. 막부동, 그자는 우리의 도움을 절실히 필요로 하고… 도대체 북해빙궁 녀석들은 어느 장단에 맞춰줘야 할지 모르겠다니까!”

“흑사방 놈들이 보이나?”

“난 안 보이는데? 네 눈엔 보이냐?”

사공필과 요수는 언덕 위에 납작 엎드려 평원을 내려다보았다.

흑사방 살수들이 평원에 있는 것은 분명할진데, 그들의 은신술이 뛰어나 어디에 숨어 있는지 찾을 수 없었다.

"내 눈에는 보이네만. 허허!"

사공필과 요수의 고개가 동시에 돌아갔다.

다비활의 역시 가느다랗게 눈을 뜨고 평원을 내려다보는 중이었다.

"영감님 눈에는 보인다고? 훙! 내 눈에도 안 보이는데 어떻게 영감님이 볼 수가 있어?"

"어떻게 아십니까?"

"주의 깊게 살펴보게. 언뜻 보아선 비슷해 보이지만 다른 부분이 반드시 있어."

요수는 다비활의의 말을 듣고 다시 평원을 바라봤다.

뜨거운 햇빛이 작렬하는 평원은 조용했다.

기감을 끌어올려 보았지만 개미 새끼 한 마리조차 발견할 수 없었다.

무인들은 일반인보다 시력이 좋다. 어릴 적부터 진기를 이용해 인체의 오감을 극성까지 끌어올리는 수련을 거듭하기 때문이다.

다비활의는 무인이라고 하기보다 일반인에 가까웠다. 그러나 그의 말을 무시할 수는 없다.

다비활의는 무인의 눈으로 들여다보는 것이 아니다. 그는 자연 속에서 몇십 년을 살아온 사람이다. 그곳에서 무인의 눈도 아닌, 일반인의 눈도 아닌 의원의 눈으로 살았다.

바위 곳곳에, 또는 땅속에서 피어나는 약초들을 발견할 수 있는 눈. 세심한 관찰력이 아니라면 찾아내기 불가능한 일을 다비활의는 여태껏 해왔다.

'다른 점, 분명히 다른 점이 있는데…….'

"아!"

무서운 집중력으로 평원을 바라보던 요수의 입에서 깨달음을 동반한 소리가 터져 나왔다.

"찾았는가?"

"예……."

"어디? 어딘데? 어디가 달라? 아, 기분 나쁘게 왜 나만 모르는 거야!"

요수는 손가락을 들어 평원 한곳을 가리켰다.

"햇빛, 그림자가 지는 곳."

"어디…… 어?"

사공필도 발견한 것 같았다.

태양은 그림자를 만들어낸다. 사물의 높낮이와 굴곡에 따라 그림자의 생김새도 각기 다르다.

그림자는 거짓을 말하지 않는다. 아주 작은 미세한 부분까지도 높이가 있다면 반드시 그림자가 지게 마련.

　요수의 손가락이 가리키는 곳엔 검은 점처럼 그림자가 지어져 있었다. 아주 자세히 보지 않으면 그냥 지나쳐 버렸을 그림자가.

　또 하나.

　흑사방 살수들이 땅을 파고들어 간 곳에 만들어진 그림자는 같은 높이의 평지에서는 보이지 않는다.

　사공필과 요수가 언덕 위에 있기에 가능한 일이었다. 흑사방 살수들은 그들이 언덕 위에 있는 줄은 꿈에도 생각지 못했다.

　"이거 재밌겠는데?"

　사공필의 입술이 말려 올라갔다.

　암습은 숫자가 중요하지 않다. 숨어 있는 곳이 탄로난다면 그것은 이미 암습이 아니었다. 그저 상대의 목표물에 지나지 않았다.

　"요수, 너 암습해 본 적 있냐?"

　"아니. 해본 적은 없지만 기회는 생겼군."

　"크크크! 암습이란 말이야, 놈들을 감쪽같이 속이는 것과 다르지 않거든. 넌 도박꾼이었으니 남 속이는 건 잘했을 거 아냐?"

　"난 속임수 따윈 쓰지 않았다."

　"재미없는 새끼… 말이 그렇다는 거지."

　사공필과 요수는 어떠한 방법으로 흑사방 살수들을 제거

할지 정한 듯싶었다.

“문제는 저 아래까지 어떻게 가는가 하는 건데…….”

“미끼는 너다.”

“뭣!”

사공필은 펄쩍 뛰었다.

“안 돼! 전에 혈궁 놈들의 미끼가 나였잖아! 이번엔 네가 해야 공평하지.”

“미끼는 너다.”

“이 새끼가 진짜! 양심이 있으면 가슴에 손을 얹고 생각해 봐, 이 이기적인 자식아!”

“고난이도의 신법을 펼치려면 팔이 빠르게 움직여 줘야 하지. 이 팔을 하고 어찌 미끼를 할 수 있겠나?”

“이, 이, 이……!”

“자자, 그만들 하게.”

사공필의 얼굴이 붉어지자 다비활의가 재빨리 끼어들었다.

“미끼는 내가 하겠네.”

“……!”

“영감님이?”

사공필과 요수가 동그랗게 눈을 뜨곤 다비활의를 바라봤다.

“제대로 무공을 익힌 적은 없지만, 한땐 나도 무인이라 착각하고 산 적이 있지. 오로지 신법 하나만으로 말일세.”

“홍! 미끼가 아니라 목숨을 내주러 가는 게 아니고? 영감님이 무슨 미끼를 한다고. 그러다가 우리 둘 다 근처에 가지도 못하고 죽고 말지. 그럴 바엔 차라리 내가 미끼할게.”

“가능하시겠습니까?”

요수의 물음에 다비활의는 인자한 미소를 머금으며 고개를 끄덕였다.

“한번 믿어보게. 다 늙었다고 뒷전에 앉아만 있을 수야 없지 않겠나. 단여랑을 도우러 여화산에서 나왔으니 끝까지 도와야지.”

“그럼… 부탁드리겠습니다.”

다비활의가 자진해서 미끼를 한다는 것은 요수와 사공필에게 큰 짐을 덜어주는 것과 같았다.

흑사방 살수들의 이목을 따돌리는 틈을 타서 평원으로 잠입해야 자유로운 공격을 펼칠 수가 있다.

요수는 다비활의가 걱정되었지만 한번 믿어보기로 했다.

그런데 그때, 세 사람 사이에 침묵이 맴돌았다.

바짝 엎드려 이야기를 주고받던 그들의 뒤에 사람의 그림자가 나타났기 때문이다.

세 사람은 몸이 굳어지는 듯했다.

막부동이 보내준다던 유령전 무인들은 아니다. 북해빙궁 사람들은 특유의 차가운 향기를 가지고 있다. 그들이 가까이

다가오면 한여름에도 주위의 공기가 서늘해지곤 했다. 이것은 해도구귀와 함께했을 때 알아낸 것이다.

하지만 등 뒤에 나타난 자들은……

'고수다!'

사공필과 요수는 재빨리 눈빛을 교환했다. 그들의 얼굴에 한가닥 절망이 스쳐 가는 찰나,

"어르신 혼자서는 벅찹니다. 저희도 돕지요."

맑은 옥구슬이 굴러가는 듯한 청량한 여인의 음성이었다. 동시에 사공필의 입꼬리가 귀까지 찢어져 올라갔다.

"이 소저!"

사공필은 자리에서 벌떡 일어났다.

'아, 아!'

한시도 잊을 수 없던 아름다운 여인. 삼 년이 훌쩍 지나는 시간 동안 이옥토는 앳된 숙녀에서 성숙한 여인으로 바뀌어 졌다. 다만, 성격은 전혀 바뀌지 않았다.

"시끄러, 사공필."

사공필은 몸이 녹아내리는 기분이었다. 이옥토가 자신의 이름을 잊지 않고 불러주다니…….

사공필은 급히 진지한 듯 표정을 바꿨다.

"보고 싶었소이다, 소저."

이옥토는 그의 말을 가볍게 무시하며 다비활의를 향해 허리를 숙였다.

"그간 별고 없으셨습니까?"

"허허! 정말 오랜만일세. 예쁘다는 생각은 하고 있었지만 이토록 아름답게 변모하다니… 그래, 예전에 다친 상처는 괜찮은가?"

"어르신 덕분에 지금은 괜찮습니다."

다비활의는 침착한 이옥토의 모습을 보며 눈에 이채를 발했다.

그녀는 확실히 삼 년 전과 달라져 있었다. 안으로 깊게 갈무리된 눈동자와 감정을 다스릴 줄 아는 얼굴 표정. 몸을 움직일 때마다 배어 있는 절도있는 동작은 하루아침에 이루어질 수 없는 것이다.

삼 년이라는 세월 동안 이옥토는 풋내기 소녀에서 무림 여고수로 변화했다.

"오랜만이군요."

이옥토는 요수와도 인사를 나눴다. 그녀는 요수에게 빚을 졌다. 곤륜산에서 쫓겨나듯 내려와 흑사방 살수들이 호시탐탐 노리는 틈바구니 안에서 무사히 남해태양궁까지 갈 수 있었던 것은 요수의 도움 때문이었다.

그러고 보니 이 자리에 있는 사람들, 다비활의와 요수, 사공필은 이옥토에게 한 번씩 도움을 준 사람들이다.

요수는 그녀의 뒤에 시립한 다섯 명의 남해태양궁 무인들과 그녀를 번갈아 보며 입을 열었다.

“소저가 이곳엔 어쩐 일이오?”

요수는 이옥토의 등장에 의아함을 던졌다.

“돕기 위해서 왔죠.”

“돕다니 누굴?”

“다비활의 어르신과 그쪽, 그리고 단여랑…….”

“주을파는?”

이옥토는 대답 대신 고개만 살짝 끄덕였다.

세 사람은 주을파가 이옥토의 손에 이미 저승길에 올랐다는 것을 눈치 챘다.

“남해태양궁은 주을파의 일이 끝나면 궁으로 돌아가는 걸로 알고 있었소만?”

“그러려고 했죠. 하지만 이곳에 온 것은 제 의지이기도 하지만 조부의 뜻이기도 합니다.”

“염양제, 그 인간이?!”

사공필은 싸늘하게 바라보는 이옥토의 눈길에 두 손으로 황급히 입을 막았다.

“전 단여랑과 여기 계신 분들께 빚이 있어요. 궁으로 돌아가려 하다가 조부께 전갈을 받고 왔습니다.”

“남해태양궁이 눈먼 장님은 아니었구먼.”

“어르신이 제 목숨을 살려주셨으니 이렇게라도 은혜를 갚을 수 있게 해주십시오.”

“은혜라니… 마땅히 해야 할 일을 했거늘.”

요수가 다시 입을 열었다.

"이 소저가 이곳에 온 것은 그렇다고 칩시다. 하지만 염양제의 뜻은?"

"조부께서 자세한 이야기는 해주시지 않았지만 단여랑에게 큰 빚을 졌다고 하시더군요."

좌중에 있던 사람들은 서로를 바라봤다.

아무도 그 일에 대해선 아는 자가 없었다. 염양제와 단여랑의 일은 오로지 두 사람만 알고 있었다.

주화입마에 빠졌던 염양제를 단여랑이 빙백신공으로 벗어나게 해주었다는 것은 그 누구도 알 턱이 없었다.

"염양제의 빚을 소저가 대신 갚겠다는 소리요?"

"아니요."

"……?"

"저 혼자만 중원에 나온 것은 아니에요. 자세히는 말씀드릴 수 없지만 나중에 모두 알게 되시겠죠."

"소저, 다른 삼대궁이 이미 중원에 모습을 드러냈소. 남해태양궁은 일에 개입되는 것을 원치 않을 텐데?"

"맞는 말이에요. 우리는 다른 삼대궁의 싸움에 휘말릴 생각은 추호도 없어요. 빚을 다 갚은 후에 깨끗이 돌아설 거니까요."

"후후! 하지만 지금 이 자리에 나타난 것만으로도 이미 휘말려 있다는 것을 모르지는 않겠지."

“…….”

이옥토는 아무 말도 하지 않았다.

많은 사람들에게 진 빚은 나중에라도 얼마든지 갚을 수 있다. 하지만 그녀의 조부인 염양제의 생각은 달랐다.

염양제는 다른 삼대궁을 탐탁지 않게 여겼다. 하지만 단여랑이란 한 사람으로 인해 그의 머릿속에 각인되어 있던 북해빙궁의 인상은 완전히 바뀌었다.

그리고 혈궁과 마라궁이 북해빙궁을 공격한다는 이야기를 들었을 때 염양제는 분개했다. 다른 두 궁처럼 남해태양궁과 북해빙궁이 힘을 합치는 것은 썩 내켜하지 않았지만 지금까지처럼 사대궁이 팽팽한 대립을 유지하려면 남해태양궁도 나서야 했다.

“준비되셨으면 이만 내려가도록 하죠. 단여랑이 거의 올 때가 된 것 같은데.”

요수는 이옥토의 행동을 말리지 않았다. 지금은 한 사람이라도 더 필요한 상황이니까.

“어르신, 그럼 부탁드립니다.”

다비활의는 요수를 보며 짧게 고개를 끄덕였다.

“소저, 소저는 제가 꼭 지켜 드리겠소.”

“너 없이도 충분히 혼자서 놈들을 쓰러뜨릴 수 있어.”

“살수 놈들은 영악해서 언제 공격할지 아무도 모릅니다. 그러니까…….”

“필요없다니까.”

“소저, 그래도 만에 하나……..”

사공필은 등을 돌려 내려가는 이옥토의 옆으로 바짝 따라
붙으며 종알거렸다. 그의 얼굴에서는 웃음이 떠나가질 않았
다.

2

핑! 피융!

허공을 찢어발기는 소리가 사방에서 울렸다.

일반 화살에 비해 가벼운 경전(輕箭)이었지만 위력을 무시
할 수는 없었다.

다비활의는 정신없이 신법을 펼쳤다.

화살이 날아오는 방향은 언덕 위에서 본 지점과 정확하게
맞아떨어졌다.

흑사방 살수들은 끝까지 모습을 드러내지 않은 채 연신 화
살을 쏘아댔다.

화살까지 준비한 것을 보니 그들은 혈전을 각오하고 온 게
분명했다.

화살 다음은 무엇일까. 그 유명한 흑사를 다루는 살수들은
열 명밖에 되지 않는다고 한다. 사공필과 요수가 그 열 명과
부딪치지 않길 바라는 수밖에 없다.

다비활의는 신법을 펼치는 동시에 시간을 쟀다. 일행이 무사히 땅으로 내려오는 시간. 그때까지만 흑사방 살수들을 교란하고 물러서야 한다.

흑사방 살수들은 천치가 아니다. 은신한 위치가 발각되는 순간, 그들은 두 가지 행동 중 하나를 취할 것이다.

더욱 깊이 들어가든지 은신한 곳에서 튀어나오든지.

전자라면 걱정하지 않아도 된다. 어차피 일행은 흑사방 살수들과 암습 대 암습으로 맞서기로 했다.

하지만 후자라면 문제가 생긴다. 만약 그들이 모습을 드러내고 한꺼번에 덤비기라도 한다면… 목숨을 두려워하지 않는 사람처럼 무서운 것은 없다.

'조금 더 안전한 곳으로.'

다비활의는 화살을 몰고 다녔다. 그가 지나간 곳엔 엄청난 양의 화살들이 쏘아졌다.

피잉! 핑!

"엇!"

신법을 펼치던 다비활의는 급히 몸을 틀었다. 전혀 예상치 못한 방향에서 화살이 날아왔다. 그곳은 그가 지나가려고 했던 땅속. 모래를 뚫고 나온 화살이 그의 안면을 노리며 날아들었다.

"이런!"

황급히 몸을 물린 다비활의는 마냥 안심할 수가 없었다. 그의 등 뒤로 화살이 무더기로 쏟아져 오고 있었다.

그때 누군가가 다비활의의 허리를 거세게 낚아챘고, 화살은 아슬아슬하게 다비활의를 피해 날아갔다.

"위험했소."

이옥토가 데려온 남해태양궁의 무인이었다.

'살수 놈들……'

요수는 조심스럽게 접근했다.

은밀히 잠적하기에는 귀식대법처럼 좋은 게 없다. 그러나 문제는 귀식대법을 운용하게 되면 이동하기가 힘들다는 점이다. 귀식대법은 동공이 아닌 정공을 요구한다.

또 귀식대법에서 풀려나는 시간은 사용한 시간에 비례한다. 때문에 요수는 움직일 때마다 호흡을 멈추고, 움직임이 멈추면 귀식대법을 운용해야만 했다.

흑사방 살수들의 은신술을 무시했던 마음은 평원에 내려서자마자 사라져 버렸다. 위에서 미리 봐두지 않았더라면 이들이 지금 어디에 있는지 알 수 없었을 것이다.

땅 아래 숨어 있는 것은 분명한데… 숨소리 하나 들리지 않는다. 사람이 숨을 쉬지 않고 살 수가 있을까. 모래는 들썩임조차 없었다.

요수는 한 팔로 기어가며 진땀을 흘려냈다.

만약 땅속에서 단검이라도 튀어나오는 날에는 죽음을 면

치 못한다. 배가 땅과 붙어 있는 지금 이 순간이 흑사방 살수들에게는 기회라면 기회인 것이다.

하지만 아직까지 아무런 공격도 없는 것을 보면 요수의 은신술도 제법인 듯싶었다.

살아평생 은신술은 쓰게 될 날이 없을 거라 생각했거늘.

요수는 살수들만 생각하면 이가 갈렸다. 누이를 죽음에 빠뜨리게 만든 유살검. 그와는 나중에라도 필연적으로 부딪쳐야만 한다. 얼굴에 그어진 검상 때문이라도 평생 잊을 수 없는 인간이다.

유살검은 살수인 데도 불구하고 무공이 출중했다. 단 한 번의 격돌이 있었지만 지금 생각해 보면 요수가 진 싸움이었다.

팔 하나를 잃었으니 실력 차이는 더욱 나겠지. 하지만 요수는 자신이 죽더라도 유살검과 같이 저승길에 오르리라 다짐했다.

"……!"

앞으로 기어가던 요수가 움직임을 멈췄다.

극히 미미한 소리. 청각을 최대한으로 끌어내지 않았다면 들리지도 않았을 법한 작은 숨소리가 지척에서 들려왔다.

요수는 가슴에 손을 넣어 단검을 꺼냈다. 옆구리에 찬 검으론 암습을 가하기에 무리가 따랐다.

'저곳이다.'

요수는 목표물이 있을 것이라 확신한 자리를 두 눈으로 바라보며 조금 더 기었다.

손에 잡은 단검에 힘을 주어 아래로 쑤셔 넣었다.

푸욱!

모래를 뚫고 들어간 단검에서 살을 찢는 경쾌한 소리가 울렸다.

흑사방 살수는 모래를 이불 삼아 땅속에 누워 있었다. 하지만 모래를 너무 얇게 덮었다는 게 문제였다.

더 이상 쌕쌕거리는 숨소리는 들리지 않았다. 대신 진한 피 비린내가 공기 속으로 흘러들어 갔다.

요수는 재빨리 모래를 덮어 피 냄새가 번져 가는 것을 막았다.

한 사람을 죽이고⋯ 요수는 다른 먹잇감을 찾기 위해 몸을 움직였다.

요수가 공격을 했다면 사공필은 반대의 행동을 취했다. 그는 흑사방 살수들처럼 모래를 덮고 땅속으로 들어갔다.

성격이 급한 사공필이지만 이번은 스스로 인내심을 시험해 보기로 했다.

흑사방 살수들은 사공필이 자신들처럼 은신했다는 사실을 꿈에도 모를 게다.

사공필은 기다리고 또 기다렸다. 마음 같아서는 뛰쳐나가 일장에 도륙시키고 싶었지만 암습 대 암습으로 겨루기로 한 이상, 섣불리 움직여선 안 된다.

'이 소저가 다치면 안 되는데…….'

단여랑을 원망했으나 지금은 오히려 고맙다고 해야 할 것 같았다. 그가 다시 중원으로 나온 것은 단여랑 때문이기도 했 하지만, 마음 한편으로는 이옥토를 다시 만나게 될지도 모른 다는 희망 때문이었다.

그리고 만났다. 물론 그녀는 아직도 자신을 인간으로도 취 급하지 않고 있지만…….

'이번 일이 끝나면 염양제를 만나야겠어. 그래도 내가 도 와준 게 있는데 모른 척하지는 않겠지. 이 소저의 이야기를 슬쩍 꺼내면……!'

행복한 생각에 빠져 있던 사공필의 얼굴이 순식간에 굳어 졌다.

비릿한 혈향이 공기 중에 느껴졌다.

'바보 같은 요수 새끼!'

요수가 지척에 있다는 것을 알고 있었다. 맡아지는 혈향은 요수가 만들어낸 것이 틀림없었다.

피 냄새는 금방 사라졌지만 후각이 예민한 자라면 이미 맡 고도 남았을 시간이었다.

아니나 다를까.

스스스!

소리가 나지는 않았다. 그러나 잔뜩 곤두세우고 있던 신경

들이 누군가가 땅속에서 일어서는 기척을 잡아냈다.

땅에서 일어난 자는 곧장 요수가 있는 방향으로 기어갔다.

'내가 못 산다, 못 살아.'

이들의 경각심을 너무 빨리 일깨워 주었다. 다비활의는 미끼의 노릇을 했으니 그렇다고 쳐도, 요수의 암습이 저들의 촉각에 걸려들었다면 더 이상의 암습은 필요없다.

'난 제대로 암습해 보고 싶다고!'

아직 반도 죽이지 못한 것 같은데…….

사공필은 요수가 뭣 모르고 당하게 내버려 둘 수 없었다. 그런데 하늘의 도움인가?

요수를 향해 다가가는 살수가 사공필이 은신해 있는 땅 위로 기어왔다.

묵직한 무게감이 느껴졌다.

사공필은 잘 움직이지 않는 팔로 검을 꺼냈다. 빙공을 이용하면 소리가 너무 크다는 이유로 이옥토가 쥐어준 검이었다.

그는 검을 잡은 손을 가슴 쪽으로 가져가 두 손을 모아 곧장 위를 향해 찔렀다.

푸욱!

미동은 없었다. 하늘은 다시 한 번 사공필을 도와준 듯싶었다.

눈으로 볼 수는 없었지만 분명 사혈이나 심장을 찔렀을 게다.

‘후후! 진정한 암습이란 이런 거지.’

그러나 기뻐할 수만도 없었다. 사공필의 몸 위로 끈적끈적한 피가 흘러내리기 시작했다.

그리고 빠르게 퍼져 나간 혈향은 은신해 있던 다른 흑사방 살수들의 후각을 자극했다.

‘제기랄! 암습은 틀렸어!’

일사불란하게 움직이는 소리가 들려왔다.

“사공필!”

요수가 다급히 그를 불렀다.

“에이, 젠장!”

사공필은 모래를 박차고 허공으로 치솟았다. 그런데,

퍼엉! 펑! 펑!

동시에 사방에서 폭죽과도 같은 소리가 터져 나왔다.

암습은 이미 끝나 있었다.

쉬시식!

사공필은 이상한 느낌에 황급히 몸을 돌렸다. 오직 그가 볼 수 있던 것은 혓바닥을 날름대며 날아오는 검은 뱀이었다.

급한 마음에 사공필은 손을 올려 빙장을 터뜨려 냈다.

파앙!

누군가가 던져 낸 흑사는 허공에서 사공필의 빙장을 맞고 땅바닥으로 추락했다. 사공필은 흑사를 던져 낸 살수에게 곧장 몸을 날렸다.

조용하던 평원이 들썩였다.

여기저기서 난무하는 병장기들의 부딪침. 그 속에서 가장 돋보이는 것은 이옥토가 펼치는 태양신공이었다. 그리고 다른 쪽에서는 얼음 덩어리들이 폭사했다.

막부동이 보내온 유령전 무인 다섯 명. 그들은 이미 은신하고 있었던 것이다.

평원의 입구에서 매복하고 있던 유령전 무인들은 돌처럼 딱딱하게 굳어졌다.

귀신이라도 본 것인가. 이백여 쌍의 눈동자가 향한 곳은 방금 전에 나타난 한 사람에게로였다.

해도주 류선, 해도귀 철영과 함께 나타난 사람은 모두가 익히 알고 있는 사람이었다. 하지만 처음 본 사람 같기도 했다.

단여랑은 유령전 무인들을 발견하곤 성큼성큼 다가왔다.

이백 명 모두에게 똑같은 생각이 번개처럼 스쳐 지나갔다.

전설!

북해에서 평생을 몸담으며 귀가 닳도록 들었던 북해빙왕의 전설.

서리가 앉은 듯 하얗게 변해 버린 긴 머리카락이 바람결에 따라 흩날렸다. 거무죽죽한 피부색은 온데간데없이 사라지고 대신 눈처럼 희고 투명한 피부가 자리했다.

만약 이목구비마저 달라졌더라면 그가 단여랑이라는 생각

은 추호도 하지 못했을 것이다.

단여랑의 지금 모습은 굉장히 낯설었다. 이질적인 느낌이라고 해야 옳았다.

"북해빙왕……."

누군가가 저도 모르게 중얼거렸다. 그 중얼거림은 파장을 일으키며 모두의 가슴을 울렸다.

"…단여랑?"

막부동은 자신의 눈을 의심했다.

"전주!"

단여랑은 반갑게 달려갔지만 막부동은 뒤로 두 걸음이나 물러섰다.

"이거 왜 이래? 전주답지 않게?"

"저, 정말… 단여랑이 맞나?"

"그럼? 내가 단여랑이 아니면 누가 단여랑인데?"

단여랑은 예전처럼 피식 웃었다. 막부동의 두 눈이 급격히 좁아졌다. 단여랑의 미소는 그에게 너무 익숙했다.

"인상까지 찌푸리는 걸 보니 이제 살 만한가 보네? 아, 난 또 나한테 잔소리하는 사람이 없어질 줄 알고 기뻐했는데."

"너, 머리랑 몸이 왜……?"

"예전엔 진기를 끌어낼 때만 변하는 줄 알았거든. 그런데 이렇게 변해 버릴 줄은 나도 미처 몰랐어."

막부동은 덜덜 떨리는 손을 세게 말아 쥐었다.

그가 알고 있는 북해빙왕의 죽음. 그와 같은 증세가 단여랑에게 일어나고 있다는 사실을 모를 리가 없었다.

"모, 몸은 괜찮은 게냐?"

"보시다시피."

단여랑은 팔을 들어 좌우로 휙휙 저었다.

"우리, 재회의 기쁨은 나중으로 미루고 일단은 할 일이 있는 것 같은데?"

"지금 바로 출발하셔야 합니다."

부전주 서혜광은 단여랑을 곁눈질하며 앞길을 재촉했다.

"혈궁의 총 인원은 삼천에 육박합니다. 우리는 이백이지만 유령전이라면 충분히 그들을 상대할 수 있을 거라 생각하는데… 그렇지 않습니까?"

서혜광은 천천히 고개를 끄덕였다.

'마냥 어린아이인 줄 알았는데…….'

삼 년이 훌쩍 지난 지금에서야 북해빙궁의 소궁주를 만났다. 일전에 서혜광은 막부동이 단여랑을 감싸고돌 때는 그의 행동이 이해되지 않았다.

단여랑 말고도 단태붕이나 단우인에게 기대를 할 수도 있지 않은가. 막부동에게 따질 수는 없었지만 왜 하필 빙궁의 반항아 단여랑을 선택했는지 항상 궁금해하던 차였다.

그런데 이제 보니 막부동의 판단이 옳았다.

'이 모습을 북해빙궁 사람들 모두가 보았으면…….'

서혜광의 솔직한 심정이었다.

자신들마저도 북해빙왕의 현신이라 착각할 정도로 단여랑은 외모뿐만 아닌 내면에서도 묘한 분위기를 풍겨냈다.

"부탁합니다."

단여랑은 유령전 무인들에게 일일이 인사할 수 없음을 아쉬워하며 평원 쪽으로 발걸음을 돌렸다.

'피 냄새……'

굳이 냄새를 맡지 않아도 알 수 있었다.

보이는 것은 온통 흑의인들의 시체뿐. 그리고 간혹 가다 떨어져 있는 검은 뱀들.

단여랑은 흑의인들이 누구인지 알고 있었다.

"흑사방이 있었어?"

막부동은 고개를 끄덕였다.

그는 단여랑과 헤어진 지 얼마 되지도 않았는데 그새 변해 버린 단여랑의 모습에 쉽게 적응을 할 수가 없었다.

막부동은 알고 있다. 비록 정신을 잃을 정도로 중한 상처를 입었지만 단여랑이 자신을 살리기 위해 진기도 없는 상태에서 그를 업고 열심히 달렸다는 사실을.

단설리가 묘선에게 받은 해독약을 건네주러 간다고 할 때에도 걱정이 이만저만이 아니었다.

해독약의 효능이 제대로 나타날지 안 나타날지도 모르는

상태고, 설사 나타난다 하더라도 혈궁 무인들을 상대하기에는 벅찰 거라 생각한 건 사실이었다.

사공필 일행에게 미리 흑사방을 제거해 달라고 부탁했던 것도 단여랑의 무공을 생각해서였다. 흑사방과의 일전에서 미리 힘을 소진하게 될까 걱정되어서.

그러나 지금은 그 모든 걱정들이 지나친 우려에 불과했다.

단여랑은 이미 그의 상식을 넘어섰다. 단여랑을 가만히 보고 있으면 마치 얼음 조각과 마주하고 있는 느낌마저 들었다.

“전주가 사공필에게 부탁을 한 모양이로군. 될 수 있으면 이번 일에 끼게 하고 싶지 않았는데.”

“…….”

“주변에 흔적이 너무 많아. 사공필과 요수, 유령전 무인들… 그리고 남해태양궁까지.”

“뭐?”

단여랑은 손가락을 들어 한 지점을 가리켰다. 살수 하나가 불에 구워진 듯 새카맣게 타 있었다.

“저건 태양신공, 염양제의 무공이야.”

막부동은 재빨리 서혜광을 바라봤지만 서혜광도 알 수 없는 일이라 고개를 저었다.

“손속은 비슷한데 염양제가 한 게 아니군. 이옥토가 왔나?”

“어떻게 그것까지…….”

“후후!”

단여랑은 휘적휘적 걷는 것 같았지만 예리한 두 눈으로 사방을 빠르게 훑었다.

그가 염려하는 것은 그가 아는 사람들이 다치는 것이었다. 그러나 다행히도 흑의인들의 시신만 있을 뿐 다른 자들의 것은 없었다.

“참, 전주, 나 궁금한 게 있는데.”

“……?”

“혹시 예전에 빙궁에서 조부를 뵌 적이 있어?”

“잠적하신 이후로 뵌 적은 없다.”

“그럼 조부가 빙백신공을 익혔다는 이야기는 들었어?”

막부동은 기가 찼다.

“궁주가 되면 모두 빙백신공을 익힌다. 태상궁주께서 빙백신공을 익히지 않았을 리가 없지 않느냐.”

“아니, 겉모양만 빙백신공이 아닌 진짜 빙백신공 말이야.”

막부동은 단여랑의 말을 이해하지 못했다.

“북해로 돌아가면 조부를 만나뵈어야겠어.”

“만나서 어쩌려고 그러나?”

“내 몸… 전주가 보다시피 이건 정상이 아니야. 빙백신공을 익혀서 나타나는 증상이지. 이 정도면 조부를 만날 이유가 되지 않을까?”

막부동이 가만히 단여랑을 바라보고 있는 사이, 서혜광이 달려와 말했다.

"날이 저물고 있으니 서두르셔야 합니다. 혈궁에서는 이미 우리의 위치를 알고 격전에 대비하고 있습니다. 위협은 될 수 있으나 암습이 아닌 이상……."

서혜광은 뒷말을 잇지 못했다.

이런 경우는 거의 없다.

한 문파가 다른 문파를 공격할 때에는 시기가 맞아떨어져야 한다.

공격한다는 것을 미리 알리면 큰 타격은 주기 힘들다. 이미 그들이 방어를 구축할 시간을 만들어놓았다면 더더욱.

"계책은 세워두었습니다. 적시는 해시(亥時). 유령전 백 명이 혈궁의 주위를 포섭하면 개미 새끼 한 마리 빠져나가지 못합니다. 나머지 백 명을 열 개 조로 나누어 각 세 개 조씩 동쪽의 인각(人閣), 서쪽의 형각(刑閣), 전방의 비각(秘閣)을 공격하면 혈각(血閣)으로 진입할 수 있습니다."

"혈궁을 뿌리 뽑는 데 많은 사람들이 희생당할 필요는 없을 거 같은데……."

"……?"

"한 가지 방침을 세워두도록 하죠. 공격하는 자는 죽이되, 싸울 의사가 없는 자는 살려두기로. 물론 순순히 항복하는 자는 없을 테지만, 제가 노리는 것은 혈궁주입니다."

막부동과 서혜광의 안색이 굳어졌다.

그들의 목적은 혈궁에 최대한의 타격을 입히는 것이다. 혈궁 무인들의 절반만 죽여도 혈궁은 다시 재건하기까지 오랜 시간이 걸릴 게다.

하지만 단여랑은 달랐다. 그는 혈궁주를 노린다고 했다.

이래선 안 되지만 속으로 허탈한 웃음이 새어 나오는 것은 어쩔 수 없었다.

혈궁주가 어떠한 인물인가.

사대궁은 구파일방조차도 함부로 건드리지 않는 세력이다. 그런 세력의 우두머리인 사람을 쉽게 죽일 수 있겠는가.

아마 접근하기조차도 여의치 않을 게다. 혈궁주를 상대하려면 그를 호위하는 수라마 아홉을 먼저 꺾어야 한다. 유령전의 실력과 버금가는 해도귀와 동사한 수라마 아홉 명을…….

"네 실력으로는 불가능하다."

막부동은 속에 있는 말을 솔직하게 꺼냈다.

"불가능하다면 가능하게 만들 수밖에."

단여랑의 대답은 차가웠다.

"다시 생각해 봐라. 혈기가 왕성한 나이인 것은 알겠지만 혈궁주는 나조차도 감히 상대하기 힘든 자다. 설혹 네가 혈궁주와 맞서게 되는 기회가 있더라도 사대궁주를 누르는 것은 사대궁의 질서를 무너뜨리는 것과 마찬가지다. 내 말, 무슨 뜻인지 알겠나?"

"모르겠어."

단여랑은 서늘한 눈으로 막부동을 직시했다.

막부동은 단여랑의 이런 눈빛을 처음 받아보았다. 단여랑이 겉으로는 쌀쌀맞아도 속은 여리고 착하다는 것을 가장 잘 아는 사람이 막부동이었다.

단여랑은 많이 변했다. 인간관계에 있어선 누구보다 다정했지만 무공에 관련된 일이라면 완전히 다른 사람으로 변하곤 했다.

하지만 고집을 부려야 할 때가 있고, 접어야 할 때가 있거늘.

"마라궁과 남해태양궁은 상관하지 않아. 사대궁의 질서? 북해빙궁의 질서도 지키지 못하는 마당에 남의 사정을 봐줄 여유가 있나? 나에겐 그런 여유 따윈 없어. 혈궁은 북해빙궁을 건드렸어. 인과응보. 뿌린 만큼 거두게 해야지. 혈궁주의 목 없이는 북해로 돌아가지 않아."

단여랑은 단호했다.

그는 막부동에게 일갈을 던진 후, 찬바람이 일도록 등을 돌려 서혜광을 따라가기 시작했다.

단여랑의 뜻이 그러니 최선을 다하겠지만, 막부동은 벌써부터 걱정되는 마음을 짓누를 길이 없었다.

第八章

혈궁주

1

차가운 물방울이 볼을 타고 흘러내렸다. 몸은 나른하고 정신은 몽롱했다.

한바탕 꿈이라도 꾼 것인가 얼굴이라도 꼬집어보고 싶었지만 손을 들어올릴 힘도 없었다. 아니, 손이라는 것 자체가 몸뚱이에서 떨어져 나간 듯 감각이 없었다.

'피가 묻었지. 내 하얀 옷이 온통 피범벅.'

"끼끼끼!"

"넌! 죽인다!"

"거긴 위험해! 어서 내 손을 잡아!"

악마의 외침 소리가 아직도 귓가를 맴돌았다.

그래, 악마! 그 악마에게서 도망치는 것을 얼마나 간절히 바랐던가.

'악마에게서 난 도망을 쳤어. 그리고, 그리고……'

절벽. 끝이 보이지 않던 캄캄한 절벽 아래로 몸을 날렸다.

"헉!"

예서하는 두 눈을 부릅뜨며 비명을 토해냈다.

'난 죽은 건가?'

그런 것 같진 않았다.

'여긴 어디?'

나무를 얼기설기 엮어 만든 천장이 두 눈에 들어왔다. 향긋한 풀 냄새가 후각을 자극했다.

"이제야 깨어났는가? 하도 일어나질 않기에 가망이 없는 줄 알고 내다 버리려고 했지. 난 의원이 아니라 자넬 살려낼 능력은 없거든. 젖은 헝겊을 얼굴에 짜내길 잘한 것 같군."

얼굴에서 느껴지던 물방울은 젖은 헝겊에서 흘러나온 것이었다.

"누구… 시죠?"

"말의 순서가 바뀌었군. 내가 누구냐고 묻기 전에 살려줘서 고맙다고 해야 옳지. 하마터면 물속에서 익사할 뻔했으니까."

아! 하늘이 그녀를 도왔다. 다행히도 낭떠러지 밑은 물이었다.

“고, 고맙……."

“목이나 축여. 갈증이 날 게야.”

힘겹게 몸을 일으키던 예서하의 얼굴 앞으로 물그릇이 들이밀어졌다. 물그릇을 바라보던 그녀는 그것을 건네준 사람에게로 시선을 옮겼다.

“뭘 그렇게 보나. 그저 약초나 캐어 하루하루 살아가는 노인네에 불과한데.”

정말 그랬다.

육십이 조금 넘었을까? 노인의 외모는 지저분했다. 깡마른 체격에 너덜너덜해 거지를 연상케 하는 의복. 무공을 익힌 흔적은 전혀 없었다.

예서하는 물그릇을 받아 들어 꿀꺽꿀꺽 삼켰다.

“제가 물속에 빠졌나요?”

“사실 자네를 구한 건 내가 아니야.”

노인은 손을 들어 구석에 앉아 있는 개를 가리켰다.

“한밤중에 저 녀석이 미친 듯이 짖더군. 무언가 해서 가보니까 자네가 물에 떠내려왔어.”

“이곳은 어디죠?”

“산속이지.”

예서하의 얼굴이 찌푸려졌다.

“혹시 한 사내를 보지 못하셨습니까?”

노인의 눈썹이 위로 올라갔다.

"사내라니? 세상에 사내가 한둘인가? 이곳에서 약초를 캐는 사람만 해도 오십 명이 넘어."

"평범한 사람이 아닌……."

예서하는 말을 하려다 다시 안으로 삼켰다. 여기서 이러고 있을 게 아니라 산에서 빨리 벗어나는 게 우선이었다.

'단여랑을 찾아야 해.'

단태붕이 말한 비밀을 빨리 단여랑에게 말해주어야만 한다.

예서하는 침상에서 몸을 일으켰다. 피투성이가 된 의복을 한참이나 내려다보던 그녀는 옆구리에 꽂힌 백편을 다시금 확인한 후 노인에게 고개를 돌렸다.

"살려주셔서 정말 감사합니다. 이 은혜를 어찌 갚아야 할지……."

"됐어. 보아하니 은혜 갚을 형편도 되지 않는 것 같은데. 마음 쓰지 마."

예서하는 허리를 숙이며 감사의 표시를 했다.

"벌써 가려고? 막 국을 끓였는데 한 숟갈 들고 가지……."

그녀는 벌써 움막을 나서는 중이었다.

컹! 컹!

개 짖는 소리에 노인은 달콤한 낮잠에서 깨어났다.

예서하가 떠나고 난 후 반 시진이 조금 안 됐을 무렵이었
다.

컹컹! 컹!

"저 녀석이 오늘따라 왜 저러는 거지?"

개 짖는 소리가 심상치 않았다. 노인은 하는 수 없이 침상
에서 일어났다. 그때,

컹! 컹… 깨개애앵!

개의 자지러지는 비명 소리가 들리고 난 후, 움막 밖에선
아무런 소리도 들리지 않았다.

"……!"

노인은 불길한 느낌에 쏜살같이 밖으로 뛰쳐나갔다.

피가 메말라 덕지덕지 딱지가 붙은 흉측한 얼굴. 광기로 번
들거리는 눈 한 쌍이 움막 앞에서 노인을 노려보고 있었다.

한데, 노인은 두려워하는 기색 없이 입술을 살짝 비틀었다.

"역시 네놈이구나. 솔개에게서 연락이 없어 직접 와보았
지."

"크크크! 계집을 내놔."

단태붕의 목소리는 맹수가 으르렁거리는 것 같았다.

쉬익―!

수리의 발톱처럼 구부려진 단태붕의 두 손이 노인의 면전
으로 날아들었다.

노인은 전혀 당황하지 않았다. 그는 침착하게 발을 뒤로 뻗

으며 보법을 밟아갔다. 펄럭이는 누더기 의복 아래로 개방의
표식인 다섯 개의 매듭이 모습을 드러냈다.

노인이 여유롭게 피하자 단태붕의 얼굴이 더욱 흉측하게
일그러졌다. 하지만 투지에 불타오르는 눈빛은 더욱 번뜩였
다.

"죽인다!"

단태붕이 득달같이 달려들었다.

광기에 물든 이후로 몇 번 사용하지 않았던 빙공. 그의 손
에는 어느새 새하얀 기운을 머금은 검 한 자루가 들려 있었
다.

슈아악—!

허공을 가르는 파공성과 함께 무수한 얼음 조각들이 노인
을 향해 쏘아져 들어갔다.

하지만 노인은 이미 그 자리에 없었고, 노인이 서 있던 자
리에는 날아간 얼음 조각들이 깊숙이 틀어박혔다.

"……!"

단태붕은 헛것이라도 본 듯 흠칫 놀라며 노인을 찾기 위해
고개를 돌렸다. 방금 전까지 눈앞에 있던 노인은 어느새 단태
붕의 좌측에 서 있었다.

"저주받은 무공이군."

노인은 단태붕이 정상이 아니라는 걸 진즉에 알고 있었지
만 회복될 수 없다는 것은 지금에서야 느낄 수 있었다. 그가

보기에 단태붕은 주화입마의 상태를 훨씬 넘어섰다.

"크아악!"

단태붕은 괴성과 함께 다시금 노인을 향해 검을 휘둘렀다.

그의 손에서 터져 나온 유리빙천검은 빙백신공을 익히기 전보다 더한 위력을 담아냈다.

하지만 이번에도 단태붕의 공격은 아무것도 없는 빈 공간만을 움켜쥐었다. 재빨리 우측으로 고개를 돌린 단태붕의 두 눈에 노인의 웃고 있는 모습이 보였다.

"빠르기로 따지자면 중원에서 나를 따를 자가 없지. 계집을 찾고 싶나? 그렇다면 어디 한번 나를 잡도록 해봐."

노인은 말과 함께 신형을 날렸다.

유독 '계집'이라고 말하던 부분에서 단태붕의 안색이 색다르게 변하는 것을 보았다.

'그 여인이 목적인가? 그렇다면 내가 유인해 주어야지. 적하난선, 그리고 취신개 장로가 올 때까지.'

노인의 신법은 표홀했다. 그는 예서하가 간 방향의 정반대 쪽으로 단태붕을 유인했다.

아무것도 모르는 단태붕은 악귀와 같은 표정을 지은 채 노인을 뒤쫓았다.

*   *   *

단설리는 보기 안쓰러울 정도로 삐쩍 말랐다.

가뜩이나 마른 체형인데 밥을 제대로 먹지 못해 이제는 뼈마디가 드러날 정도로 앙상했다. 수분이 부족해 입술이 말라 찢어졌고, 눈 밑에 검게 변색된 피부로 인해 더욱 수척해 보였다.

꼽추 우쾌는 하루에 한 번씩 그녀를 찾았다.

그는 기분이 몹시 나빴다. 단설리를 이용해 북해빙궁에 협박을 가할 생각이었는데, 혈궁주의 말을 듣는 순간 계획이 모두 물거품이 되었다는 걸 깨달았다.

단설리는 인질로서의 가치가 없다는 것이 혈궁주의 말이었다.

그녀는 북해빙궁의 둘째 부인 야현의 주워온 자식이다. 당연히 북해빙궁과는 피 한 방울 섞이지 않은 남남이다.

키운 정이라도 있을까 하여 희망을 완전히 버리진 않았건만, 단설리는 이미 야현을 배신하여 빙령전과 월영문의 표적이 되어 있다고 한다.

'내가 어떻게 데리고 온 인질인데!'

우쾌는 등이 욱신욱신 쑤셨다.

단설리만 아니었어도 남해태양궁 무인에게 따라잡히는 일은 없었을 게다. 단설리로 하여금 신법은 느려졌고, 자신은 보기 좋게 남해태양궁 무인에게 등을 맞았다. 상처가 생각보다 깊어 아직까지도 다 완쾌되지 않았다.

쫘악!

경쾌한 소리와 함께 단설리의 고개가 옆으로 휙 돌아갔다.

그녀는 아름다웠다. 독기를 한가득 머금은 두 눈에선 영롱한 기운이 가시지 않았다.

우쾌는 이런 종류의 여인을 잘 알고 있다. 빛나는 재지를 지닌 여인. 그리고 앞으로 더 총명해질 여인. 그리고 이런 여인일수록 나중을 위해 미리 제거해야 한다는 것도.

단설리는 아름다웠지만 우쾌는 그녀에게 아무것도 할 수 없었다. 남자 구실을 못하는 몸으로는 그저 그림의 떡일 뿐이었다.

"쓸모없는 계집."

단설리가 갈 곳은 이제 한 군데밖에 없다.

혈궁은 새로 발견하거나 만들어낸 독을 여러 가지 방법에 걸쳐 시험한 후 실질적으로 사용한다. 인간과 밀접한 독들을 취급하기 때문에 시험을 하기 위해선 동물이나 식물을 이용하지만 역시 가장 좋은 시험 대상은 인간이다.

납치 혹은 죄인들이 대부분은 실험 대상이 되곤 했다. 단설리는 혈궁을 위한 실험 대상이 될 것이다.

"자기 주인을 내버려 두고 도망친 개 같은 놈."

단설리가 퍼붓는 독설에도 우쾌는 눈썹 하나 까닥하지 않왔다. 모욕적인 발언은 예전 주을파에게도 귀에 딱지가 앉도록 들었으니까.

"그 녀석은 어차피 죽었어야 했어. 너와 마찬가지로 아무 짝에도 쓸모가 없는 녀석이었으니까. 히히히!"

우쾌의 작은 손이 단설리의 얼굴을 쓸었다.

"퉤!"

우쾌의 손이 우뚝 멈췄다.

쫘악!

또다시 단설리의 고개가 돌아갔다.

"곧 죽을 년이 발악하는 꼴이 추하기 그지없구나. 히히! 이 봐라!"

우쾌의 외침에 무인 하나가 쏜살같이 달려왔다.

"이 계집을 당장 시독실(試毒室)로 끌고 가. 아무짝에도 쓸 모없는 인간들은 그렇게라도 제 몫을 하게끔 해야지. 잘 가라, 계집. 히히히!"

무인은 단설리를 거칠게 일으켜 세웠다. 그리고선 그녀를 질질 끌고 밖으로 나섰다.

"단여랑이 유령전을 데리고 이쪽으로 온다면… '그들' 이 병력을 지원해 준다 해도 너무 늦는데… 흐음! 적당히 몸이나 피해볼까?"

우쾌는 혈궁의 앞날이 걱정되었지만 우선은 목숨부터 부지하고 싶은 생각이 간절했다.

무인에게 끌려가는 단설리의 눈이 날카롭게 빛났다.

혈궁 역시 북해빙궁과 마찬가지로 전각마다 쓰임새가 각기 달라 한곳에서 다른 곳으로 옮겨가려면 좁고 굽이굽이진 내원을 걸어야 한다.

단설리가 눈을 반짝이는 것은 내원을 본 직후였다.

'한 곳이 비었어.'

혈궁의 구조는 특이했다.

보통 문파는 전각의 기둥을 세울 때 동서남북 네 방향을 고려해서 짓는다. 그렇게 문 안에 침입자가 있을 경우, 전각으로 직접 들어올 수 없게끔 설계되어 있다. 한곳에 머물러도 보초를 서는 무인들의 시야를 가릴 수는 없다.

그런데 혈궁의 전각 기둥은 동쪽이 비어 있었다.

이는 두 경우 중 하나다.

설계한 자들의 실력이 형편없거나, 아니면 침입자는 절대 들어올 수 없다는 혈궁만의 자신감이다.

하지만 이유가 무엇이 되었든 단설리에게는 탈출하기에 아주 좋은 기회였다. 단지 그녀를 끌고 가는 무인에게서일 뿐이지만.

'혈궁이 북해를 치고 물러섰다. 필히 배후가 있을 터.'

단설리는 예전부터 혈궁의 움직임을 이상하게 여겼다.

북해빙궁은 아무리 내분이 일어난다 할지라도 혈궁 따위

는 상대가 되지 않는 강한 세력이다.

혈궁과 흑사방이 힘을 합쳐도 북해를 건드릴 수는 없다. 분명 다른 세력이 혈궁의 뒤에 버티고 있다는 말. 단설리는 그것을 알아내야만 했다.

'정보를 담당하는 비각은 서쪽에 위치… 동쪽이 비었지만 서쪽으로 가기는 힘들 텐데.'

시험해 볼 필요는 있었다.

그녀 역시 북해빙궁의 사람이었기에 어릴 적부터 다른 문파의 각 조직의 위치는 외워두고 있었다.

단설리가 알고 있는 바론 비각의 위치는 서쪽. 동쪽의 경계가 비었다고는 하나 서쪽까지 침입하기에는 무리가 따랐다. 하지만 그녀는 독의 실험 대상으로 죽을 바엔 도박이라도 하는 편이 낫다고 생각했다.

"아악!"

단설리의 팔을 붙잡고 끌고 가는 무인은 거칠었다. 무인은 단설리의 비명 소리에도 아랑곳하지 않으며 계속해서 발을 놀렸다.

'마지막 진기라도……'

몰골이 초췌했지만 젖 먹던 힘이라도 짜내야 할 판국이었다.

단설리는 두 다리에 힘을 주어 무인의 발길을 붙잡았다. 갑자기 끌고 가기 힘들어진 무인이 그녀를 바라보며 험악하게 인상을 구겼다.

그러나 무인은 모르고 있었다. 단설리의 무공은 보잘것없으나 미인계만큼은 뛰어나다는 사실을.

밑바닥까지 짜낸 단설리의 진기가 겉으로 표출되며 염혼색무가 펼쳐졌다.

무인이 움찔했다.

"잠시만… 너무 아파서… 잠시만 쉬게 해주세요."

무인은 그녀에게서 이상한 점을 눈치 챘지만 동공이 심하게 흔들리고 있었다.

"부탁이에요. 잠시만……."

단설리는 포기하지 않았다.

'동쪽으로 이동해야 해.'

무인과 단설리는 그 자리에서 반 각여 동안 멈추어 있었다. 그녀가 힘겹게 짜낸 진기가 무인의 신경을 서서히 건드렸다.

결국 무인의 손에서 힘이 빠지기 시작했다.

'됐다.'

단설리는 다른 손으로 조심스럽게 무인의 팔을 밀어냈다.

자유를 되찾은 그녀는 무인에게 한 발 다가섰다. 그녀는 망설임없이 무인의 귀에 대고 작고 은밀한 목소리로 속삭였다.

"부탁이 있어요. 측간에 좀 다녀올게요. 여기서 기다려 주실 수 있죠?"

무인의 얼굴이 새하얗게 탈색되었다. 염혼색무에 완전히

굴복당했을 때 나타나는 증상이었다.

무인은 천천히 고개를 끄덕였고, 단설리는 그에게서 서서히 멀어졌다.

"금방 다녀올게요. 기다려 줘요."

단설리는 무인이 혼란스러워하는 틈을 타 재빨리 주위를 둘러보았다.

그녀와 무인이 위치한 곳은 비어져 있는 동쪽. 내원 곳곳에 서 있는 보초병들의 시선이 닿지 않는 곳이다.

단설리는 조심스럽게 몸을 숨겼다. 아직도 제자리에 서 있는 무인의 뒷모습은 힘이 없어 보였다.

비각까지 오는 데에는 천운이 따라줬다.

몸 안에 남아 있던 진기를 소모해 한 발자국도 떼기 힘든 몸을 이끌고 비각 안으로 조심스럽게 들어섰다.

하지만 벌써 일다경이라는 시간이 흘렀다.

어쩌면 지금쯤 그녀를 제압하던 무인은 염혼색무에서 깨어났을지도 모른다. 혹은 내원을 돌아다니는 다른 무인들에게 발견되었을 수도.

시간은 촉박했고, 단설리는 마음이 급해졌다.

다행스러운 점은 혈궁이 잠잠하다는 것이었다. 북해빙궁의 무인들이 다가온다는 소리에 각 전각에 있던 무인들이 중앙각으로 모여들었기 때문이다.

단층으로 이루어진 비각은 방의 개수만도 열 개가 넘었다.

단설리는 망설였다. 어디에 가장 중요한 정보들이 밀집되어 있을까.

다른 때는 몰라도 지금은 여자의 직감이 필요했다.

'만약 나라면……'

상식으로 따지면 가장 후미진 곳에 위치한 방에 중요한 정보들이 있을 게다. 그러나 단설리는 고개를 저었다.

'아냐. 혈궁 전각의 구조를 보면 그만한 자신감이 있다는 소리. 정보들은……'

그때, 그녀의 눈에 한곳이 들어왔다.

전각 입구에서 두 번째에 위치한 방. 여자의 직감으로 유독 마음에 걸리는 방이었다.

'어쩔 수 없어. 이왕 시작한 도박.'

단설리는 그곳으로 들어갔다.

방 안은 깨끗했다.

책장이 벽을 메우고 있었지만 서재의 용도로 쓰이는 방이 아니었기에 책은 단 한 권도 꽂혀 있지 않았다.

반질반질 윤이 나는 서탁. 성격이 깔끔한 사람이 매일 청소를 했다는 증거였다.

즉시 서탁으로 다가간 그녀는 서탁의 서랍들을 열기 시작했다.

수많은 서류들이 있었다. 이것을 다 분류하는 데에만 해도 몇 날 며칠은 걸릴 것 같았다.

그녀는 서류들을 자세히 볼 시간적인 여유가 없었다.

그러나 스치듯 바라본 서류들의 주 내용은 놀랍게도 사대궁에 관한 보고서였다. 제대로 찾아온 셈이다.

단설리는 북해빙궁에 대한 서류를 찾으며 빠르게 손을 놀렸다. 그리고 그녀의 손에 누런 양피지 몇 장이 들렸다.

'북해빙궁에 관한 보고서.'

단설리는 빠르게 서류를 훑었다.

'있다!'

과연 천운이 따르는 날이었다.

서류를 읽어가던 단설리의 손이 급격하게 떨리기 시작했다.

'이럴 수가……!'

서류의 내용은 그녀와 전혀 무관하지 않았다.

월영문의 핵심 인물들로부터 시작해서 그들의 계획까지.

놀라운 사실이었다.

그녀가 알고 있던 외조부가 이리도 대단한 인물이었던가.

'이건… 말도 안 돼.'

서류의 마지막을 읽어가던 단설리는 하마터면 악! 소리를 내지를 뻔했다.

'비, 빙령전이!'

단설리가 황급히 입을 틀어막던 그 순간,

“쥐새끼 한 마리가 기어들어 왔군.”

“……!”

단설리는 석상처럼 몸이 굳어지는 것을 느꼈다.

문 앞에는 장대한 체격의 노인 하나가 검을 들고는 비스듬히 서서 그녀를 응시하고 있었다.

‘이, 이건 계획적이었어!’

천운이 아니었다. 이토록 중요한 서류를 아무렇게나 보관하고 있을 때부터 알아봤어야 했다.

혈궁은 북해빙궁의 누군가가 이 서류를 읽어주길 바랐다.

왜 그랬을까.

이유는 어렵게 생각해 보지 않아도 알 수 있었다.

혈궁은 빙령전의 힘을 등에 업었지만 지금처럼 위급한 상황에 그들이 도와줄 것이라는 생각은 하지 않았다.

북해빙궁의 인물 중 하나가 이 사실을 알게 된다면, 그래서 북해의 무인들이 모두 알게 된다면…….

혈궁은 북해빙궁이 내분으로 몰락하는 모습을 보고 싶은 게다.

저들끼리만 당할 수 없다는 심산인가.

“단여랑과 유령전 놈들이 올 때까지 죽지 않을 만큼만 실험 대상으로 취급해 주지.”

단설리는 죽음을 직감했다.

노인의 모습은 죽음을 선사해 줄 사신처럼 보였다.

2

혈궁은 정문을 활짝 개방했다.

들어올 테면 들어와 봐라, 이것인가?

아니다. 방어는커녕 입구를 막는 자는 눈을 씻고 찾아볼 수 없을 만큼 조용했다.

단여랑과 유령전 무인 백여 명은 혈궁의 정문을 밟고 안으로 들어섰다.

"지금 즉시 외각에 배치시킨 유령전 무인들을 불러들이세요."

단여랑은 좋지 않은 느낌을 받았다.

혈궁의 이런 행동은 의외였다. 삼천여 명이나 되는 혈궁 무인들은 모두 어디에 숨어 있다는 말인가.

"아무래도 함정인 것 같다."

막부동은 예리한 눈으로 사방을 견제하며 입을 열었다.

"그럴지도."

단여랑은 혈각을 향해 걸음을 옮겼다.

그가 내원을 지날 때까지도 혈궁 무인들은 코빼기도 내비치지 않았다. 모두가 허공으로 증발하기라도 한 듯이.

매복이나 기관 장치도 없었다.

흑사방은 목숨을 걸고 단여랑의 발길을 저지하려 했다. 결국 흑사방은 사공필 일행과 남해태양궁에 의해 멸문했지만.

상황을 고려하며 행동하는 단여랑이었지만, 지금은 혈궁이 무슨 음모를 부리는지 전혀 알 수 없었다.

"매복이다."

막부동이 한 지점을 바라보며 눈을 빛냈다. 전각 끝에서 누군가가 모습을 보였다가 바로 사라져 버렸다.

그러나 막부동은 그곳을 향해 주저없이 몸을 날렸다.

퍼엉!

"크아악!"

혈궁 무인의 처절한 비명 소리가 전각 뒤에서 울렸다. 하지만 그뿐이었다. 혈궁은 여전히 잠잠했다.

막부동이 전각 뒤에서 다시 나타나며 고개를 저었다.

"반격하지 않았다."

"아무래도 싸울 의사가 없는 것 같아."

"정말 그럴까?"

막부동은 턱짓으로 다른 곳을 가리켰다.

방금 막부동의 손에 의해 죽은 혈궁 무인의 비명 소리에 사방에서 사람들이 나타났다.

그들은 먼발치에서 단여랑과 유령전의 모습을 바라보고 있었다.

"곧 처리하겠습니다."

"잠시만."

단여랑은 서혜광을 말렸다.

“이대로 가죠. 혈궁주의 안배인 듯싶으니.”

단여랑은 내원을 따라 계속 걸었다.

여기저기 매복해 있는 혈궁 무인들의 형형한 눈빛이 그를 따랐다. 하지만 그 누구도 앞으로 나서지 않았다.

“크아악!”

“으악!”

혈궁 곳곳에서 비명 소리가 터져 나온 것은 단여랑이 혈각에 거의 다다랐을 때였다.

“공격이다!”

막부동이 다급한 목소리로 외치며 빠르게 등을 돌렸다. 그러나 그의 뒤에는 유령전 무인 이백이 고스란히 서 있었다.

“……?”

혈궁은 유령전을 공격하지 않았다. 그렇다면 이 비명 소리는 어디에서 나오는 것일까.

그때, 단여랑은 소름 끼치는 느낌을 받았다.

더위나 추위를 전혀 느낄 수 없는 단여랑은 아련한 기억 속에서 한 가지 느낌을 끄집어냈다.

“남해태양궁!”

단여랑은 비명이 끊이지 않는 곳으로 몸을 날렸다.

“아!”

혈궁 무인들이 매복한 장소에서 검은 그을음이 피어올랐다.

퍼어엉―!

거대한 폭발음과 함께 먼 곳에 있던 전각 한 채가 불타기 시작했다.

단여랑은 이맛살을 좁혔다.

이옥토가 단여랑을 위해 흑사방을 공격했을 때 알아챘어야 했다. 주을파에게만 원한이 있던 그녀가 무슨 이유로 단여랑을 도왔겠는가.

필히 뒤에서 누군가가 그녀를 조종하고 있었을 게 분명했다. 그리고 그럴 사람은 단 한 사람밖에 없었다.

"염양제……!"

단여랑은 곤륜산에서 염양제와 있었던 일들을 잊을 수가 없었다. 염양제는 단여랑에게 큰 빚을 졌다. 그의 예상이 맞다면 염양제는 단여랑에게 빚을 갚는다는 명분으로 혈궁을 공격하고 있는 것이다.

그때서야 혈궁 내부에서 혈궁 무인들을 제외한 다른 무인들의 모습이 보이기 시작했다.

그 수는 얼핏 보아도 이백여 명을 훌쩍 뛰어넘었다.

북해빙궁 다음으로 무공이 출중한 세력은 남해태양궁이다. 남해태양궁 무인들에게도 혈궁은 하룻강아지에 불과했다.

개인적으로 따지자면 단여랑은 염양제의 도움이 고마웠지만, 이건 아니었다.

남해태양궁 역시 혈궁에게 원한이 있었다. 그걸 꼭 지금에서야 터뜨려야 하겠는가. 세인들이 들으면 남해태양궁과 북해빙궁이 손을 맞잡고 혈궁을 공격한 꼴밖에 되지 않겠는가.

단여랑은 염양제를 만나야 했다.

"우리도 공격을!"

막부동 역시 남해태양궁에게 다잡은 고기를 빼앗기고 싶지 않는 모양이었다.

"전주! 내 말 명심해. 반항하는 자는 상대하되, 싸울 의사가 없는 자는 내버려 둬. 유령전은 혈궁 무인들을 상대해야 하지만 남해태양궁과 부딪치면 안 돼!"

남해태양궁과 북해빙궁의 관계는 애매했다.

단여랑이야 염양제와 사이가 좋다고 하나, 다른 무인들은 달랐다. 그들이 만약 남해태양궁과 부딪치게 된다면 싸움은 걷잡을 수 없을 정도로 불어날 게다.

'염양제 어르신, 도대체 왜!'

단여랑은 염양제를 찾기 위해 몸을 날렸다.

남해태양궁은 유령전 무인들이 움직이기 시작한 것과 동시에 공격을 거뒀다.

그들은 염양제에게 미리 이야기를 들은 모양인지, 유령전 무인들이 혈궁 무인들을 제압하자 조용히 뒤로 물러섰다.

그때까지도 단여랑은 염양제를 찾을 수가 없었고, 염양제가 이곳에 없다는 것을 뒤늦게서야 깨달았다.

남해태양궁이 한 일이라면 유령전 무인들을 자극해서 혈궁 무인들과 부딪치게 했다는 것.

사방에서 처절한 비명 소리와 함께 병장기 부딪치는 소리가 들려왔다. 이제는 싸움을 막을래야 막을 수가 없었다.

단여랑은 혼란스러웠다.

그는 되도록이면 혈궁주만을 상대하고 싶었지만 남해태양궁의 생각은 아닌 것 같았다. 그들은 애초부터 혈궁이 뿌리째 뽑혀 나가는 모습을 보고 싶었던 게다.

'염양제 어르신, 실수하셨습니다. 사대궁의 질서는 무너뜨려도 좋으나 애꿎은 사람들까지 죽이게 할 필요는 없지 않습니까……'

그렇지만 단여랑은 염양제의 배려를 이해할 수 있었다.

염양제는 단여랑이 궁주다운 궁주가 되길 바랐다. 수만의 무리를 거느리는 지도자.

단여랑이 혼자의 몸이라면 자신의 의지대로 행동할 수 있지만 수만 무리의 기대를 한 몸에 받고 있다면 이야기가 달라진다.

혈궁으로 인해 피해를 받은 부족들의 원한. 아직도 초조한 마음으로 새로운 궁주가 등극하길 기다리는 북해 사람들의

마음을 조금이라도 헤아린다면 단여랑은 무책임하게 행동해
선 안 된다.

그들은 단여랑이 혈궁을 무너뜨리기를 기대하고 있을 테
니까.

'하지만 좋은 가르침… 감사히 받도록 하죠.'

단여랑은 혈궁도를 도륙하는 유령전을 말리지 않았다. 염
양제의 말처럼 지도자의 운명을 거머쥐고 태어났으니 어떠한
행동과 결정도 칼같이 해야 하는 것을 알기에.

단여랑은 혈전이 벌어지는 장소를 등지고 다시 혈각을 향
해 걸었다. 그의 뒤를 막부동과 서혜광, 해도주 류선이 따랐
다.

"그가 본각에 도착했습니다."

장로의 음성은 떨렸다.

그는 혈궁주가 어떠한 결정을 내릴지 알고 있기에 마음이
조급했다.

혈궁주 주상요는 아까부터 한 손으로 턱을 괴곤 말없이 생
각에 잠겨 있었다.

북해빙왕의 현신이라는 것은 그에게 커다란 충격을 안겨
주었다.

마음속으로는 항상 북해빙궁을 넘어서겠다는 생각을 가지
고 있었지만, 그것은 어디까지나 북해에 인재가 없었을 경우

에만 해당되는 말이었다.

지금은… 북해빙왕이 나타난 마당에는…….

"자네들에게 참 몹쓸 짓을 많이 했네."

장로는 심장이 덜컥 내려앉는 것 같았다.

"혈궁을 조금이라도 발전시켜 보려 했는데 욕심이 과했어. 진정으로 혈궁을 위했더라면 남의 손을 빌리지 말아야 했는데."

"궁주께서는……."

장로는 말을 잇지 못했다.

그 어떤 순간에도 부동심을 잃지 않던 주상요의 어깨가 가느다랗게 떨리는 것을 보았다.

"을파가 죽었을 때 내 기분이 어땠는지 아는가?"

"……."

"자식을 잃은 슬픔은 그 무엇과도 비교할 수가 없지. 솔직한 심정으론 을파의 시신을 보았을 때 땅을 치며 통곡이라도 하고 싶었어. 하지만 그러지 않았네. 자네들에게 강한 모습을 보여주어야 했으니까."

"굳이 감정을 숨기실 필요는 없지 않았습니까?"

"그랬지. 그때 처음으로 회의가 치밀더군. 궁주이기 이전에 나도 한 사람이자 한 아이의 부모일 뿐인데, 꼭 그렇게까지 자식의 시신을 앞에 두고 매몰차게 행동해야 했는지……."

숙연한 분위기였다.

장로는 어떤 말을 해야 좋을지 몰랐다.

"공격은 남해태양궁이 먼저 했다고?"

"그렇습니다."

"그들은 우리에게 원한이 많아. 삼 년 전, 그들을 멸문하게 했던 것도 우리였으니까. 하지만 그 단여랑이라는 자… 매복해 있는 혈궁 무인들을 보고도 공격하지 않았다는 건…….

주상요는 잠시 말을 끊었다.

"혈궁의 뿌리를 뽑지 않으려던 생각이었겠지. 사대궁의 질서가 무너지는 걸 염려했을 게야. 그가 원하는 건 바로 나."

"궁주는 저희가 지켜 드리겠습니다."

주상요는 고개를 저었다.

"아니, 애초부터 우리는 북해빙궁의 상대가 되지 못했어. 북해빙왕의 진전을 이어받은 자라면… 어쩌면 나조차도 감당하기 힘들 게야. 자네들만이라도 자리를 피하게. 그래야 나중에라도 혈궁을 다시 일으킬 수 있을 테니까."

"궁주…….

"난 혈궁을 포기하겠네."

장로는 눈을 감았다.

주상요의 말은 청천벽력과도 같았다. 한 세력의 주인이 포기하겠다는 말은 이미 그 세력의 끝이 보인다는 것과도 같으니까.

'궁주, 이대로 혈궁이 무너질 수는 없습니다. 북해빙궁 역시 무너져야 합니다. 용서를……'

장로, 그는 단설리가 비각을 뒤지게 만든 장본인이었다.

주상요는 자리에서 일어섰다.

어느새 손에는 그의 성명병기인 혈천검(血天劍)이 들려 있었다.

"다행이군. 그래도 북해빙왕의 무공을 직접 견식할 수 있는 기회가 생겼으니. 이렇게라도 을파에게 용서를 구해야겠지."

자리에서 일어선 주상요는 조금 전과는 달라 보였다. 부리부리한 눈에서는 투지로 가득한 기운이 잔뜩 뿜어져 나왔다. 마지막 혈전을 준비하는 무인의 눈빛이…….

단여랑은 혈각으로 들어설 수 없었다.

혈각 입구를 막고 있는 아홉 명의 무인. 하나같이 비슷한 체격에 온몸에는 누런 진액이 잔뜩 묻어 있는 붕대를 칭칭 감아 맸다.

그들은 살갗을 찌를 듯한 살기를 뿜어냈다.

"안으로 들어갈 수 없다."

갈가마귀가 울어대는 듯 듣기 거북한 목소리가 무인에게서 흘러나왔다.

“수라마군.”

단여랑은 수라마를 잊을 수 없었다. 해도귀 하나와 동귀어진(同歸於盡)한 실력을 선보였던 혈궁주의 호법들.

하지만 단여랑보다 더욱 수라마를 잊을 수 없는 사람이 있었다.

“제가 상대하겠습니다.”

류선은 이를 부드득 갈았다.

수라마들은 즉시 싸울 태세를 갖췄다.

그들이 지닌 무기는 없었다. 맨몸으로 싸운다면 수라마처럼 힘든 상대는 없을 게다.

류선은 가슴에 안고 있던 도를 잡아 아래로 축 늘어뜨렸고, 수라마 쪽에서 한 명이 앞으로 나섰다. 수라마 쪽도 단여랑 쪽도 두 사람을 말리지 않았다.

이는 류선의 싸움이다. 수라마에게 맺힌 원한을 갚을 수 있는 절호의 기회가 아닌가.

“타앗!”

“핫!”

그 누가 먼저랄 것도 없이 두 사람은 동시에 서로를 향해 몸을 날렸다.

부우웅―!

류선의 도가 허공에 커다란 포물선을 그리며 수라마의 접근을 방해하자 수라마는 뒤로 껑충 물러섰다가 다시 류선에게 달려들었다.

수라마의 신법은 표홀하기 그지없었다. 류선과 수라마의 사이가 순식간에 좁혀졌다.

이번에 물러선 사람은 류선이었다.

부웅… 부우웅!

도에서 나오는 소리는 마치 묵직한 방망이를 휘두르는 것 같았다.

쩌저정!

도에 맺힌 서리가 얼음으로 화하여 수라마의 전신을 노리고 날아들었다.

슈아악!

류선을 상대하던 수라마는 물론, 뒤에서 관전하던 이들까지 몸을 피해야 했다.

류선의 힘은 상상을 불허했다. 거력을 지닌 장사에 기교까지 어우러지니 감히 맞받아칠 용기가 나지 않았다.

파박!

사방으로 쏘아져 나간 얼음 조각 하나가 수라마의 가슴을 파고들었다. 수라마는 신음 한 올 내뱉지 않았다. 찢어진 붕대 사이로 가느다란 선혈이 비쳤다.

하지만 수라마는 또다시 류선을 향해 득달같이 달려들었다.

"어딜!"

두 사람의 싸움은 관전하는 이들로 하여금 손에 땀을 쥐게 할 만큼 박진감이 있었다. 실력 면에서 어느 한쪽도 뒤지지 않는 팽팽한 접전. 섬전 같은 빠르기의 몸놀림은 혀를 내두르게 했다.

하지만 그들의 싸움도 곧 끝이 보이는 듯했다.

가슴에 위중한 상처를 입은 수라마의 신형이 휘청거렸다. 그럴 것이다. 여태껏 류선이 마음먹고 터뜨려 낸 설빙수류도를 맨몸으로 받고도 무사한 사람은 없었으니까.

류선은 기회를 놓치지 않았다.

부아앙—!

도가 수라마의 목전을 노리며 날아들었다. 수라마는 피할 수 없을 것 같았다. 그런데 도를 휘젓던 류선은 재빨리 뒤로 물러서야 했다. 곁에 있던 수라마 하나가 동료의 위기를 가만히 지켜볼 수 없어 류선에게 몸을 날렸기 때문이다.

합공을 취하려는 것을 보고 서혜광이 류선 쪽으로 합세하려던 순간이었다.

콰앙!

모두의 동작이 우뚝 멈춰졌다.

혈각의 문이 거세게 열리며 걸어나오는 한 사람, 수라마들은 주상요를 보곤 고개를 숙였다.

"물러서라. 이곳은 내 자리다."

수라마들은 일언반구도 하지 않은 채 주상요의 명을 받

았다.

"진정 놀랍군. 실력만 북해빙왕의 진전을 이어받은 줄 알았는데 외모까지 얼음 조각 같을 줄이야."

주상요는 단여랑에게서 눈길을 거둘 수 없었다. 멀리에서도 한눈에 들어오는 외모는 그의 시선을 앗아갔다.

단여랑도 마찬가지였다. 주상요는 거인 같았다. 그가 여태껏 상대했던 그 어느 누구보다도 강해 보였다. 주화입마에 빠져 미쳐 있던 염양제에게서도 느끼지 못했던 감정이다.

"북해빙궁의 소궁주입니다."

주상요는 입술을 말아 올리며 답했다.

"난 혈궁주일세."

껄끄러운 사이였다. 한 세력을 몇십 년간 도맡아온 수장과 이제 갓 약관을 넘긴 햇병아리. 배분의 차이도 엄청났지만 적대적인 관계를 가지고 있던 두 세력을 대표하는 인물들이 만났다.

하지만 긴 말은 필요없었다.

"내 목을 원하는가?"

직설적으로 물어오는 주상요의 물음에 단여랑은 고개를 끄덕였다.

"목을 달라 하면 주시겠습니까?"

"허허! 자네의 실력이 고강하다는 것은 익히 들어 알고 있지만 이토록 자신에 차 있는지는 몰랐네.”

“먼저 북해빙궁을 건드린 것은 혈궁입니다. 수많은 사람들의 목숨 값으로 궁주의 목은 주셔야지요.”

“허허허허!”

주상요는 당돌한 단여랑의 태도에 크게 웃었다.

‘을파가 이 녀석의 반이라도 닮았다면……’

주을파는 자신감으로 가득했으되, 제 실력을 모르고 뛰는 철부지에 불과했다.

주을파에게 생각이 미치자 주상요는 또다시 격해오는 감정을 주체하지 못하고 몸을 한차례 부르르 떨었다.

“내 목을 주면 혈궁을 떠날 텐가?”

이번에도 단여랑은 고개를 저었다.

“그러려고 했지만 생각을 바꿨습니다. 혈궁을 무너뜨리는 것은 제 뜻이기도 하지만 북해빙궁 오만 명의 뜻이기도 합니다.”

주상요의 두 눈이 가늘어졌다.

“그렇다면 순순히 내 목을 줄 필요는 없겠군. 북해빙왕의 무공, 직접 견식하도록 하지.”

스릉!

주상요는 말과 함께 혈천검을 들어올렸다.

혈천검은 보통 혈궁의 붉은 검들과는 달랐다. 언뜻 보면 시중에서 파는 청강장검과 생김새가 비슷했다. 하지만 단여랑은 곧 눈살을 찌푸렸다.

검 자체에서 사이한 기운이 흘러나오는 것을 느꼈기 때문이다. 특별한 독으로 제련된, 굉장히 위험한 검이라는 예감이 들었다.

단여랑도 빙옥검을 꺼냈다.

빙옥검은 소리가 나지 않는다. 당연하다. 빙옥검은 검집이라는 게 존재하지 않았다. 얼음장처럼 차가운 기운을 머금고 있는 빙옥검을 검집 안에 보관하게 되면 나중엔 검집과 검이 달라붙을 우려가 있었다.

"그럼 한 수 배우겠습니다."

단여랑은 정중하게 예를 취했다.

적대적인 위치이지만 한 세력의 수장에게 함부로 대하고 싶은 마음은 없었다.

탓!

땅 딛는 소리가 들렸는가 싶었는데 혈궁주는 이미 자리를 벗어나고 없었다.

"……!"

혈궁주의 위치를 파악하지 못한 단여랑은 즉시 검을 들어 좌우로 휘둘렀다.

따당! 땅! 땅!

검과 검이 부딪쳤다.

단여랑의 손목이 자르르 울렸다. 주상요의 상당한 내공 덕분에 하마터면 검을 놓칠 뻔했다.

단여랑은 검을 다잡을 새도 없었다. 주상요의 혈랑진혼검은 주을파의 것과 많은 차이가 있었다.

쉴 새 없이 퍼붓는 공격. 정확히 요혈만 노리고 날아드는 검날은 섬뜩하기까지 했다.

그리고 검이 옷깃에라도 닿는 날에는 죽음을 면치 못한다는 것도 알고 있었다.

주상요의 거센 폭우와도 같은 공격과는 달리 단여랑은 천천히 진기를 끌어올리며 부드럽게 검을 휘둘렀다.

따당! 탕!

또다시 검끼리 부딪쳤다. 하지만 손으로 응집시켜 놓은 진기 덕분에 검이 흔들리는 것을 막을 수 있었다.

주상요의 검법에는 호흡이 있었다. 물이 흐르는 듯하다가도 폭풍이라도 만난 것처럼 사정없이 불어닥치는 공격은 과연 혈궁주라는 말이 절로 새어 나올 정도로 위력적이었다.

단여랑의 몸이 팽이처럼 뱅그르르 돌아갔다.

주상요의 공격을 피하면서 기회만을 잡으려는 것은 선배에 대한 예의가 아니었다.

속전속결.

가장 힘든 상대와 싸울 때 사용해야 하는 방법이다.

스스스스!

단여랑의 주위에 모래가 회오리치듯 허공으로 빨려 올라

갔다. 눈으로 겨우 식별할 수 있는 모래는 얼음 덩어리들에 꽁꽁 둘러싸여 그 크기를 더했다.

주상요의 혈랑진혼검 역시 단여랑의 기세에 눌리지 않았다.

그의 혈천검은 주을파의 혈검과는 달랐다. 주을파의 혈검에선 독기를 머금은 뾰족한 침들이 비늘처럼 솟아났지만 주상요는 오로지 검기만을 이용해 상대를 제압했다.

슈아아악!

핏빛처럼 붉은 검기와 새하얀 눈보라가 어우러졌다.

보는 사람으로 하여금 숨을 막히게 할 듯한 싸움 속에서 두 사람은 한 치도 양보하지 않았다.

주상요와 단여랑은 서로의 실력을 알기에 최선을 다했다.

허공에서 부딪친 두 기운은 잔재와 함께 순식간에 모습을 감췄다. 그리고 또다시 두 사람은 격돌을 일으켰다.

채쟁챙챙!

검과 검이 한 번씩 부딪칠 때마다 불똥이 튀었다.

빙옥검이 북해빙궁의 보검이라면 혈천검 역시 혈궁의 보검이다. 웬만한 병장기였으면 벌써 부러져 나갔을 법도 한데 두 자루의 검은 만년한철로 만들어진 듯 자국은커녕 폭발음만을 자아냈다.

서로 검을 부딪치던 두 사람이 일시에 행동을 멈췄다. 그리고 누가 먼저라 할 것도 없이 뒤로 반 장씩 물러섰다.

눈과 눈이 허공에서 부딪쳤다.

마지막을 암시하는 눈빛 속에서 무수한 말들이 오갔다. 두 사람은 진심으로 상대의 무공을 인정하고 감탄했다.

"하앗!"

주상요가 오른발을 축 삼아 몸을 회전시켰다. 동시에 단여랑도 팽이처럼 몸을 돌렸다.

놀랍게도 두 사람의 몸에서 각기 다른 기운들이 피어올랐다.

'마지막이다!'

지켜보는 이들의 머릿속에 일시에 떠오른 생각이었다.

우우웅!

지축이 흔들렸다.

절대적인 위치에 있는 혈궁주와 빙백신공을 이어받은 단여랑.

두 사람이 동작을 멈췄을 때, 어느 한쪽은 시신이 되어 있을 게다.

단여랑과 주상요의 몸은 육안으로 구별할 수 없을 정도의 속도로 빠르게 돌았다. 각기 몸에서 뿜어내는 기운들과 뿌옇게 피어오르는 흙먼지 때문에 주위에 있던 사람들은 시야를 확보할 수 없었다.

그리고 어느 한순간,

콰과과곽!

묵직한 무언가가 땅에서 밀려나는 소리가 들려왔다. 하지만 지켜보던 모두는 그 소리가 회전력의 반동을 제어하기 위한 것임을 알 수 있었다.

사위는 쥐 죽은 듯 조용했다.

뿌옇게 피어오른 먼지가 가라앉을 즈음, 사람들은 주상요와 단여랑의 모습을 볼 수 있었다.

"이럴 수가!"

"궁주!"

외침은 수라마들 사이에서 튀어나왔다. 그들은 정녕 자신들의 눈을 믿지 못했다.

단여랑과 주상요는 어느새 가깝게 맞붙어 있었고, 서로의 목에 검을 들이대고 있었다. 하지만 중요한 것은 단여랑의 빙옥검이 종이 한 장 차이로 주상요의 목에 더 가깝게 닿아 있다는 것.

비록 종이 한 장 차이라지만 무인들의 싸움에선 그것이 얼마나 중요한지 모두 알고 있었다.

혈궁주 주상요는… 패배했다.

주상요와 단여랑은 서로의 눈을 응시했다. 그러길 잠시간, 주상요는 단여랑의 목에 겨누었던 혈천검을 바닥을 향해 늘어뜨렸다.

"이 검으로 목을 벨 수는 있겠지만 그럴 수 없을 것 같군. 아무리 극독이 묻어 있다고 한들 자네에겐 통하지 않을 것 같으니.”

주상요의 음성은 매우 침착했다.

“가르침, 잘 받았습니다.”

“오히려 내가 고맙다고 해야겠군. 전설이라 칭하는 빙백신공에 죽음을 맞이할 수 있는 영광을 주어서.”

“마지막으로 하고 싶은 말이 있습니까?”

주상요는 잠시 침묵하더니 이내 힘겹게 입을 열었다.

“혈랑진혼검을……..”

격정이 치미는 듯 그의 목소리는 깊게 잠겨 있었다.

“비급을 찾아 보존시키도록 하지요.”

주상요는 미미하게 고개를 끄덕였다.

그가 죽으면 혈랑진혼검은 사라지게 된다. 비급은 있지만 단여랑이 혈궁도를 모두 없애겠다고 작정한 이상, 혈랑진혼검이 혈궁도의 손에 들어가리라는 것은 헛된 바램이었다.

한때는 죽도록 미워하고 없애려고 했던 북해빙궁의 소궁주. 그러나 주상요는 왠지 자신의 검법을 이 어린 소궁주에게 맡겨도 괜찮겠다는 생각이 들었다. 원수를 죽이러 와서도 예의를 지킬 수 있는 사람은 그리 흔하지 않으니까.

“이제 그만 을파의 곁으로 보내주게.”

“그럼…….”

주상요는 눈을 감았다.

그의 목에 겨눈 빙옥검으로부터 극도의 마비를 주는 엄청난 한기가 몰아쳤다.

"크으윽!"

주상요의 입술을 비집고 고통에 겨운 신음이 새어 나왔다.

"수라마… 모두… 물러가……."

단여랑의 행동을 저지하려던 수라마들이 일제히 행동을 멈췄다. 그들은 태어났을 때부터 죽는 순간까지도 혈궁주의 명을 받드는 운명을 지녔다. 참기 힘들겠지만 혈궁주의 마지막 유언이라면 지켜야만 했다.

쿠오오오!

빙옥검에서 뿜어져 나온 회오리가 순식간에 주상요의 몸을 뒤덮었다.

단여랑은 검을 내렸다.

회오리가 사라졌을 때, 모두는 혈천검을 들고 제자리에 우뚝 서 있는 주상요의 모습을 볼 수 있었다.

第九章
생과 사

1

살아남은 혈궁도들은 찾아볼 수 없었다.

무공을 모르는 아녀자와 어린아이들을 제외하곤 혈궁도 모두가 명을 달리했다.

과연 유령전이었다.

일당백이라는 자부심을 안고 있는 유령전답게 수적으로 불리한 싸움에도 전혀 밀리지 않았다. 물론 유령전이 움직이기 전에 남해태양궁이 먼저 혈궁을 공격했던 탓도 컸다.

남해태양궁은 혈궁주의 죽음을 보고 난 뒤, 혈궁에서 조용히 물러갔다.

이제 소문은 날개를 달고 중원 전역으로 퍼져 나갈 것이다.

북해빙왕의 전설을 잇는 새로운 북해빙궁의 기대주가 나타났다는 말과 함께.

단여랑은 허공에 붕 떠 있는 기분이 들었다.

눈에 보이는 것이라곤 시신뿐이었다. 하나같이 잔인한 손속에 당한 시신들…….

단여랑은 갑자기 구토가 쏠려왔다.

"우욱!"

막부동이 급히 다가와 비틀거리는 단여랑의 몸을 잡아줬다.

"좀 쉬어야 할 것 같구나."

단여랑은 곧 죽을 것 같은 인상이었다. 혈궁주를 상대로 고전했으니 어쩌면 당연한 결과였다.

막부동은 단여랑이 기특했지만 한편으로는 걱정되기도 했다.

혈궁주를 죽였다는 것은 단순한 일로 치부될 것이 아니다. 앞으로 단여랑의 앞에 어떠한 일이 닥치게 될지, 어떤 말들이 꼬리처럼 따라붙어 다닐지는 아무도 모르는 일이었다.

하지만 분명한 건, 단여랑이 이대로 북해빙궁으로 돌아간다면 그 누구도 단여랑을 인정하지 않을 수 없다는 점이다.

북해를 공격한 혈궁을 무너뜨리고, 빙백신공까지 익혔으니 궁주가 된다 한들 겉으로 대놓고 반대하는 사람은 없을 게다.

빙옥조를 들먹이는 사람도 있을 테지만, 아직은 아무도 빙옥조를 찾지 못했으니 기회는 있다.

그러나 막부동이 걱정하는 것은 단여랑이었다. 아직은 세상을 더 많이 배워야 할 어린 나이에 궁주의 몫을 충실히 해낼 수 있을지 염려되었다.

그러나 믿어야 한다. 단여랑이 혈궁주를 죽이는 것을 두 눈으로 똑똑히 목격하였으니 그의 행보와 뜻을 무조건 따라야 한다.

막부동은 단여랑을 부축하다가 하얗게 변해 있는 그의 머리카락을 보았다. 가까이서 보는 것은 처음이었다. 인간의 머리카락이 어떻게 이리 변할 수 있는 것인가.

'……?'

단여랑을 가까이서 관찰하던 막부동의 인상이 급격하게 굳어졌다. 자세히 보니 머리카락은 흰색이 아니었다. 그 얇은 머리카락이… 점점 투명해지고 있었다. 마치 얼음처럼.

'이건!'

북해빙왕이 타계하기 전 겪었던 증상과 일치했다. 빙백신공을 사용하면 사용할수록 점점 얼음이 되어가는 현상.

막부동은 마음이 다급해져 왔다.

단여랑의 말대로 빨리 북해로 돌아가 숨어버린 태상궁주라도 만나게 해야 할 것 같았다. 어쩌면 지금의 태상궁주 역시 북해빙왕처럼 되어 있을 수도, 그랬기에 모습을 감추게 된 것일 수도…….

"마차를 불렀으니 기별이 있으면 바로 출발하도록 하자. 이곳은 유령전에게 맡기고."

유령전도 타격을 입었다. 거의 절반에 가까운 수가 혈궁도들의 혈검을 맞고 독에 목숨을 잃었다.

단여랑이 구토를 멈추고 가까스로 정신을 수습하려던 그 순간이었다.

서혜광이 급히 다가와 단여랑에게 말했다.

"단설리 소공녀를… 찾았습니다."

단여랑과 막부동은 서로를 마주 보길 잠시, 서혜광을 따라 발길을 재촉했다.

담이 세다고 자부하던 단여랑이었다. 찔러도 피 한 방울 나오지 않을 것 같은 무감정을 소유했다고 생각한 그였다.

하지만 그러한 생각들은 단설리를 보는 순간 모두 날아가 버렸다.

"설리…….."

"아가씨……!"

청초하고 풋풋하던 단설리의 모습은 사라졌다. 항상 영롱해 있던 두 눈망울도 짙은 회색으로 퇴색되었다.

단설리의 모습은 차마 눈뜨고 보기 힘들 정도로 참혹했다.

검게 변해 버린 얼굴, 거무죽죽하게 얼룩진 눈가는 곧 죽을 사람의 그것과도 같았다.

"단설리!"

단여랑이 단설리에게 다가갔다.

"가까이 오지… 말아요. 독에… 중독… 돼……."

단설리는 힘겹게 입술을 떼어냈다.

"오지… 말라고……. 헉!"

단설리는 아무런 말도 할 수 없었다. 단여랑이 자신의 몸을 거세게 잡아당겨 품에 안았다.

"독에… 중독……."

단설리는 말을 하다 말고 입술을 굳게 다물었다. 그녀의 어깨가 가느다랗게 떨리며 수정 같은 눈물이 볼을 타고 흘러내렸다.

단여랑은 단설리의 숨소리가 이상하다는 것을 눈치 채곤 그녀의 의복 상의를 들어올렸다.

"으음!"

곁에서 지켜보고 있던 막부동이 낮은 신음을 토해냈다.

단설리의 뻥 뚫린 옆구리. 독이 침투한 흔적이 역력했다. 극독은 그녀의 피부를 허물고 뼈와 내장까지 녹이고 있는 중이었다.

대라신선이 온다 하여도 단설리는 살아날 가망이 없었다. 옆구리가 뻥 뚫린 상태로는 숨쉬기조차 버거워 보였다.

단여랑은 차마 그녀의 상처에 손을 댈 수가 없었다.

북받치는 감정을 힘겹게 억누른 단설리는 한참 만에야 입을 열었다.

"혈궁주… 오라버니가… 이겼군요. 그럴 줄… 알았어."

그녀의 얼굴에 미소가 번졌다.

"이게 어떻게 된 거야!"

"난… 혈궁의 배후를… 조사하려고……."

헐떡이는 숨을 고른 단설리는 천천히, 아주 천천히 말을 했다.

"빙령전… 월영문……."

"빙령전이라니!"

놀라 소리친 사람은 막부동이었다.

혈궁의 배후가 빙령전이라니, 월영문은 또 무슨 소리란 말인가.

"사파의… 십일대 고수가… 월영문의 수뇌부… 예요."

점점 작아지는 목소리였지만 단여랑과 막부동은 똑똑히 들을 수 있었다.

그들은 단설리로 하여금 많은 정보를 얻었다.

단여랑이 생각하던 내분의 무리는 빙령전, 그리고 사파의 십일대 고수가 월영문의 수뇌부라면 그들이 빙령전을 이용하여 북해를 장악하려는 목적일 게다.

단설리를 이용해 북해의 내분을 알렸던 혈궁의 장로는 실수를 한 것이다.

장로의 계획이라면 북해빙궁의 몰살이었겠지만, 단여랑은 이미 북해 내에 또 다른 무리가 있다는 것을 눈치 채고 있었다.

그리고 장로는 단여랑의 진정한 실력을 몰랐다. 내분을 도모하는 무리를 알게 되었으니, 굳이 머리를 싸매며 괜한 사람을 의심할 필요도 없어졌다.

장로의 계획은 물거품이 되었고, 오히려 단여랑에게 도움을 주었다. 아니, 단설리가 목숨을 걸고 정보를 알아냈다고 하는 게 옳은 말일 게다.

"부디… 조심을……."

"조금만 참아. 북해로 돌아가자."

단여랑은 단설리에게 조그마한 희망이라도 주고 싶었다. 단설리의 눈동자가 점점 퇴색되는 것을 보았기에 마음이 급해졌다.

단설리는 고개를 저었다.

"난 북해로 갈 수… 없어. 키워주신… 어머니… 낯을 뵐… 면목이……."

겨우 참아냈던 눈물이 다시 떨어져 내렸다.

비록 친부모는 아니었지만 단설리는 야현을 사랑했다. 처음엔 북해빙궁이 변해가는 것 같아 속상하고 자신에게 관심을 주지 않는 모친 때문에 반항심이 들었던 것도 사실이다. 그래서 야현에게 등을 돌리면서까지 단여랑을 도왔다.

하지만 단여랑을 도운 것은 후회하지 않았다. 자신의 판단이 옳다고 믿었기에 행동했을 뿐이고, 단여랑은 기대만큼의 결과를 안겨주었다.

그러나 죽음에 직면한 지금, 야현을 등진 죄책감이 살며시 고개를 내밀었다. 죽음을 피할 순 없겠지만 만약 사지육신이 멀쩡하다 하더라도 당당히 고개를 들고 북해빙궁으로 돌아갈 수는 없었다.

“해성폭… 처음 본 날… 그때부터… 많이 좋아했어.”

“……”

단설리는 축 늘어진 손을 들어 단여랑의 볼을 매만졌다.

“오라버니가… 내 친오라버니였다면… 좋았을걸……”

“넌… 내 친동생이다.”

단설리는 웃었다.

“아니야……. 차라리… 남남이었다면… 용기있게 다가갔을 텐데……”

“설리……”

“미안… 해요. 많은 도움을… 주지 못해서.”

“일어나. 정신 차려! 북해로 돌아가자.”

“나… 해성폭에 묻어줘.”

단여랑은 목이 메어 말을 할 수가 없었다. 단설리의 숨소리가 점점 약해져 갔다.

후회가 치밀었다. 단설리를 항상 곁에 두고 있었어야 했는데.

“오라버니… 허억!”

“설리!”

“아가씨!”

단설리는 금방이라도 숨이 넘어갈 것 같았다. 그녀는 힘겹게 입을 열었다. 무언가 말을 하고 있었지만 안으로 침잠된 목소리는 잘 들리지 않았다.

단여랑은 단설리가 마지막으로 말을 하려는 것을 알고는 그녀의 입가에 귀를 갖다 댔다.

“꼭… 북해빙궁을… 지켜…….”

단여랑의 얼굴을 매만지던 단설리의 손이 바닥으로 떨어졌다.

단여랑은 천천히 고개를 들었다. 단설리는 정말 편안한 듯 얼굴에 미소를 짓고 있었다.

“…….”

단여랑은 다시 그녀의 몸을 세게 안았다. 그리고는 긴 시간 동안 움직이지 않았다.

＊　　　＊　　　＊

개방의 풍령(風靈) 호법은 비호처럼 몸을 날렸다.

그는 신법 하나만으로 호법의 자리까지 오를 정도로 신법이 뛰어났다.

단태붕은 이미 그의 상대가 될 수 없었다. 그러나 독기 하나만큼은 누구보다 강해 숨을 헐떡이면서도 줄기차게 풍령 호법을 쫓아왔다.

풍령 호법은 단태붕과 적당한 거리를 유지하며 그를 유인했다.

쫓고 쫓기는 추격전은 몇 날 며칠 동안 계속되었다. 예서하가 안전하게 단태붕에게서 벗어나고도 남았을 시간이다.

단태붕의 머릿속에는 예서하의 존재가 잊혀진 것 같았다. 그는 먹이를 노리는 승냥이처럼 붉은 눈을 하고선 풍령 호법을 따라왔다.

'심마에 빠진 녀석은 단순하군.'

풍령 호법은 단태붕을 유인했지만 그와 직접적으로 손을 섞을 자신은 없었다.

그는 솔개를 잘 알고 있었다. 민첩하기로는 개방의 그 누구에게도 뒤지지 않았고, 무공 실력도 상당한 수준이었다. 그런 솔개가 단태붕에게 쉽게 제압당할 줄은 꿈에도 생각하지 못했다.

풍령 호법이 단태붕을 상대할 수 없는 또 다른 이유는, 방주의 밀명을 받았기 때문이다.

단태붕에게서 도망치는 내내 풍령 호법은 곳곳에 표식을 남겼다. 표식을 취합한 개방도들이 방주에게 직접적으로 소

식을 알리고, 또 같은 방법으로 풍령 호법에게 하명을 전달했
다.

적하난선과 취신개는 풍령 호법이 있는 곳으로 향하고 있
다. 그리고 그들과 만날 거리가 얼마 남지 않았다는 것.

풍령 호법은 제 몫을 훌륭히 소화해 냈다.

며칠 동안 자지도 먹지도 못하고 계속된 추격전은 풍령 호
법은 물론 단태붕도 지치게 만들었다.

그리고 어느 한순간, 풍령 호법의 뒤를 따라오던 단태붕이
추격을 멈추더니 넓은 대로에 기절하듯 드러누웠다.

잠이 필요할 게다.

하지만 풍령 호법 역시 자고 싶은 건 마찬가지였다.

오래도록 단태붕이 일어나지 않는 모습을 본 풍령 호법은
근처의 나무 기둥에 등을 대고 앉았다. 천 근 무게의 눈꺼풀
이 자꾸만 스르르 감겨왔다.

“……!”

풍령 호법은 두 눈을 번쩍 떴다.

잠시 등을 기댄다고 했는데 어느새 깜박 잠이 들어버린 모
양이다. 그는 재빨리 단태붕이 누운 곳으로 고개를 돌렸다.
그런데,

“엇!”

풍령 호법은 너무 놀라 자리에서 벌떡 일어섰다.

단태붕의 모습이 온데간데없이 사라진 것이다. 풍령 호법은 단태붕이 있던 자리로 몸을 날리려고 했다. 한데,

"끼끼끼!"

풍령 호법은 그대로 움직임을 멈췄다.

악마의 웃음소리는 그의 바로 등 뒤에서 들려왔다.

'그렇군. 솔개도 이런 식으로 당했겠지.'

단태붕이 내뿜는 살기는 금방이라도 풍령 호법을 죽일 것만 같았다.

"계집을 내놔."

단태붕은 예서하를 잊은 게 아니었다. 단지 풍령 호법이 예서하를 찾으려면 자신을 따라오라고 한 말을 잊지 않았을 뿐이다.

"미안하게 되었군. 네가 찾는 여인은 이미 멀리 도망가 버리고 없지."

쉬이익―!

등 뒤에서 예리한 무언가가 바람을 가르는 소리가 들렸다.

그러나 풍령 호법은 그리 호락호락 당할 위인이 아니었다.

검이 훑고 간 자리, 풍령 호법이 있던 곳은 희미한 잔재만이 남아 있었다.

"노옴! 반드시 죽인다!"

단태붕은 화가 머리끝까지 치솟은 듯했다.

"허허! 어쩌나? 나도 네놈을 상대하고 싶다만, 널 기다리는 분들이 계셔서……."

"그래서 아깝다는 말이냐?"

풍령 호법과 단태붕의 고개가 빠르게 돌아갔다.

"왜 이리 늦으셨습니까?"

"네놈도 나이 먹어봐. 요 몇 달간 쉴 틈 없이 이리 뛰고 저리 뛰니까 삭신이 쑤셔."

"그러게 평소에 운동 좀 하시지 그러셨습니까?"

풍령 호법과 취신개는 겉모습은 비슷한 연배로 보이지만, 사실 취신개는 풍령 호법의 대선배였다.

"수고가 많았습니다."

적하난선은 예의 그 하얀 수염을 쓰다듬으며 풍령 호법에게 인사를 건넸다.

"두 분께서 사라지셨다는 소식을 들었을 때, 모두가 걱정했습니다."

"걱정한 게 아니라 잡아 죽이고 싶었겠지."

"허허! 아직도 여전하시군요."

"시끄럽고……."

말을 하며 고개를 돌린 취신개는 한쪽에서 광기 어린 눈을 빛내고 있는 단태붕을 한참이나 바라보다가 풍령 호법에게 물었다.

"설마 저 녀석이 단태붕이라는 건 아니겠지?"

"왜 아니겠습니까?"

"주화입마?"

"훨씬 심한 듯합니다."

"으음! 어째 인간이 몇 달 사이에 저런 괴물이 되었누."

적하난선은 단태붕을 바라보며 혀를 찼다.

단태붕의 힘은 가늠할 수 없지만, 본래 있던 진기의 양은 이들 셋에 비할 수가 없다는 것.

"저 녀석이 사람들의 내장을 뜯어 먹었다는 말이지?"

"인간이 할 짓이 아니군."

"무공 실력도 꽤나 된다고 하던데… 단여랑, 그 녀석이 빙백신공을 전수해서 그런가?"

"내 생각엔 잘못 전수해 준 듯싶으이. 주화입마까지 갈 정도라면 분명 무공에 문제가 있어."

"낄낄! 역시 단여랑 녀석답군. 착한 척, 의로운 척은 혼자서 다 하더니 세상에서 가장 사악한 짓을 해놨네 그래."

단여랑은 잘못된 빙백신공을 단태붕에게 전수해 줌으로써 그를 폐인의 길로 접어들게 만들었다.

물론 주화입마에 빠진 단태붕에게 희생당한 사람들의 수는 적지 않았지만, 손가락 하나 까닥하지 않고 그를 망가뜨릴 수 있는 최선의 방법이었다.

"저자가 한 여인을 데리고 다닌다고 들었소만?"

적하난선의 질문에 풍령 호법이 대답했다.

"하마터면 죽을 뻔했습니다. 저놈에게서 간신히 탈출한 예서하가 절벽에서 뛰어내렸지 않습니까? 물에 떠내려오는 것을 구했습니다."

"단여랑에게 갔겠구먼."

"빨리 끝내고 가. 단여랑 녀석이 궁금해 죽겠단 말이야."

취신개는 두 사람의 대화가 지겨운지 짜증을 부렸다.

"단여랑의 소식은 듣지 못하셨습니까?"

"무슨 소식? 여기까지 오는 데만 죽을 똥을 쌌어. 다른 소식 들을 여유가 어디 있겠어?"

"단여랑이 혈궁으로 찾아갔지요."

"결과는?!"

취신개가 눈을 빛냈다.

"이런… 개방의 장로 맞으십니까?"

"시끄럽고, 빨리 결과만 말해봐!"

"단여랑이 혈궁주의 목숨을 거뒀고, 혈궁은 멸궁했습니다."

취신개와 적하난선은 서로를 바라봤다.

그들의 얼굴에 한가닥 웃음이 걸렸다. 웃음은 많은 의미를 내포했다. 그중 가장 큰 의미는 역시 믿을 수 없다는 것이었다.

"풍령."

“네, 말씀하시지요.”

“거짓말이면 넌 개방 생활 끝날 줄 알아.”

“허허! 제 타구봉을 걸겠습니다.”

취신개의 눈썹 끝이 위로 찡긋 올려졌다.

“내 눈으로 보기 전까진 믿을 수 없어. 빨리 저 녀석을 해치우고 가보자고.”

“누가 먼저 할 텐가?”

적하난선의 물음에 취신개가 얼굴을 찌푸렸다.

“악마를 상대로 지금 무인의 도리 운운하는 것은 아니겠지?”

“물론 아니지. 나도 빨리 끝내고 싶네.”

스릉!

적하난선이 검을 빼 들었다. 취신개가 그토록 탐내하던 적하검이었다.

취신개도 타구봉을 꼬나 쥐었다.

“풍령, 넌 왜 가만히 있어? 우린 한시가 급한 사람들이라고.”

풍령 호법도 타구봉을 꺼내 들었다.

세 사람은 단태붕을 가운데 두고 빠져나갈 수 있는 길을 차단했다.

단태붕의 두 눈이 불안하게 떨리기 시작했다. 동물적인 직감은 현 상황이 위험하다는 것을 알려주었으나, 이미 덫에 갇

힌 동물은 아무것도 할 수가 없었다.

세 사람, 적하검과 타구봉 두 개가 춤을 추기 시작했다.

2

'설리…….'

지혜원주는 단설리가 죽은 소식을 전해 듣고는 하루 종일 상심에 잠겼다.

단설리는 모친인 야현보다 홍자경과 더 친했다. 손자가 없는 홍자경도 단설리를 친손주처럼 돌보며 곁에서 성장하는 모습을 지켜보았다.

그런 단설리의 죽음은 홍자경에게 큰 충격이었다.

워낙 영특한 아이라 어떠한 위험 속에서도 꿋꿋이 살아남을 거라 생각했다. 그러나 너무 쉽게 죽었다. 그것도 함정이라는 그물에 걸려들어.

'빙령전…….'

홍자경은 단설리가 알아낸 정보들을 유령전을 통해, 그리고 탁산을 통해 모두 들었다.

빙령전이 그럴 줄은 몰랐다. 아니, 빙령전보다도 월영문이라는 세력을 다시 보게 되었다.

월영문의 수뇌부들이 사파무림의 십일대 고수들이었다니.

충격의 연속이었다.

그 열한 명이 정말 북해를 장악하려 든다면 큰일이 아닐 수 없다. 한 가지 놀라운 사실은 둘째 부인 야현조차도 빙령전이 월영문의 등에 업었다는 것을 모른다는 점이었다.

월영문은 단우인을 북해빙궁주의 자리에 앉히려 하지 않는다는 게 결론이다. 자식과 손자를 버리면서까지 북해빙궁을 장악하려는 월영문주를 홍자경은 이해할 수가 없었다.

'빙령전도 결국 이용당하다가 버려질 것이 분명할진데.'

북해는 엉망진창으로 엮여 있다. 적아가 불분명하며, 누가 언제 가슴에 비수를 꽂을지 몰랐다.

'태상궁주를 만나야겠어.'

움막에 쭈그리고 앉아 있던 홍자경이 막 자리에서 일어난 순간이었다.

"……?"

누군가가 움막 앞에 있다는 것을 눈치 챈 홍자경은 벽 쪽에 붙어 조심스럽게 밖의 동정을 살폈다.

'빙령전이군.'

한눈에 보아도 알 수 있었다.

홍자경의 거처에 나타난 다섯 사내는 아무런 무기도 지니지 않고 있다. 하지만 그들이 좋은 목적이 있어 찾아온 것이 아니라는 것은 코흘리개 어린아이도 알 수 있었다.

홍자경의 예상이 맞았다.

한참이 지나도 홍자경이 나타나지 않자 중간에 있는 사내의 턱짓에 나머지 네 사내가 서로 눈빛을 주고받으며 몸을 움직였다. 그들은 홍자경의 거처를 빙 둘러싸고 포위하는 중이었다.

'홍! 내가 너희 같은 녀석들에게 그렇게 쉽게 당할 것 같으면 지혜원주가 아니지!'

홍자경은 벽에서 몸을 떼어냈다. 그는 움막 중앙으로 걸어가 몸을 낮췄다.

푹신푹신한 침상 대신 지푸라기가 쌓여 있고, 그 위에는 거적 한 장이 덮여 있었다. 예전에 단여랑이 그를 찾아와 기절해 누워 있던 그 자리였다.

홍자경은 밖으로 소리가 새어 나가지 않게 거적을 살짝 밀어냈다. 그리곤 지푸라기를 파헤쳤다.

지푸라기 속에서 모습을 드러낸 것은 손잡이가 달린 얼음 문이었다. 얼음 문은 지하와도 연결되는 일종의 비상구였다.

홍자경은 필요한 것을 대충 챙긴 뒤 얼음 문을 잡아당겼다. 캄캄한 어둠이 그를 부르고 있었다.

몸을 살짝 안으로 밀어 넣은 홍자경은 얼음 문의 겉에 나 있는 손잡이를 조각칼로 내려쳤다.

투둑!

손잡이는 쉽게 부러져 나가며, 동시에 빙령전 무인들이 그의 처소로 침입했다.

홍자경은 재빨리 얼음 문을 닫아버렸다.

빙령전 무인들이 그를 따라가려고 했지만 손잡이를 잃은 얼음 문은 굳게 닫혀만 있고 열 수 있는 방도를 찾을 수 없었다.

"으음!"

태상궁주를 찾은 홍자경은 자신도 모르게 새어 나오는 침음성을 속으로 삭이지 못했다.

단학설의 용모는 하루가 다르게 변하고 있었다.

북해빙왕의 묘비에 거주하면서 가끔씩 찾아오는 홍자경을 맞이하던 단학설이 오늘은 묘비 밖으로 나와주지 않았다.

밖에서 한참이나 기다리던 홍자경은 혹시나 무슨 일이 있는가 싶어 안으로 들어갔고, 의자에 몸을 깊숙이 묻고 있는 단학설을 발견할 수 있었다.

"자네, 왔는가?"

"그간 강녕하셨습니까."

홍자경은 단학설과 눈을 마주칠 수 없었다.

단학설의 코와 턱밑에는 가느다란 고드름이 생성되었다. 본래의 색을 잃어버린 그의 입술은 잘 떼어지지도 않았다.

"여긴… 어쩐 일인가?"

"인사차 잠시 들렀습니다."

홍자경은 마음속에 있는 말을 꺼내지 못했다.

태상궁주에게 할 말이 얼마나 많은데……. 빙령전과 월영문의 이야기와 단설리, 단여랑이 혈궁을 멸궁시킨 이야기.

사실은 월영문의 십일대 고수들에 대한 이야기를 의논하기 위해 들렀으나 말할 필요가 없게 되었다.

저 몸을 하고서는… 묘비 밖을 빠져나가는 것도 힘들지 않겠는가.

"무사하신 걸 보니 마음이 놓이는군요. 그럼 나중에 다시 들르겠습니다."

홍자경은 허리를 깊게 숙이곤 등을 돌렸다.

"혈궁은… 어떻게 되었는가?"

홍자경은 다시 단학설을 바라봤다.

"여랑이의 손에 의해 멸궁하였습니다."

단학설은 한동안 말이 없었다. 그는 잠시 무언가 생각하는 것 같았다.

홍자경은 단학설이 말을 할 때까지 진득하게 기다렸다.

"녀석, 나를 찾아오겠구먼."

"그렇지 않아도 북해로 다시 돌아오는 중이랍니다."

"그래… 그럼 그들도 움직이겠지."

"……!"

홍자경의 두 눈이 부릅뜨였다.

"그들이라니요? 무슨 말씀이십니까?"

"허허! 이제 와서 자네에게 무엇을 숨기겠는가. 월영문의 수뇌부들 말일세.”

“아, 알고 계셨습니까?”

단학설은 다시 눈을 감았다.

침묵의 시간을 짧았지만 홍자경은 그 짧은 시간이 마치 억겁의 세월처럼 길게 느껴졌다.

단학설이 눈을 뜨며 입을 열었다.

“말해줌세. 모든 사실을…….”

*   *   *

“워! 워!”

마차의 말고삐를 잡은 무인이 황급히 마차를 세웠다.

관도 한복판으로 뛰어든 여인, 하마터면 마차에 치여 죽을 뻔한 위험한 순간이었다.

“이봐, 위험하잖아!”

무인은 저도 놀라 여인에게 소리를 버럭 질렀다.

“무슨 일입니까?”

마차 안에서 한 청년의 목소리가 울려 나왔다.

그 목소리를 들은 여인의 동공이 급격하게 흔들렸다. 마치 너무도 오랜만에 들어보는 목소리인 듯이.

여인이 길을 비켜주지 않자 마차의 문이 열리며 목소리의 주인공이 걸어나왔다.

“…….”

예서하는 다리에 힘이 풀렸다.

우연의 일치인가, 하늘의 도움인가.

목숨을 구해준 노인과 만났던 산에서 내려왔을 때, 거지 하나가 그녀에게 다가와 북으로 가라 일러주었다.

처음엔 웬 흰소리인가 싶었다. 하지만 하나둘… 길을 지날 때마다 마주쳐 오는 거지들은 다짜고짜 그녀에게 다가와 가야 할 방향을 제시해 주었다.

예서하가 거지들의 허리춤에 매달린 매듭을 보지 못했더라면 그들의 말을 믿지 못했을 게다.

개방엔 아는 사람이 없지만, 적의를 드러낼 정도로 사이가 나쁜 집단은 아니었다. 예서하는 거지들의 말을 믿고 그들이 일러준 방향으로 계속 걸음을 옮겼다.

그리고 마침내 단여랑을 만났다.

“…서하?”

단여랑은 눈앞에 나타난 여인을 보며 두 눈을 깜박였다.

핏물로 얼룩진 무복, 비쩍 마른 몸, 피곤해 보이는 얼굴은 예서하가 분명했다.

호첨산에서 헤어진 이후로 제대로 소식을 접하지 못했다. 단태붕에게 끌려 다닌다는 이야기는 얼핏 듣긴 했는데…….

혈궁의 일 때문에 잠시 동안 그녀의 존재를 잊고 살았던 단여랑은 왠지 그녀에게 미안한 기분이 들었다.

"그동안… 잘 있었어?"

예서하는 고개를 끄덕였다.

막부동이 아니었으면 예서하는 그가 단여랑인지도 몰랐을 게다. 예서하가 참혹한 모습으로 변해갈 동안 단여랑 역시 외향적으로 많이 달라져 있었다. 도저히 인간이라고 믿기 어려울 정도로.

"태붕이는?"

예서하는 이번엔 고개를 가로저었다.

그녀는 본의 아니게 단여랑 일행의 발길을 막게 되었다. 백여 명이 넘는 무인들과 마차가 움직이지도 않고 관도 한복판에 멈추어 서 있었다.

그녀는 한쪽으로 물러서며 유령전 무인들에게 길을 열어주었다.

"전주, 먼저 출발해. 곧 뒤따라갈게."

"조심해라."

일행 모두가 단여랑과 예서하의 사이를 지나갈 때까지도 두 사람은 아무런 대화도 나누지 않았다.

마침내 두 사람만 남게 되었으나 계속된 침묵은 어색한 분위기를 만들어냈다.

"미안하다. 호첨산에서 너에게 미리 말해주지 못한 것. 난 단태붕에게 잘못된 빙백신공을 가르쳐 주었어. 알고 있었지?"

예서하는 고개를 끄덕였다.

"내 예상대로라면 단태붕은 주화입마, 그 이상이 되었을 테고."

그녀는 또 한 번 고개를 끄덕였다.

"힘들었겠구나. 그런 녀석에게 계속 끌려 다녔을 테니. 가서 도왔어야 했는데…… 미안."

단여랑은 예서하만 보면 미안한 마음이 쌓여갔다.

동정에서 우러나오는 마음일 수도 있지만 보리마군을 잃고 혼자가 된 그녀를 챙겨줄 유일한 사람이 자신이라는 것을 알고 있기 때문이다.

예서하는 살며시 미소를 지으며 고개를 좌우로 저었다.

순간, 단여랑이 예서하를 뚫어지게 응시했다.

"웃는 모습을 보는 건 처음인 것 같네."

예서하는 급히 볼을 붉히며 고운 아미를 찌푸렸다.

"할 말이 있는 건가? 유령전 무인들까지 모두 보낼 정도면?"

"……"

단여랑은 근처의 나뭇가지를 주워 그녀의 손에 들려주었다.

예서하는 자신의 손에 들린 나뭇가지를 한참이나 바라보다가 바닥에 내팽개쳤다.

"나뭇가지로 설명하기에는 시간이 부족해."

"……!"

단여랑은 너무 놀라 큰 숨을 들이키며 뒤로 한 걸음 물러섰다.

“벙어리가… 아니었어?”

“속여서 미안해. 하지만 내 나름대로의 사정이었다고 생각하고 이해해 주길 바라.”

“보리마군 때문에 벙어리 흉내를 냈던 건가?”

“…그래.”

“목소리가 예쁘군.”

“…….”

“그래, 할 말이 뭐지?”

예서하는 단여랑을 위아래로 번갈아 바라보았다. 그녀가 지금 말하려는 것은 그의 외모와 연관이 있기 때문이다.

“우선은 단태붕의 이야기부터 해줄게. 잘못된 빙백신공은 단태붕을 정신병자로 만들었어. 무공을 수련하다가 갑자기 정신을 잃은 적이 한두 번이 아니야. 단태붕은 내가 듣지 못한다고 생각했는지…….”

“녀석이 혼자 중얼거리는 소리를 들었군.”

“맞아. 처음엔 거짓이라고만 생각했는데 네 외모를 보니…….”

“대충 무슨 말을 하려고 하는지 알겠다. 내 외모가 빙백신공 때문이라고 생각하는 건가?”

“알고… 있었구나.”

“빙백신공을 익힌 당사자가 모른다면 말이 안 되지.”

“그렇다면 태상궁주도 너와 같은 증상을 보인다는 사실도 알겠네?”

“…역시 그랬군.”

예서하의 말로 인해 조부에 대한 의문이 확실해졌다.

놀라웠다, 조부가 빙백신공을 익히고 있었다는 사실이. 많은 이들의 이목을 피해 은거에 들어간 이유도 조금은 짐작이 갔다.

빙백신공을 익힌 자의 몸은 빠르게 굳어져 간다. 조부는 얼음 조각으로 변해 버리는 자신의 모습을 다른 이들에게 보이고 싶지 않은 게다.

어쩌면… 북해빙왕도 같은 이유로 죽지 않았을까.

“태상궁주가 은거한 이유, 알아?”

“빙백신공 때문인가?”

“아니야.”

“……?”

“모르고 있었구나.”

단여랑은 귀를 쫑긋 세웠다. 조부가 빙백신공 때문에 은거를 한 것이 아니다?

“물론 빙백신공 때문에 은거한 것도 맞는 말이지만, 더 중요한 사실이 있어. 내가 하고자 하는 이야기는 지금부터야.”

예서하는 작게 심호흡을 한 뒤 입을 열기 시작했다.

                    *   *   *

“단여랑이… 혈궁주를 죽여?”

이광의 안색이 파랗게 변했다.

그뿐만이 아니었다. 단여랑이 혈궁주를 죽인 소문은 날개를 달고 중원은 물론 세외까지 뻗어 나갔다.

그로 인해 북해빙궁은 발칵 뒤집혔다. 여덟 명의 장로는 물론 능가연과 야현, 십이도주들, 북해를 둘러싼 소수 부족들까지.

이제는 단여랑이 북해빙궁주라는 것은 기정사실화가 되었다.

이광은 주먹을 부르르 떨었다.

단여랑이 북해빙왕의 빙백신공을 익혔다고 했을 때는 곧이 믿지 않았었는데…….

‘빙백신공은 오로지 한 사람만이 익힐 수 있어!’

가슴속에서부터 뜨거운 무언가가 욱하고 치미는 듯했다.

“유령전도 절반에 가까운 수를 잃었습니다. 혈궁도를 전멸시키는 데 남해태양궁까지 거들었다는 소문입니다.”

이광은 수하의 보고가 귀에 들려오지 않았다.

그의 머릿속은 어떻게 하면 단여랑을 죽일 수 있을지에 대한 생각들로 가득했다. 하지만 딱히 떠오르는 방법이 없었다.

“빙백신공의 위력이 어느 정도지?”

질문은 수하에게 묻는 것 같기도 하고, 이광 스스로에게 묻는 것 같기도 했다.

수하는 딱히 대답할 말을 찾지 못해 머뭇거렸다.

그때 다른 수하가 문을 열고 이광을 찾았다.

"전갈입니다."

수하는 곱게 말린 양피지를 꺼내 이광에게 건넸다.

양피지를 둘둘 말은 금색 실 한 가닥. 이광은 눈을 반짝이며 양피지를 받아 실을 풀었다.

월영문주가 보낸 서신이다.

한참 동안 양피지를 읽어 내려가던 이광의 안색이 시시각각으로 변하더니 마침내 방이 떠나갈 정도로 크게 웃기 시작했다.

"하하하하!"

"무슨 내용입니까?"

"그분들이 이곳으로 오고 있다. 날 궁주의 자리에 올려주실 그분들이!"

이광의 눈은 사이한 기운을 머금은 채 번쩍거렸다.

『북해빙궁』6권에 계속…

FANTASTIC
ORIENTAL
HEROES

지금 유전자가 말하는 사랑과 성의 관한 솔직 대담한 진실이 펼쳐집니다!

남편의 후광을 등에 업는 것은 까마귀와 인간뿐…

모두에게 바보 취급받던 독신 암컷이 단번에 인생대역전을 해서
서열 1위인 수컷의 아내 자리를 차지하게 될 수도 있다는 말입니다.
모든 여성이 이상형의 남자와 결혼할 수 있는 것은 아닙니다.
적당한 선에서 타협하여 적당한 사람과 결혼하지요.
하지만 솔직히 말해서 당연히 멋진 남자가 더 좋지 않겠습니까?
따라서 여성은 생각합니다.
'그럼 어떻게 하지? 유전자만이라면 가질 수 있어!'
그리하여 장기계획형이나 단기승부형과 같은 여러 가지 방법의
외도가 생겨나는 것입니다.
물론 모든 여성이 이를 실행에 옮기지는 않습니다.

하지만 기회가 있다면 어떨까요?
다른 조건과 이미 타협을 봤다면?
남편이 사소한 일은 눈치 못 채는 둔한 남자라면?
뭔가 유전자의 음모가 느껴지지 않습니까?

실패를 모르는 남자 선택법!
「내 남자친구는 왼손잡이」 법칙

어째서 여성은 왼손잡이 남성에게 마음이 끌리는 걸까요?

여기서 기억해야 할 것은 몸의 좌우와 뇌의 좌우는 원칙적으로 반대 관계라는 점입니다.
따라서 왼손잡이 남성은 우뇌가 발달했습니다.
발달했다는 사실이 왼손잡이를 통해 반영된 것입니다.

그리고 두 번째로 생각해야 할 것은 우뇌는 남성 호르몬의 일종인 테스토스테론에 의해 발달한다는 점입니다.
요약하자면 왼손잡이 남성은 우뇌가 발달했는데, 그것은 테스토스테론 수치가 높기 때문입니다.
그것은 다름 아닌 생식 능력이 높다는 것을 의미하지요.

「내 남자 친구는 왼손잡이」에 감춰진 의미는… 내 남자 친구는 생식 능력이 높아… 인 것입니다.

초등학생이 반드시 읽어야 할 좋은 책 49권

각 학년별로 초등학생이 반드시 읽어야할 좋은 책을 선정하여 통합논술의 기본이 되는 '올바른 독서법'을 일깨워 줍니다.

교과서와 함께하는
초등학교 통합논술

초등1학년 | 값 12,000원 / 초등2학년 | 값 9,500원 / 초등3학년 | 값 11,000원 / 초등4학년 | 값 9,500원 / 초등5학년 | 값 9,500원 / 초등6학년 | 값 11,000원

♣ 혼자 할 수 있어요.

엄마가 책 읽는 방법을 가르쳐 주어도 좋아요.
독서지도하는 선생님이 가르쳐 주어도 좋답니다.
"초등 교과서와 함께하는 **통합논술 시리즈**"는
아이 스스로 독서할 수 있도록 꾸며진 책이에요.
엄마와 선생님은 요령만 가르쳐 주시면 된답니다.

♣ 교과서의 중요한 내용이 총정리되어 있어요.

각 학년별로 중요한 교과 내용이 함께 수록되어 있어요.
초등학생은 교과서 내용을 충실하게 공부해야 합니다.
아울러 그와 병행한 독서가 대단히 중요하지요.
"초등 교과서와 함께하는 **통합논술 시리즈**"는
두가지 방법 모두 알려준답니다.

♣ 이 책은 훌륭하신 선생님들이 함께 쓰신 책이랍니다.

동화작가 선생님들이 쓰셨어요. 소설가 선생님도 쓰셨답니다.
국어 논술독서지도 선생님들도 함께 쓰셨지요.
"초등 교과서와 함께하는 **통합논술 시리즈**"는
엄마의 마음으로 모든 선생님들이 함께 꾸민 책이랍니다.